I0527850

www.ingramcontent.com/pod-product-compliance
Lightning Source LLC
Chambersburg PA
CBHW071644260626
47170CB00001B/226
9781942912118

بسم الله الرحمن الرحیم

سیزده سال تنهایی در دنیایی دیگر...

نویسنده: مرضیه نیایش

ویراستار: فاطمه عاله پور

Title: 13 year- solitude in another world
Author: Marziyeh Niyayesh
Editor: Fatemeh Alehpour
ISBN-13: 978-1942912118
Publisher: Supreme Art, Reseda, California
Library Congress Control Number (LCCN): 2016921530

Copyright © 2017 by Marziyeh Niyayesh

کلیه حقوق مادی و معنوی این اثر برای نویسنده محفوظ است.

عنوان کتاب: سیزده سال تنهایی در دنیایی دیگر...

نویسنده: مرضیه نیایش

ویراستار: فاطمه عاله پور

ناشر: سوپریم آرت (هنر برتر)، آمریکا

شابک: ۹۷۸-۱۹۴۲۹۱۲۱۱۸

شماره کنترلی ثبت در کتابخانه کنگره: ۲۰۱۶۹۲۱۵۳۰

آماده شده برای نشر توسط آسان نشر

www.asanashr.com

۳

تقدیم به:

همسر بی بدیلم که طعم عشقی جاودانه را به من
هدیه کرده است.

مقدمه:

از آن لحظه‌ای که عشق در وجود انسان به امانت گذاشته شد، زندگی انسان درگیر حادثه‌ای عظیم شد. عشق می‌تواند به هر شکلی دربیاید. عشق به خداوند، عشق به زندگی کردن و عشق به خانواده. عشق می‌تواند تمام سؤال‌های بی جواب را به گونه ای منطقی پاسخگو باشد.

این داستان می‌تواند روایتی واقعی از زندگی خیلی از افرادی باشد که اگر عشق را درگیر روابطشان می‌کردند، مشکلاتی که حل کردنشان سخت بود به وجود نمی‌آمد.

در این داستان سعی شد عواقب رفتارهای ناشایست به تصویر کشیده شود و خواننده خودش را درگیر اتفاقاتی قابل لمس بداند و باور کند که با عشق می‌توان از اتفاقات شومی که ممکن است برای هر خانواده‌ای پیش بیاید، پیشگیری کرد. این داستان، داستانی نزدیک با زندگی افرادی‌ست که برای استحکام بخشیدن به روابط خانوادگی شان تنها چیزی که نیاز دارند، عشقی خالص و از خود گذشتگی است. وقتی پای عشق در میان باشد، می‌توان همه چیز را و حتی اخلاق و رفتارهای نادرست را تغییر داد و به آسایش اعضای خانواده فکر کرد.

امیدوارم تمام کسانی که این داستان را می‌خوانند، باور کنند و ایمان بیاورند که می‌توانند با عشق و محبت و آرامش، تمام مشکلات زندگی را یکی پس از دیگری طی کنند.

زندگی آن قدر کوتاه است که ارزش تنهایی و اشک ریختن را ندارد. همه‌ی آرزویم، داشتن زندگی پر از عشق و آرامش برای تمام انسان‌هاست.

از پدر و مادر عزیزم بسیار متشکرم که ذهن مرا پرورش دادند تا بتوانم بنویسم. با هر کلمه‌ای که بر روی کاغذ می‌آورم عشقم را به آن‌ها گوشزد می‌کنم و تا لحظه‌ای که زنده‌ام خاک پایشان هستم و دستانشان را با عشق می‌بوسم و از خداوند تمنا دارم عمری با عزت و تنی سالم و دلی شاد به این دو گوهر زندگی‌ام هدیه دهد که بودنم به بودنشان وابسته است.

و در کلام آخر، از برادران دورقی‌زاده سپاس‌گزارم که با لبخندهای پدرانه‌شان مرا در نشر جهانی کتاب سیزده سال تنهایی در دنیایی دیگر یاری رساندند و دستانشان را پلی ساختند برای رسیدن به آرزوهایم.

مرضیه نیایش

۱۳۹۴/۱۱/۷

فصل اول

از همه‌ی دنیا گریزان و خسته بودم. هفت سال داشتم که پدر و مادرم دائما در حال دعوا بودند.

کاش می توانستم بگویم... پدرم اعتیاد داشت و مادرم به بیماری اعصاب مبتلا بود و هر دو درگیر دردهایی بودند که با همدیگر سرسازگاری نداشتند. متاسفانه هیچ کدام آن شخصی نبودند که از رفتارشان پیدا بود. هر شب به بهانه‌های مختلف در حال دعوا بودند. از خرده نان‌های روی زمین گرفته تا بحث ای سیاسی و اقتصادی دنیا که به هیچ کدام از ما ربط نداشت، اما برای ما اختلاف نظر پدر و مادرم و دعواهایشان نمایشی غم انگیز و پر از استرس بود.

آقای دکتر با خانم معلم سر سازگاری نداشت. پدرم خیلی عصبانی بود و مادرم مطیع اوامر او. به نظرم مادر با آن همه سکوت و متانت همیشگی‌اش پدرم را پر توقع کرده بود و همین سکوت او باعث شده بود پدر اجازه‌ی هر بی احترامی به مادرم را به خودش بدهد، حتی توهین و کشیدن پای اجداد خوابیده شده در زیر میلیون‌ها ذره خاک...

پدر که نه، آقای دکتر هر روز به هر بهانه‌ای و بر سر هر مسئله‌ی کوچکی، حتی درشت بودن پیاز غذا، او را کتک می‌زد و دنبال بهانه و سوژه‌ای برای دعوا می‌گشت تا دوباره نمایش غرورآفرین و تحسین برانگیز و مردانه‌اش را در خانه به اجرا بگذارد.

نمی‌دانم چرا مردها از نشان دادن زورشان برای زن‌ها، احساس قدرت می‌کنند؟ چرا در مقابل قوی‌تر از خودشان مثل روباهی ترسو و سربه زیر فرار می‌کنند؟ چرا این مردها که کباده‌ی مردانگی به دوش می‌کشند، از نعره‌های وحشیانه بر سر زن‌های حساس و رنجور لذت می‌برند؟ شاید این مردهای سرشار از مردانگی، از نوعی بیماری مشترک رنج می‌برند که علم با همه‌ی پیشرفت هایش، هنوز نتوانسته درمانش کند! به نظرم درمان پذیر هم نیست...

پدرم که مشتی از خروار فریادهای مردانه‌ی بشریت بود، با دیدن پیاز درشت در غذا، آن را روی سفره می‌ریخت و شروع به داد و هوار می‌کرد. انگار که او را به قتل گاه برده‌اند و حالا می‌خواهد آخرین گفته‌هایش را با فریاد به گوش همه برساند که ای وای! پیاز غذا درشت بوده و زنم بعد از سال‌ها هنوز متوجه نشده است من پیاز درشت درون غذا را نمی‌خورم. تلخی ماجرا این بود که شب قبل پیاز درشت خورده بود و امشب طبعش با نسیمی عوض شده و نمی‌خورد و زن بیچاره‌اش باید

به ساز طبعش می‌رقصید و خفه خون می‌گرفت تا او فریاد بزند. وقتی پدرم بر سر هر مسئله‌ای دعوا می‌کرد، خانه‌مان به مدت چند روز فضای قهر و سکوت داشت و کسی جرأت اظهار هیچ نظری را نداشت.

همیشه قبل از برگشتن پدر از سر کار، من، مادر و برادرم با وجود دعواهای بی خود و بی جهت پدر احساس آرامش داشتیم، اما وقت رسیدنش به خانه، فضای حکومت نظامی در خانه سنگین و کمر شکن می‌شد. هنگامی که می‌آمد، ابروهای اخم کرده‌اش که شبیه موهای گیس بافت شده‌ی دخترکی شلخته و بد نظم بود، بر روی چهره‌اش خود نمایی می‌کرد و تنها جمله‌ی ما " سلام بابا خسته نباشی " بود و در عوض جواب سلام دادن به فرزندانش، سگرمه و تلخی و جواب سلامی که به زور از سرش شل و آویزان می‌شد و مثل صدقه‌ی کف دست گدا، کفاره‌ی جواب سلام را به ما می‌داد. انگار که سلام کردن ما، گناه بزرگی بود.

برادرم مهدی، خیلی کم حرف بود. بین دوست و فامیل او را به آرام و کم حرف بودنش می‌شناختند. خیلی از اقوام که دختر داشتند برای دخترهایشان خیال بافی می‌کردند که " مهدی داماد گل ماست ". مهدی در آن سن کم با شنیدن این حرف‌ها سرخ می‌شد و از جمع فرار می‌کرد.

شاید از نظر من کم حرف بودن مهدی به خاطر پنج سال اختلاف سنی بود که ما با هم داشتیم. هیچ وقت بحثی بین ما صورت نمی‌گرفت. پنج سال، اختلاف کمی نبود. ما اشتراکی برای صحبت کردن با هم نداشتیم جز محبت برادر خواهری. زمانی که او پنج ساله بود، من یک روزه بودم. او ده ساله بود و مشغول گل کوچک بازی کردن با دوستانش و انجام تکالیف مدرسه بود، من پنج ساله و سرگرم بازی‌های کودکانه. او پانزده ساله و پا به غرور جوانی می‌گذاشت و من ده ساله و مشغول شمردن نمازهای اول وقت. ما نقطه‌ای برای اشتراک داشتن با هم نداشتیم. در تمام مدت کودکی‌ام حس می‌کردم زیر رادیکال برادری و خواهری گیر افتاده‌ام و هر بار نصف می‌شوم و این ارتباط کم‌تر و کم رنگ‌تر می‌شد.

و اما پدرم، دکتری بود که از سواد دانشگاهی‌اش نصیبی نبرده بود و پُزش بیش‌تر از سوادش و شعارهایش بیش‌تر از عملش بود. ادعای منطق و آزادی و آرامش بیان داشت، اما در اصل، بی منطق و دیکتاتوری از نوع نفهمی هیتلر در وجودش بود که سربازانش را بی صبر به دامان بلا می‌فرستاد و در نهایت پنجاه میلیون کشته، فقط به خاطر نفهمی یک انسان خود خواه...

دیکتاتور نازنینم، پدر دکترم، اصلا گوش شنوایی برای شنیدن حرف‌های فرزندانش نداشت و فقط حنجره‌اش بود که در خانه حرف اول را می‌زد. خبری از آن منطق و آرامش و آزادی بیان و شعارهایش نبود. آقای دکتر همیشه در جلسات و کنفرانس‌هایش می‌گفت:

-   جوان‌ها را درک کنید. با آن‌ها نفس بکشید. جوان یعنی گلی ظریف، با ظرافت با آن‌ها برخورد کنید. نگذارید دستان زمختتان روح لطیف جوان را آزار دهد، همراه آن‌ها باشید و درکشان کنید. میان خودتان و جوانانتان، میوه‌های وجودتان، دیوار نکشید. جوانانتان شیره‌ی وجودتان هستند، قدر این اکسیرهای حیاتی را بدانید. آری این است دنیای دل‌انگیز فرزندان و پدر و مادرهایشان.

این‌ها همان سخنان مات کننده‌ای بود که مثل مثلث برمودا، هر کسی را به سمت خودش می‌کشید، حتی عابران کر را. همه‌ی این سخنان شیرین فقط مختص به جلساتش بود و در خانه خبری از این همه لطافت و سخنان گوش‌نواز و دل‌نواز نبود. پدرم در فضای خانه به گونه‌ای بود که گویی خاک مرده به دست می‌گرفت و بر سر و رویش می‌پاشید و نمی‌شد با او لحظه‌ای مشورت کرد. او در خانه از دنیای جوانان دور بود و اصلا گوشی برای شنیدن حرف‌های کسی نداشت.

عقلی برای رجوع کردن و مکث کردن نداشت و لحظه‌ای با خودش نمی‌گفت که چرا من بیرون از خانه مثل فرشته‌ها هستم و در عوض در خانه‌ی خودم، حریمی که باید بیش‌تر در آن دقت کنم، مثل عقابی بدقلق که اصلا فرصت فکر کردن و فرار کردن را به شکارش نمی‌دهد، رفتار می‌کنم و زیر چنگال تیزم همه را لت و پار می‌کنم.

خیلی دوست داشتم با منطق کودکانه‌ی خودم - نه با آن منطقی که پدرم مطابق اصول و مقرارت دکتر شدنش را جشن گرفته بود و قسم خورده بود که پزشکی لایق باشد- به او بگویم: " ریا کاری نکن و برای رضای خدا هم که شده در خانه‌ات آن باش که در بیرون خانه‌ات هستی". همه‌ی ما زیر سلطه‌ی پدر بودیم و این سلطه ما را به حالت اغما درآورده بود، حتی توان مخالفت کردن با او را نداشتیم. باید می‌پذیرفتیم و سکوت می کردیم. فقط سکوت...

مهدی در آستانه‌ی نوجوانی بود و تحت تاثیر کلمات جادویی که پدر در سخنرانی‌هایش نطق‌می‌کرد. سخنانی که برای خانواده‌اش بی اثر و بی ثمر بود، اما برای غریبه‌هایی که هرگز از خانواده‌ی سخنران و دردهایشان خبر نداشتند، پربار بود مثل باران‌های بهاری، مثل کشت برنج در شالیزارهای آبی، مثل خوشه‌های گندم...

آقای دکتر با غرور صدایش را به گوش مخاطبان خود می‌رساند و می‌گفت:

- به جوانانتان قدرت انتخاب دهید. اجازه دهید خودشان آن طور که می‌خواهند، لباس بپوشند، اما از آن‌ها غافل نشوید و رهایشان نکنید و اختیار کامل را به دست شان ندهید. اجازه دهید که درست یا غلط را خودشان انتخاب کنند، خوب است که گاهی وقت‌ها سرشان به سنگ بخورد. گاهی این سنگ‌ها و شکستگی‌ها بالنده‌شان می کند. به یاد داشته باشید که در همه حال و در هر شرایطی کنارشان بایستید و تنهایشان نگذارید. از خطرها و اشتباهات دور نگه شان بدارید، چون آن‌ها گل‌های باغ زندگی‌تان هستند و شما باغبان آن‌ها. گل‌هایتان را از گزند آفت‌ها و شَته‌ها دور کنید و اجازه دهید زیر سایه‌ی شما، طعم آفتاب و باران را، در کنار شما و با حمایت شما بچشند.

مهدی تحت تاثیر تمام آن سخنان خیره کننده بود که پدر بالای سکو برای حضار می‌گفت و هر لحظه افتخار داشتن چنین پدری از طرف دیگران به ما گوشزد می‌شد که قدر داشتن چنین پدری را بدانید. کسی که دلسوزانه برای بچه‌های مردم می‌سوزد و چراغ آگاهی به دست

می‌گیرد تا پدر و مادرها را به سمت مدینه‌ای که در آن هیچ گونه درگیری و بی‌احترامی بین طرفین نباشد، ببرد. بدون شک، چنین پدری در خانه‌ی خودش یک آرمان شهر بنا نهاده است، یک دنیای متمدنانه در عین تعامل با عشق، مشورت و دوستی کامل بین پدر و مادر و فرزندان...

افسوس...

بر خلاف تمام آن سینه چاک کردن‌های پدر در جلسات برای دادن حق انتخاب از طرف خانواده ها به فرزندان؛ مهدی پسر خودش، اجازه‌ی پوشیدن و انتخاب کردن هیچ لباسی بر خلاف میل پدر را نداشت و بهتر است بگویم مهدی حق انتخابی نداشت. هیچ‌گاه لباسی به میل خودش نباید و نمی‌توانست بپوشد و همیشه مادرم تحت نظارت پدر و به صلاحدید او برایش لباس انتخاب می‌کرد. آخر چطور ممکن بود فرزند چنین شخصی که همه برای او دست می‌زنند و هورا می‌کشند، خود خواهی کند و لباسی متناسب با سن و طبعش انتخاب کند. او باید آن‌گونه می‌پوشید که وجهه‌ی پدر خراب نشود. سن و سال مهدی اصلا مطرح نبود، فقط خواسته‌ی پدر بود که معنا داشت و این خواسته یعنی همه چیز، یعنی اول و آخر هر چیز، یعنی ختم کلام. آخر پسر او

باید از همین حالا آقای دکتر بعدی خانواده می‌شد و حق فکر کردن به هیچ چیزی جز درس خواندن را نداشت.

مهدی در طول عمر دوازده ساله‌اش برای اولین بار، با پول تو جیبی‌هایی که داشت، به همراه دوستانش برای خرید بیرون رفته بود و یک جفت کفش را خریده بود. تقریبا تمام بعد ازظهر را با دوستانش گذرانده بود. وقتی به خانه برگشت، هوا تاریک شده بود. هنگامی که به خانه رسید، لبخند به لب داشت و جعبه‌ای مقوایی در دستش بود. یک مارک مشکی رنگ بزرگ کنار جعبه دیده می‌شد که تصویر حیوانی در حال دویدن هم دیده می‌شد به نظر می‌آمد مارک کفش بود. به خاطر ندارم تصویر چه حیوانی بود. کفش‌هایی که خریده بود، مارک بودند و پیدا بود که همه‌ی پول تو جیبی‌هایش را برای خریدن کفش‌ها خرج کرده بود. برق ذوق از چشمانش پیدا بود. درست مثل پسربچه‌ای بود که کادوی تولدش را برای اولین بار باز می‌کند، جعبه را در دست گرفته بود و با ذوق فراوان آن را باز می‌کرد، گویی که از محتویات درونش خبر ندارد و این اولین بار است که می‌خواهد بفهمد درون جعبه چیست. رو به من با لبخندی مضاعف گفت:

- مهدیه بیا کفشامو ببین، داداشت کفش خریده. بیا سلیقه رو حال کن، به نظرت قشنگ نیستن؟ تو ازشون خوشت اومده؟

من که عاشقشونم و خیلی خوشم ازشون میاد. امروز که با بچه‌ها رفته بودیم بیرون، همین جوری مغازه‌ها رو نگاه می‌کردیم، هوس کردم یه جفت کفش بخرم. آخه کفشام قدیمی شدن. واسه همین به بچه‌ها گفتم ما که بی کاریم و داریم ول می‌گردیم، بیاین با هم بریم من یه جفت کفش انتخاب کنم. کل شهر رو گشتیم، یه مغازه کفش فروشی نمونده بود که ندیده باشم. بین تمام کفش‌ها من از مدل اینا خوشم اومد. لعنتی، خیلی گرون بودن، اما خدا رو شکر بچه‌ی ول خرجی نیستم و پولامو کنار گذاشته بودم و تونستم بخرمشون.

- مامان اونجا نمون بیا ببین تو پام قشنگه؟

مهدی بدون وقفه صحبت می‌کرد و اجازه‌ی صحبت کردن به کسی نمی‌داد. به طرفش رفتم. مثل بچه‌های شش یا هفت ساله شده بود که از خریدن لباس عید ذوق می‌کنند و دائم در خانه آن‌ها را می‌پوشند و با آن‌ها راه می‌روند. چنین حس و حالی را خوب به یاد دارم. بچه که بودم، مادرم چند روز قبل از عید برایمان لباس عید می‌خرید. از مانتو بگیر تا پیرهن مهمانی و لباس خانگی. پدرم وضع مالی خوبی داشت. به هر حال پدر یعنی آقای دکتر، با آن همه درآمد و شهرت و برو بیایی

که داشت باید بچه‌هایش در رفاه زندگی می‌کردند. اگر این طور نبود و پدری خسیس داشتیم، با آن اخلاق گندش، غیر قابل تحمل می‌شد و خانواده‌اش باید مثل نهنگ‌ها دسته جمعی خودکشی می‌کردند و دل به خشکی می‌زدند تا از دست این پدر طوفانی خسیس راحت شوند. شاید نهنگ‌های بیچاره هم راهی برای نجات خودشان ندارند و با آن عقل نهنگی‌شان، خودکشی را بهترین روش برای حل دردهایشان می‌دانند. خوب این هم می‌تواند یک نظریه باشد، دردهایی که نهنگ‌ها دارند و ما نمی‌دانیم آن‌ها هم درد می‌کشند، بنابراین قبیله‌ای دست به خودکشی می‌زنند تا بعد از آن‌ها در عزای آن‌هایی که در ساحل به گل نشسته اند، هیچ نهنگی از خانواده باقی نماند.

خود را نابود می‌کنند و اجسادشان روی دست ما آدم‌ها باقی می ماند، گاه برای تحقیق و گاه برای غذای سگ‌ها...

خرید پشت خرید. یادم میاد وقتی لباس می‌خریدم تا روزها پس از خریدن لباس‌هایم، آن‌ها را در اتاقم می‌پوشیدم و جلوی آینه با آن‌ها می‌رقصیدم. چون نو بودند، آن‌ها را با دقت فراوان تا می‌کردم و نازشان می‌کردم. به روی تک تک لباس‌های نویی که داشتم لبخند می‌زدم و لحظه شماری می‌کردم سال تحویل شود، یا به مهمانی برویم، یا مهمان بیاید....

فکر می‌کنم من تنها دختربچه‌ای نبودم که در بچگی این خصلت را داشته‌ام. به نظرم این حس دوست داشتن لباس‌های نو، شیرینی خاصی است که همه‌ی بچه‌ها آن را دوست دارند و گاه آدم بزرگ‌ها هم از خریدن لباس نو ذوق زده می‌شوند.

آه دوران کودکی‌ام، دورانی که مثل خوابی شیرین و لطیف در بی خبری گذشت... هر چه که بزرگ‌تر شدم، چشمانم را بیش‌تر بر روی بزرگ شدنم باز کردم و بر روی بچگی‌هایم بستم، دردهای بیش‌تری دیدم و فهمیدم زندگی چه قدر سخت و بی رحم است.

آن روز مهدی مثل پسر بچه‌ی کوچکی شده بود که با ذوق فراوان با کفش‌های عیدانه‌اش در خانه راه می‌رفت و گوش‌هایش از شدت خوشحالی سرخ شده بود. آن‌ها را پوشیده بود و با ذوق فراوان در خانه با آن‌ها راه می‌رفت. درخانه گام برمی‌داشت، دستی روی کمرش می‌زد، به خودش نگاهی می‌انداخت و مقابل آینه می‌ایستاد و به خودش لبخند می‌زد. به سمت ما برمی‌گشت با غرور زیادی که انگار قله‌ی قاف را برای اولین خرید زندگی‌اش آن‌هم با سلیقه‌ی خودش، فتح کرده بود، کفش‌هایش را به ما نشان می‌داد.

مادر آمد کفش ها را دید. حرفی نزد، فقط گفت:

- مبارک باشه.

همیشه از این سکوت ناگهانی مادر ترس داشتم. حس می‌کردم چیزی هست که نمی‌خواهد بگوید. شک بدی در دلم به راه می‌افتاد که چه اتفاقی قرار است بیوفتد. دلشوره‌های ناگهانی‌ام، مثل آسمان صافی بود که ناگهان ابری می‌شد و پشت بند ابری شدنش، طوفان سهمگینی رخ می‌داد.

شب که شد، پدر از مطب آمد، خیلی خسته بود، حس می‌کردم پدر دوست دارد مثل کارتن‌هایی که در بچگی‌هایمان می‌دیدیم، شبیه بابانوئل، از دم در که وارد می‌شود، کادوهای پر از خستگی‌اش را میان ما تقسیم کند تا همگی از خستگی او نصیبی ببریم و با او درد بکشیم و خستگی پدر را بر جسم و روحمان مثل کفشی هزار تکه، وصله و پینه کنیم. نمی‌دانم چرا همیشه در همایش‌ها و جلساتش یا وقتی مراجعه کننده‌ای داشت، می‌گفت:

- پدران خانواده متوجه باشید، نباید خستگی شما از محیط کار بر روابط شما در خانه حاکم شود و بین شما با همسر و فرزندان تان جدایی بیندازد. توجه کنید و همیشه به یاد داشته باشید این شماها هستید که سرپناه خانواده‌هایتان هستید و زیر این سر پناه همسر و فرزندانتان آرامش می‌بینند، پس هنگام ورود

به خانه لبخند بزنید و با خود بگویید من تا همین لحظه برای خانواده‌ام زحمت کشیدم، برای آرامش و رفاه آن‌ها از خودم گذشته‌ام تا آن‌ها در آرامش باشند، ایستادگی کرده‌ام حالا باید خستگی‌ها و ناراحتی‌هایم را پشت در بگذارم و با لبخند به آغوش خانواده‌ام وارد شوم.

لعنت به آن همه حرف‌های شیرینی که می‌زد و پس مانده‌های زهر آلودش نصیب ما می‌شد. وقتی برای دیگران عسل می‌شد و حرف‌های عسلی می‌زد و دیگران عسل‌هایش را با گوش جان لیس می‌زدند و لذت می‌بردند، ما در خانه‌مان تفاله‌ی دهان آن‌ها را می‌مکیدیم و حسرت داشتن پدری با آن همه آرامش و منطق را لیس می‌زدیم.

زهر از حرکاتش می‌بارید، حرف‌هایش مثل تیر صد شعبه به قلب یک دروازه‌ای ما وارد می‌شد و هزار سوراخ در آن به وجود می‌آورد. لعنت به آن عقاید مزخرفش که برای دیگران بلد بود و برای ما صُم بُکم می‌شد.

هنوز بعد از گذشتن این همه مدت، دلیل دعوای بی خود و بی جهت پدر را نمی‌فهمم. هرگز فراموش نمی‌کنم که چطور به خاطر یک جفت کفش جنجال به پا کرد. آن شب، شام املت داشتیم، مادر دو شیفت بود، چون شاگردهایش از درس‌ها عقب مانده بودند و برای آن‌ها کلاس

۲۲

جبرانی گذاشته بود. خیلی سریع املت را آماده کرد تا وقتی پدر می‌آید علاوه بر گرسنگی، یکی از ما را نخورد، چون اگر غذایی آماده نبود او گرگ قصه می‌شد و ما سه نفر، شنگول و منگول و حبه‌ی انگور. با این تفاوت که در آن جا مادری بود که آن‌ها را از شکم گرگ بدجنس قصه بیرون بکشد، اما این جا هر کدام از ما باید به گوشه‌ای پناه می‌بردیم تا مادر با صبر افسانه‌ای که داشت، او را آرام کند. کاش مثل گرگ قصه به یک باره همه‌ی ما را تکه پاره می‌کرد، اما با خفقانی که در خانه حاکم کرده بود عذابمان نمی‌داد و ذره ذره آبمان نمی‌کرد، تا آن جایی که مردن یا خلاص شدن برای ما آرزوی هر لحظه و هر ثانیه باشد.

شام را که خوردیم، مهدی - طفلک بی چاره- با ذوق فراوان و با پیش زمینه‌ی ذهنی که داشت، بر طبق سخنرانی‌های پدر، حاصل انتخابش را آورد که به او نشان دهد. پدر روی مبل لم داده بود و اخبار می‌دید. وای به حال کسی موقع دیدن اخبار نفسش در می‌آمد، با حرکتی که از صد تا فحش بدتر بود، تلویزیون را خاموش می‌کرد، کنترل را روی میز پرت می‌کرد و تند و تند پاهایش را به نشان اعتراض تکان می‌داد و آن وقت بود که همگی خفه خون می‌گرفتیم. عادت همیشگی پدر بود که این چنین رفتار کند، مثلا وقتی اخبار بود و به مادر یا مهدی می‌گفتم آب بده، دستش را به نشانه‌ی اعتراض بلند می‌کرد و به طرز

بدی که از گفتن خفه شو بهتر بود، ساکتت می‌کرد و از روی لج صدای تلویزیون را زیادتر می‌کرد تا آن‌جا که صدای جیغش اذیتمان می‌کرد. در بهترین و منطقی‌ترین حالت، مخالفتش را با عوض کردن شبکه نشان می‌داد و کنترل را به سمت یکی از ما پرت می‌کرد. آن وقت بود که می‌فهمیدیم باید خفه شویم. جالب این جا بود وقتی ساکت می‌شدیم و شبکه‌ی خبر را می‌آوردیم، با لحن بدی می‌گفت:

-   دیگه نگاه نمی کنم، همش واسه شما.

تند تند غذایش را می‌خورد. طوری که تا خوردن آخرین لقمه، به صورت هیچ کدام از ما نگاه نمی‌کرد. بعضی اوقات نمکدان را به دست می‌گرفت و نمک را بر روی غذایش می‌ریخت و به جای گذاشتن آن سرجای خودش، به طرف سفره پرتش می‌کرد. بعد از تمام شدن غذایش، به طرف مبل می‌رفت و پاهایش را تکان می‌داد. ما مثل اسرای جنگ لال و گنگ به هم نگاه می‌کردیم و غذای کوفت شده‌مان را می‌خوردیم و هر کدام به اتاقی می‌رفتیم. مادر چایی به دست به سمتش می‌رفت و تلویزیون را برایش روشن می‌کرد، اما با صدای بلند داد می‌زد:

-   نمی‌خوام خاموشش کن!

بدون گفتن حتی یک کلمه چایی را می‌خورد و با اخم به اتاقش می‌رفت. مسواک نزده ساعت نه شب می‌خوابید، در حالی که معمولا ساعت دوازده به بعد می‌خوابید. همه‌ی آن شب‌ها نفس نمی‌کشیدیم، مبادا عصبانی شود و شب‌مان را زهرآگین کند.

همیشه می‌دانستم حرکت بعدی پدر در این مواقع چه خواهد بود، درست مثل یک فیلم که هزاران بار دیده بودم، تکرار رفتار پدر برایم غافلگیر کننده نبود. دقیقا می‌دانستم موقع برداشتن نمکدان آن را پرت می‌کند، یا بلافاصله بعد از خوردن چایی می‌خوابد.

پدر برای لحظه‌ی اول زیر چشم، نگاهی به کفش‌های مهدی انداخت و با سرفه گفت:

- مبارک.

گاهی اوقات احساس می‌کردم این سرفه‌های ریز و ضعیف و ارادی پدر دو پیامد دارد، یا از سر خجالت و آماده‌سازی گفتن حرفی، یا از سر نارضایتی و مخالفت صلح آمیز. به نظرم آن لحظه از سر خجالت و بی‌توجهی بود. فکر کنم اصلا حواسش نبود که مهدی به انتخاب خودش کفش خریده است، یا متوجه شد و حواسش به جزئیاتش نبود، چون وقتی مادر چای آورد و پدر برای نوشیدن چای از جایش بلند

شد، کفش‌های مهدی را که روی میز بود به دست گرفت و نگاه عمیقی از سر تیزبینی به آن‌ها انداخت. کمی زیر لب با مادر حرف زد و چایش را نوشید.

هر وقت سرفه‌های بی خود و الکی می‌کرد، نه آن سرفه‌های ریزش، همگی منتظر بودیم تا سینه‌اش را حسابی صاف کند و بالای منبر همیشگی‌اش برود، اما این بار با لحنی متفاوت با آن‌چه که بر روی سکوهای سخنرانی داشت، شروع کرد به گفتن حرف‌هایی که منطقی نبودند.

در سمینارها و جلساتش مثل عسل شیرین و گوارا بود، اما در خانه تلخ بود و غیر قابل تحمل. انگار آسمان دهن باز می‌کرد و به جای باران رحمت، تف بر سر ما می‌انداخت. باید زیر باران می‌ایستادیم تا پدر آرام گیرد...

سرش را از روی مبل بلند می‌کرد و پی‌درپی به اتاق مهدی نگاه می‌کرد، انگار که منتظر آمدن مهدی بود. می‌دانستم این طرز نگاه کردن‌های پی‌درپی پدر، این همه اصرار برای نگاه کردنش، یعنی متوجه کردن ما برای شنیدن حرفش.

من از سر سادگی که داشتم، نه از سر کودک بودنم، به اتاق مهدی رفتم و گفتم:

-   مهدی نمی‌دونم بابا چشه؟ فکر کنم دوباره نق نق کردنش شروع شده. همش داره اتاق تو رو نگاه می‌کنه. نکنه کاری کردی؟ عصبانیش کردی؟

مهدی مشغول مرتب کردن قفسه‌ی کتاب‌هایش بود. هر دو دستش پر از کتاب بود. آن‌ها را شلخته روی قفسه‌ها گذاشت و به سمتم آمد و دستی به صورتم کشید و با لبخند گفت:

-   نه آبجی گلم. تو که خودت دیدی از سر شب تا حالا به جز وقت شام، از اتاق بیرون نیومدم. چه می‌دونم لابد یه سوژه‌ی دیگه گیر آورده، حالا می‌خواد بچسبونش به مامان، تا دوباره یه چند روزی عروسی داشته باشیم، اون بزنه ما برقصیم واسش. تا دوباره قهر و ناز کردناش شروع بشه. فدات تو برو، خودتم ناراحت نکن من کاری نکردم. تو که بابا رو می‌شناسی، عقدنامه‌ی قهر کردنش همیشه دستش هست تا بهش بگی تو، میذارش تو اجرا نقدش می‌کنه.

از اتاق مهدی بیرون آمدم، دفتر نقاشی‌ام را برداشتم و بالای پذیرایی روی زمین دراز کشیدم و مشغول کشیدن نقاشی شدم. در عالم خودم بودم، خانه‌ای را با یک مربع کج و کوله کشیدم، یک مثلث برای شیروانی‌اش کشیدم، یک مستطیل دراز برای در ورودی خانه‌ام، و دو دایره برای پنجره هایش با دو انحنای کوچک و رنگی، پرده‌های پنجره‌ها را کشیدم و اطراف خانه را خطی طولانی کشیدم و به شکل یک بیضی لرزان درآوردم و با خط‌های کوتاه، نرده روی بیضی در رفته‌ام کشیدم تا خانه‌ام حصارکشی شده باشد. دریاچه‌ای کوچک کشیدم و آن را آبی کردم و با چند پاپیون، چند ماهی سرخ در دریاچه‌ام کشیدم، می‌خواستم برای خانه‌ام آسمانی صاف و ابری با خورشید خانمی خندان بکشم، که متوجه صدایی شدم و مرا از عالم ملکوتی نقاشی‌ام بیرون کشید.

در همین حین بود که پدر چند بار کفش‌ها را آرام به طرف مادر پرت می‌کرد و دوباره آن‌ها را به دست می‌گرفت و غر می‌زد. مادر با ترس و سکوت به او نگاه می‌کرد، وقتی کفش‌ها را پرت می‌کرد، کوچک‌ترین اخمی هم نمی‌کرد، چون نمی‌توانست اخم کند وگرنه دست از سرش برنمی‌داشت. آن لحظه درست نفهمیدم پدر چه می‌خواهد و چرا چنین کاری را انجام می‌دهد!

به حرکاتش اهمیت ندادم و به نقاشی کشیدنم ادامه دادم. مداد آبی‌ام را برداشتم و آسمانم را با لبخند آب پاشی کردم که مادر به سمت اتاق مهدی رفت و من هم از روی کنجکاوی پشت سرش دویدم و پشت در ایستادم و به حرف هایش گوش دادم.

- مهدی دردت به جونم، پسر گلم، بابات خوشش از کفشات نیومده. فردا برو پسشون بده. نه اصلا خودم باهات میام. یا نه یه کاری کنیم، واسه اینکه دوباره شر به پا نشه، خودش میبره هرچی که خواست واست میخره. مگه این شماره پات نیست؟

مهدی تعجب کرده بود و با حیرت منفجرشده‌ای به مادر نگاه می کرد. پیچ‌های دهانش از شدت تعجب لق شده بود، به سختی دهانش را جمع کرد و گفت:

- آخه مامان اینا مگه چشونه؟

- از جنس کفشا خوشش نیومده، می‌گه جنسشون خوب نیست.

- فروشنده قسم خورد، گفت بهترین جنس رو بهت دادم. حتی حامد هم بود که چقدر قسم خورد، گفت اینا یکی از بهترین کارام هستن که دارم بهت می فروشم.

- نه پسرم فروشنده راست گفته جنسشون خوبه، فقط می‌گه یه کمی جلف هستن؟

رنگ مهدی پرید و مثل زردچوبه‌های چند سال مانده‌ی عطاری‌ها شد، با رنگ پریده ای گفت:

- مامان کفش مگه جلفی داره؟ من از اینا خوشم اومده. الان خودم میرم ازش می‌پرسم، چرا مخالفت می‌کنه؟ کجای اینا جلف هستن؟

مادر جلوی رفتن مهدی را گرفت و دستش را روی قفسه‌ی سینه مهدی گذاشت و او را از رفتن منع کرد.

- نه مهدی تورو خدا نرو. شر به پا نکن. من که بهت گفتم خوشش نیومده. اصلا راستشو می‌گم، گفت مهدی حق نداره از اینا بپوشه در شأن من نیست.

مهدی با شنیدن این حرف عصبانی شد و نتونست خودش را کنترل کند.

- مامان این چه حرفیه که شماها می‌زنید؟ مگه جرم هست کفشی بپوشم که ازش خوشم میاد، چرا به ملت میگه به بچه‌هاتون حق انتخاب بدین، اونوقت به ما که می‌رسه از

۳۰

بچه‌هاش حق انتخاب رو می‌گیره؟ می‌زنه تو ذوق و انتخاب بچه‌های خودش که چی، غلط کردی انتخاب کردی! برو کنار مامان، خودم باید ازش بپرسم، تا نپرسم آرومم نمی‌گیره.

با قسم‌ها، اصرار و بوسه‌های مادر، مهدی آرام و راضی نشد و به سمت پدر رفت. جعبه‌ی کفش هایش را که مادر با خودش به اتاقش آورده بود، روی میز گذاشت. برای چند دقیقه حرفی نزد و لحظاتی به همراه پدر مشغول تماشا کردن برنامه‌ای از تلویزیون شد که شک دارم چیزی از محتوای برنامه را متوجه شده باشد، چون می‌دانم وقتی ناراحت باشی، فرقی نمی‌کند مهدی باشد یا هر کس دیگر، حواست جمع نمی‌شود، اما بعد از گذشتن مدتی شروع به صحبت کردن کرد:

- بابا کفشامو دیدی؟ امروز با بچه‌ها رفتم خریدمشون. اینا پول تو جیبی‌هام بودن. وقتی پشت ویترین دیدمشون، خیلی خوشم ازشون اومد.

پدر حتی کوچک‌ترین نگاهی به مهدی نینداخت و دستش را روی پیشانی‌اش گذاشت، به نظرم این حرکتش معنی خفه شو را می‌داد. مهدی هم متوجه این حرکت پدر شد. در این لحظه‌ها طوری دستش را روی پیشانی‌اش می‌گذاشت که همزمان به طرف مقابلش می‌فهماند که گوشم را گرفتم، دهنت را ببند! بازویش روی یک گوشش بود، مثلا

۳۱

اگر دست راستش را روی صورتش می‌گذاشت، بازویش گوش راستش را می‌گرفت و کف دستش را طوری روی گوش چپش می‌گذاشت که طرف مقابل مستقیما بفهمد گوشش را گرفته است و خیلی صلح آمیز می‌گوید، خفه شو نمی‌خواهم صدایت را بشنوم.

مهدی با دیدن حرکت زشت پدر نا امید نشد و کفش‌ها را از درون جعبه بیرون آورد، یک لنگه از آن‌ها را به دست گرفت و جلوی چشمان پدر برد.

پدر نگاهی به آن‌ها انداخت و صورتش را برگرداند. نمی‌دانم چرا تا این حد با بچه‌هایش غریبه بود و رفتارهای نامناسبی از خود نشان می‌داد. انگار که اصلا روان شناس نبود و نگهبان طویله‌ی گوسفندان بوده؛ چرا تا این حد از ما دوری می‌کرد و در عوض برای غریبه‌ها بال های عشقش را می‌گشود؟ وقتی با بعضی از بیمارانش صحبت می‌کرد، به جای قدردانی، به او فحش می‌دادند. لبخند می‌زد و می‌گفت:

-    تشکر.

با ما غریبه بود، اکثر اوقات از او می‌ترسیدیم. ترس که نه بهتر است بگویم با او راحت نبودیم. او برای ما کوه یخ کریستالی درخشنده‌ای بود که از دور قابل ستایش بود، اما وقتی می‌خواستی به او دست بزنی و بر

او تکیه کنی، تمام بدنت کبود می‌شد و از ترس یخ زدن، فقط از دور نگاهش می‌کردی و زیر سایه‌اش می‌ایستادی، چون چاره‌ای جز ایستادن نداری و پناه دیگری هم نداری. اگر پناه دیگری بود، حتی جهنم برایمان ازکوهی یخی که همه تمجیدش می‌کردند، بهتر بود. او بذر محبت برای همه می‌پاشید تا در دلهایشان بکارند، اما برای ما سردی و تلخی پخش می‌کرد که نا امیدی را در زندگی درو کنیم.

مادر به سرعت خودش را نزدیک پدر و مهدی رساند و بین آن‌ها، روی یکی از مبل‌ها نشست و خودش را برای خنثی کردن دعوایی که نتیجه‌اش را می شد از قبل پیش بینی کرد، آماده کرد.

با لبخند گفت:

- پسرم بابا می‌گه اینا به سنت نمی‌خوره، برو عوضشون کن. تو واسه پوشیدن کفش‌های مد روز هنوز خیلی کوچیکی. به حرف بابات گوش بده، صلاحت رو می‌خواد.

- آخه مامان اینا چه مشکلی دارن؟ چه عیبی دارن که من باید عوضشون کنم؟ بهم توضیح بدین، چشم! اصلا میبرم پس میدم و به جاشون دمپایی پلاستیکی می‌خرم.

مهدی جمله‌ی آخرش را با لبخند گفت، می‌شد لحن شوخی را از چشمان گرد شده و براقش دید، اما پدر جدی گرفت و با تندی کفش را از دست مهدی کشید.

- می‌خوای بدونی اینا چه عیبی دارن؟ این خطای زرد چیه که دور این کفش هستن؟

- بابا چرا داد می‌زنی؟ خوب مدلشونه!

- مدلشونه؟

- تو خیلی غلط کردی، می‌خوای از روی مد لباس بپوشی. من بهت پول تو جیبی میدم تا با دوستات بری ول بگردی و از رو مد لباس بپوشی؟ دوازده سالته، اما اندازه‌ی نره خر شدی. یه نگاه به خودت بنداز. با این قد و هیکلی که تو داری، کی فکر می‌کنه تو دوازده سالته؟ ها با توام جواب بده.

- بابا تو رو خدا داد نزن، من که حرفی نزدم.

- حرفی نزدی؟ دیگه چی می‌خواستی بگی! تو نمی‌دونی بابات کیه؟ من دکتر داریوش غفوری هستم. وقتی جایی میرم آدمه که جلوم بلند می‌شه. کفش می‌خوای؟ باشه، برو یه جفت سنگین بخر، در شأن پسر دکتر غفوری، نه مث کفشایی که

اون بچه خوشگل، حامد پاش می‌کنه. هیچ به خودت فکر کردی بابای حامد سوپری داره، اما پدر تو کیه خاک بر سر؟ بابای تو رو همه می‌شناسن و واسش احترام قائلن، این کفش‌ها با نوار زردی که دارن، جلف و سبکن باید پسشون بدی.

- باشه بابا این که دیگه نیاز به داد و هوار کردن نداره. چه اتفاقی افتاده که این همه داد می‌زنی؟ می خوای کل محله بفهمن پسر بدبختت گول حرفای خودت رو خورده و رفته با انتخاب خودش یه جفت کفش خریده؟ بابا خودت شعار دادی، منم گوش گرفتم. خدا منو لعنت کنه، چه جنایتی کردم که حق انتخاب به خودم دادم. فکر کردم از همون حرفایی که به بقیه می‌زنی، واسه‌ی بچه‌های خودتم بلدی، اما نمی‌دونستم واسه بقیه گل خوش بو هستی، اما واسه ما گل گوشت خوار. چشم آقای دکتر، فردا می‌برم پس میدم و دیگه غلط کنم گول اون حرفایی رو بخورم که به خورد مردم میدی، در حالی که خودت اصلا یادت نیست صبح چی گفتی و شب چی کار می‌کنی. کاش بابای منم مث بابای حامد سوپری داشت، اما به بچه‌هاش احترام میذاشت، نه شما که زن و بچه‌هات به اندازه‌ی یه گوسفند واست ارزش ندارن و فقط موقعیت خودته که ارزش

داره نه بچه‌هات. باباجون شما فقط حرص موقعیت و وجاهت خودت رو می‌خوری! اصلا به فکر خانواده‌ت نیستی. نمی‌فهمم بچه‌های مردم قراره چه گلی به سرت بزنن که این همه واسشون حرص می‌خوری، اما با بچه‌های خودت مث سگ زنجیر شده رفتار می‌کنی؟ آهان یادم نبود، اونا واست دولا خم می‌شن و عقده هات با تشکر کردنشون آروم می‌گیره. اگه این جوری دوست داری، به خدا حاضرم جلوت زانو بزنم، ولی فقط یک روز باهام مث یه مریض روانی که دستور بستری شدنش رو تو تیمارستان میدی باش و با محبت و آرامش رفتار کن. اصلا حاضرم نصف زندگیمو بدم، ولی مث یه مریض باهام رفتار کنی، نه پسر بدبخت خودت مهدی.

مهدی کفش‌ها را درون جعبه گذاشت و به سمت اتاقش رفت و با ناراحتی و شدت در را به هم کوبید. همین کار عصبانیت پدر را بیش‌تر کرد. با آن سن کمی که داشتم، به طرف پدر رفتم و خواستم او را آرام کنم، اما بر سرم فریاد کشید:

- دختر تو یکی خفه شو. تو کار بزرگ‌ترها دخالت نکن، هزار دفعه بهت گفتم تو کاری که بهت مربوط نیست، دخالت نکن. حالام برو تو اتاقت.

۳۶

از شدت ترس تمام بدنم خشک شده بود. دستانم یخ زده بودند و لرزش دستانم در آن حال و هوا، مثل سرگرمی شده بود که به آن‌ها خیره شوم. سعی می‌کردم محکم بگیرمشان، که آرام‌تر شوند و نلرزند. سرجایم ایستادم و تکان نخوردم و مثل صنوبر هزار ساله‌ی خشک شده، خشکم زده بود.

پدر عصبانی شد. از جایش برخاست و فحش‌های خیلی زشتی به مهدی داد. مهدی که به این حرکات پدر عادت کرده بود، اهمیتی نداد و اصلا از اتاقش بیرون نیامد. در آن حال و هوا، مهدی را در ذهنم تجسم می‌کردم که در اتاقش یا روی تختش نشسته و سرش را میان دستانش گرفته یا به این طرف و آن طرف راه می‌رود.

پدر هم‌چنان فریاد می‌زد و خواننده‌ی اُپرا بودنش تمامی نداشت! فرکانس صدایش هر لحظه بیش‌تر و بیش‌تر می‌شد و اصلا سیر نزولی نداشت و فقط صعود می‌کرد و بالا می‌رفت، تا آن‌جا که دیگر شدتش آن قدر زیاد شده بود که بر روی لایه‌های عمیق‌تری اثر می‌گذاشت و قلب را متأثر و به تند کوبیدن وادار می‌کرد. هر چه آدرنالین ترشح می‌شد، بدن بیش‌تر می‌ترسید و قفل می‌کرد.

-   زن! همش تقصیره توئه که اینو این قدر سگ بار آوردی. نگاش کن، دیدی چقدر بی تربیته! ما خجالت می‌کشیدیم تو چشمای

باباهامون نگاه کنیم، حالا این نره خر، رو حرف من حرف می‌زنه!

- باشه داریوش چته؟ چیزی نگفته، با دوستاش رفته بوده بیرون، اینا رو دیده خوشش اومده و خریده. خودم راضیش می‌کنم فردا بره عوضشون بکنه.

- چی؟ راضیش کنی؟ خیلی غلط کرده که تو بخوای راضیش کنی؟ این از همین حالا این طوره، لابد چند سال دیگه که بزرگ‌تر می شه، می‌خواد سگ تر بشه پاچه بگیره. نه! از این خبرا نیست، اگه روزی بخواد رو حرف من حرفی بزنه، خودم استخوناشو خرد می‌کنم، از این خونه پرتش می‌کنم بیرون. با توأم مهدی خان، شنیدی یا بیام حالیت کنم. با توام پسره‌ی عوضی، شنیدی؟

دلم برای مادرم می‌سوخت، شعله ی ترسی با نگرانی از چشمانش زبانه می‌زد که به قلبم خنجر می‌زد و آن را هزار تکه می‌کرد و هر تکه‌اش را مقابل اژدهایی می‌انداخت که با چنگ قلب کوچکم را ریش‌ریش می‌کرد، مثل قالی که هزاران سال پا خورده است و هر جایش ریش ریش شده است، قلبم را ویران و نابود می‌کرد.

۳۸

دوست داشتم به دست و پای پدرم بیفتم تا با فریادهایش مادر را نرنجاند. مادرم التماس می‌کرد و با هر التماسی نیمه‌ای از روحم را به تباهی می‌کشاند. با هر قطره‌ی اشکش، ذهنم را مثل یک بیمار مرگ مغزی، روی یک خط بی تفاوت و سرگردان سوق می‌داد. نمی‌دانستم چه کنم، تا مادرم آرام شود...

مادر میان تلاطم بود. نمی‌دانست پدر را آرام کند و به قول خودش نگذارد شر درست شود، یا دل مظلوم مهدی را بدست بیاورد و آرامش کند و التماس‌هایش را در اتاق مهدی ادامه دهد تا به پدر بی احترامی نکند، که پدر بدتر آتشش را مثل آتشفشانی خاموش، با شدت و بی رحمی به بیرون بریزد. اصلا برای پدر مهم نبود چه بلایی سر گل‌های کوچک زندگی یک مادر می‌آورد.

پدر می‌خروشید و قلب و روح را به تاراج می‌گذاشت. اصلا متوجه نبود روش بدی را برای ستون‌های زندگیش- فرزندانش- در پیش گرفته است و روزی این ستون‌ها به بدترین شکل و با خسارت‌های فراوان، شکسته خواهند شد و ویرانی عظیمی از جنس دلی شکسته و آینده‌ای سیاه و مبهم به بار خواهند آورد.

پدر دست مادر را هل داد. مادر هرچه بیش‌تر التماس و خواهش می‌کرد، او شیر تر می‌شد، حالا وقت قحطی و گرسنگی رسیده است،

۳۹

می خواهد فرزندش را هزار تکه کند. به طرف اتاق مهدی رفت و با لحنی پر از سرزنش با او صحبت کرد...

-   دفعه دیگه غلط می‌کنی با دوستات بری بیرون خرید کنی. مامانت اینجا چیکاره‌اس؟

تصورم اشتباه بود، مهدی نه روی تختش نشسته بود و نه مثل روحی سرگردان در اتاقش راه می‌رفت، گوشه‌ای از اتاق زانوهایش را بغل کرده بود و گریه می‌کرد. تی شرت کرم رنگی با شلوار مشکی به تن کرده بود. یقه‌ی تی‌شرتش شلخته و باز بود که مشخص می‌نمود خسته و وارفته است.

مهدی با چشمانی پر از اشک به پدر خیره شده بود. وقتی پدر وارد اتاق شد، گره دستانش را از دور زانوهایش باز نکرد و مثل قفلی به ضریح، مشتش را محکم بسته بود. هیچ حرفی نمی‌زد. بی‌احترامی‌ها و فحش‌های پدر را گوش می‌کرد و آرام اشک از گوشه‌ی چشمان معصومش سرازیر می شد. اطراف بینی‌اش سرخ شده بود، نوک دماغش مثل گوجه‌ی رسیده‌ای شده بود که از شدت رسیدگی، سرخ و ورم کرده شده است. لب‌هایش می‌لرزید، به گمانم می‌خواست جلوی اشک ریختنش را بگیرد، اما نمی‌توانست.

پدر درست می‌گفت مهدی دوازده سالش بود، اما درشت هیکل و بلند قد بود. موهای نسبتا پری داشت، اصلا سن و قدش یکی نشان نمی‌داد. بیش‌تر به جوانی بیست ساله می‌خورد تا پسری دوازده ساله. گاهی اوقات که مهمانی می‌رفتیم، همه از پدر می‌پرسیدند، چند سالگی ازدواج کرده‌ای که چنین فرزند رشیدی داری؟ او هم می‌خندید و می گفت: جثه‌اش بزرگ است و فقط دوازده سال دارد.

مهدی با آن چشمان شرابی شده‌اش که مست از گریه شده بودند با التماس به مادر نگاه می‌کرد تا پدر را آرام کند و او را از اتاق بیرون ببرد. مادر هر چه دست پدر را می‌گرفت، او دستش را با شدت بیشتری پرت می‌کرد و به سمت مادر برمی‌گشت و به او فحش هدیه می‌داد، اما مادر خسته نمی‌شد و دوباره دستش را می‌گرفت تا او را بیرون ببرد و آرامش کند. چه‌قدر دلم برای آن روز مهدی می‌سوزد.

این درگیری‌ها تقریبا هفته‌ای چند بار در خانه‌ی ما وجود داشت، از بچگی‌هایم که اصلا یادم نمی‌آید چند سال داشتم، میان این همه آشوب بودم، این صحنه‌ها و التماس کردن‌ها و دست و پا ماچ کردن‌های پدر توسط مادر را، بارها دیده بودم. پدر برایم عزیز بود، اما نمی‌دانم چرا با آن سن کم به خدا می‌گفتم:

-   خدایا از دستش راحتمون کن.

چشمان مهدی سرخ‌تر می‌شد و حرف‌های پدر هم اسیدی تر.
حرف‌هایش آن‌قدر سوز داشت که اگر می‌شد دوست داشتی همان
لحظه، سمی مهلک بخوری تا حرف‌هایش را نشنوی. مادر بارها دست
پدر را می‌گرفت، اما او دوباره دستش را پرت می‌کرد. در گیر و دار
همین پرت کردن‌ها بود که پدر دست مادر را با شدت بیشتری پرت
کرد، طوری که مادر به عقب پرت شد و زمین خورد.

پدر مثل شیری زخمی به طرف مهدی حمله کرد. احساس کردم
می‌خواهد او را با مشت و لگد کتک بزند، چون خیلی عصبانی بود و
حالت حمله‌اش تهاجمی بود. به طرف مهدی رفت و یقه‌ی او را گرفت.

مهدی بیچاره، سرش را پایین انداخته بود مثل زودپز جوش می‌آورد و
بخار می‌کرد و عصبانیتش را در درون خود نگه می‌داشت و هیچ حرکتی
نمی‌کرد. پدر یقه‌ی او را گرفته بود و مثل قالی عید، تکانش می‌داد.
مهدی بدون هیچ حرکتی به او خیره شده بود و هیچ حرفی نمی‌زد،
انگار که در کودکی‌هایش گم شده بود و برای باز شدن زبانش، به تخم
کبوتر احتیاج بود تا بتواند جواب فحش‌ها و بی‌احترامی‌های پدر را
بدهد. مهدی مودب‌تر از این حرف‌ها بود، جواب پدر را نمی‌داد تا این
که پدر دستش را بالا برد و صدای سیلی پدر تمام خانه را فرا گرفت.

فضای خانه پر از صوت بی وزن و سنگین سیلی شد. برای چند لحظه همه جا صدای سکوت می‌داد، سکوت از در و دیوار با هلهله و پای کوبی خود را به فضای سنگین و بی وزن ما چهار نفر رساند. مادر به سرعت بلند شد به طرف پدر رفت و دستش را گرفت. پدر دوباره مادر را هل داد و اصلا دست بردار نبود. مهدی هم چنان در سکوت خودش می‌جوشید و اشک می‌ریخت. پدر فریاد زد:

- از خونه‌ی من گم شو بیرون.

مهدی مات و مبهوت به پدر خیره شد. هیچ حرفی نزد. دهنش خشک شده بود، به طرف در رفت، مثل مرده‌ای یخ زده با چشمان مرده‌اش به پدر خیره شد و سکوتش را شکست:

- زندگیمون رو سیاه کردی. مامان بدبخت رو اسیر خودت کردی. نمی‌دونم چرا ازت طلاق نمی‌گیره. اصلا واسه چی مونده و تو این جهنم دست و پا می‌زنه. هرچند دلیلش رو خوب می‌دونم، این بدبخت به خاطر ما دو تا مونده، چون می‌دونه اگه بخواد طلاق بگیره با این گردن کلفتی که شما دارین، بچه‌هاشو که هیچ، حق نفس کشیدن هم بهش نمیدین. آخه شما دکتر غفوری هستین و تو هر اداره‌ای که برین طناب رفاقت تو دستتون هست و گره رو محکم‌تر می‌کنین. واسه بچه‌های مردم

۴۳

ناجی هستی، واسه بچههای خودت جهنمی. چرا بیرون و خونهات یکی نیست؟ خستهمون کردی. توروخدا بشین با خودت فکر کن، خستهمون کردی. وقتش رسیده با خودت حساب کتاب کنی و اخلاقت رو عوض کنی. نگاه کن من دوازده سالمه و مهدیه هفت ساله. دوتامون از خونه خسته شدیم، فقط به خاطر اخلاق بد و غیر قابل تحمل شماست.

پدر عصبانیتر شد. به طرف مهدی حملهور شد و سیلیهای آبکیتری به صورتش پرتاب کرد، برای آن شب صورتش را گل انداخت. مهدی دیوانه شد، نمیدانم آن روزها در سن بلوغ بود یا نبود، اما حس میکنم آن غرور مردانهای که همه از آن به عنوان مشخصهی یک مرد میگویند، برایش جریحهدار شد و از این همه سیلی و فحش و دسته گلهای پدر خسته شد.

به طرف کفشهای نویی که خریده بود رفت. آنها را به دست گرفت و فریاد زد:

- این همه بدبختی فقط به خاطر یک جفت کفشه؟ به خاطر این غلطیه که من امشب کردم، این همه شر به پا شده! آره؟

تمام این کلمات را با فریاد و خشم ادا کرد، صدایی که از حنجره‌اش بیرون می‌رفت، از صدای پدر و تمام میکروفن‌هایی که تا به حال به دست گرفته بود، بالاتر رفته بود. تا به آن روز هیچ وقت مهدی را تا این حد دیوانه و عصبی ندیده بودم. کفش‌ها را با شدت به طرف آینه‌ی پذیرایی پرت کرد و آینه را شکست. به طرف در رفت تا از خانه بیرون برود که پدر، یادگاری را که از آرش کمان گیر به ارث برده بود، به کار گرفت، گلدانی را که نزدیکش بود برداشت و به سمت مهدی پرت کرد. گلدان به سر مهدی اصابت کرد و صورت مهدی را خون‌آلود کرد.

هر وقت به آن روز فکر می‌کنم، آن صحنه‌های شوم بی وزن که تمام ذهنم را سنگین می‌کنند، میان تلاطمی وحشی و خونی غرق می‌شوم و در پوچستان‌های ذهنم سراغ سرچشمه‌ای می‌گردم که رگ و ریشه‌ی خون سیاه را میان بیابان‌های ذهنم بخشکاند. فراموش کردنش برایم سخت و غیر ممکن است، هرگز نتوانستم فراموش کنم، پدر مثل گرگی که اطراف گله زوزه می‌کشد و به این طرف و آن طرف می‌رود، اطراف مهدی می‌چرخید، مادرم به سان چوپان گله، او را از چنگالش فراری می‌داد. پدرم دست آویز هر چیزی می‌شد. گاه سیلی محکمی به مادر می‌زد و مهدی بدتر عصبانی می‌شد و حرف‌های زجردهنده‌تری می‌زد

که حرف دل من هم بود، مطمئنم حرف‌های دل مادر هم بود، اما هیچ‌وقت نمی‌توانست بگوید.

هیچ چیزی اطراف پدر نبود که با آن بتواند قدرتش را به یک پسر دوازده ساله‌ی درشت هیکل نشان دهد، فقط دوازده ساله. هدف‌گیری پدر خیلی دقیق بود، تیرش به هدف خورده بود. مادر جیغ زد و دوباره فریادهای شادی از خانه‌ی آقای دکتر داریوش غفوری، بلند شد. تقریبا همه‌ی همسایه‌ها هفته‌ای یکی دوبار، به شب نشینی‌های پر سر و صدای ما عادت کرده بودند، این که ما برنامه اجرا کنیم و آن‌ها از پشت پنجره‌هایشان ببینند و لبخند بزنند، گاهی اوقات هم انگشت حیرت به دهان بگیرند که ای وای دکتر غفوری و دعوا؟ این فرشته‌ی پر عطوفت دعوا کردن هم بلد است؟ در آن لحظات آروزی مرگ می‌کردم، وقتی یکی از همسایه‌ها در می‌زد و می پرسید:

-    سلام خانم غفوری، مشکلی پیش اومده؟ آخه صدا از خونه‌تون میاد!

مادر عذرخواهی می‌کرد و با اضطراب و خجالت و شرمندگی مانند مرتکب شدن جرم و فسادی بزرگ، آیفون را می‌گذاشت.

مادر بیچاره‌ام، درمانده شده بود و نمی‌دانست چه کند؟ جلوی حمله‌های پدر را بگیرد یا پارچه‌ای پیدا کند و جلوی خون ریزی مهدی را بگیرد. صورت مهدی خونی شده بود، از دیدن خونش احساس ضعف می‌کردم. با خودم حرف می‌زدم و خودم را گول می‌زدم که چیزی نیست دارند بازی می‌کنند، اما بازی نبود.

همیشه یک قانون کلی حکم می‌کند و آن هم این است: وقتی مشکلی داری و چیزی را می‌خواهی که حکم حیاتی دارد، آن چیز پیدا نمی‌شود و نمی‌توانی پیدایش کنی، ولی وقتی به آن احتیاج نداری و به کارت نمی‌آید، دائما جلوی دست و پاهایت را می‌گیرد و نمی‌دانی آن را کجا بگذاری، تا از دستش خلاص شوی، اما هنگام ضرورت مثل آب بخار شده می‌شود. مادر نمی‌توانست دستمال پیدا کند و جلوی خون‌ریزی مهدی را بگیرد.

از ترس، بی اراده گریه می‌کردم و با جیغ خودم را به مادرم می‌چسباندم. مادر میان چوبه‌ی دار بود و مرا به عقب پرت می‌کرد، تا جلوی حمله‌ی پدر به طرف مهدی را بگیرد و از طرف دیگر با التماس از مهدی درخواست می‌کرد حرف‌های تلخ را تکرار نکند شاید دعوا تمام شود.

میان درگیری مادر بیش‌تر طرف پدر را می‌گرفت، چون اگر چنین نمی‌کرد، پدر تا چند روز با او دعوا می‌کرد و جگرش را خون می‌کرد.

مهدی دستش را روی سرش گذاشته بود تا جلوی خون‌ریزی را بگیرد، وقتی که می‌خواست خانه را ترک کند، چشمش به تلویزیون افتاد، با لگد تلویزیون را هل داد، تلویزیون از جایش تکان خورد و شکست. پدر مثل شیر نر که قصدش شکار کردن نیست و می‌خواهد طعمه‌اش را لت و پار کند به طرف مهدی دوید و او را زیر مشت و لگد گرفت.

آن وسط کسی اشک‌ها و جیغ و فریادهای من را نه می‌دید، نه می‌شنید. از شدت ترس، بی ارداه به صورت خودم سیلی می‌زدم. نمی‌دانم شاید می‌خواستم با این کار آن‌ها را متوجه خودم کنم تا دیگر ادامه ندهند. شاید می‌خواستم خودم را آرام کنم، یا با سیلی از این خواب وحشتناک بیدار شوم، حرکاتم ارادی نبود. مادر خودش را بر روی مهدی انداخت و پدر به جای کتک زدن مهدی، مادر را زیر مشت و لگدهای محکم‌تری گرفت. دیدن آن صحنه‌ها برایم زجرآور بود، با آن سن هفت ساله‌ام، نمی توانستم چنین تجربه‌هایی را هضم کنم. اول مهدی زیر کتک بود و بعد مادر...

مادر مثل عروسک پلاستیکی که در آتش می‌سوزد و جمع می‌شود، خودش را جمع کرده بود و پدر روی زانوهایش نشسته بود و او را کتک

می‌زد... اصلا مردانگی در وجودش نبود، این که برای لحظه‌ای مثل یک مرد باشد و با خودش بگوید او زن است، زن خودم. چه طور می‌توانم دستانم را روی زنم بلند کنم؟

نمی‌دانم این همه مردانگی که مردها از آن دم می‌زنند و ادعای آن را دارند، کجای وجودشان است که با تمام مردانگی‌شان به طرز مردانه‌ای نامردی می‌کنند و ضعیف‌تر از خود را کتک می‌زنند! شاید این هم نوعی از آن رگ‌های غیرتی است که در وجودشان جاری است و به آن می‌نازند، قدرت نمایی برای یک زن!

حالا که خوب فکر می‌کنم، دلم برای مردها که تا این حد بدبخت و ضعیف هستند، می‌سوزد. قدرت و غریزه‌شان قدرتمندتر از عقل و قلب‌شان است و قدرت طلب بودن در زندگی، برایشان از نان قلب واجب‌تر است.

پدر احساس می‌کرد باید فضای خانه درگیر حکومت نظامی باشد و کسی حق گفتن هیچ حرفی بر خلاف میلش را ندارد، چون او از صبح مشاوره می‌دهد و وقتی به خانه برمی‌گردد، ما باید خفه شویم. چرا؟ چون خسته است و سرش درد می‌کند و شاید دهنش کف کرده بود و فکش هم درد گرفته بود از بس حرف‌های چرت به مردم تحویل داده بود. حرف‌های چرتی که خودش در عمل آن‌ها را به کار نمی‌گرفت و

انتظار داشت مردم با شنیدن آن‌ها مدینه‌ی فاضله به پا کنند، حرف‌هایی که حتی خودش هم آن‌ها را باور نداشت؛ چون اگر باور داشت آن‌ها را در خانه‌اش به کار می‌گرفت و زندگی خصوصی‌اش را جهنم نمی‌کرد.

پدر حس می‌کرد اگر در خانه چیزی بر خلاف میلش باشد، مادر باید جواب‌گو باشد و او را در عوض تمام جرم‌های مرتکب نشده، مجازات کند. با هر بار کتک زدن مادر، ما را عذاب می‌داد، این کار او سوهان روح ما شده بود.

مهدی با صورتی پر از خون، با لباس راحتی‌های خانگی‌اش از خانه فرار کرد و حتی پشت سرش را هم نگاه نکرد.

برعکس مهدی، من هیکلی ظریف با استخوان‌هایی باریک و دستانی ریز داشتم، ناگفته نماند قد بلندی هم نداشتم و در کل یک دختر ریزه‌میزه به حساب می‌آمدم. با این جثه‌ی کوچک و شکستنی‌ام، قدرت کافی نداشتم که پدر را هل بدهم و مادر را از زیر لگدها و سیلی‌هایش بیرون بکشم. ایستادم و نگاه می‌کردم و اشک می‌ریختم، گاه دست پدر را می‌کشیدم. اصلا تغییری در حالتش رخ نمی‌داد، شبیه پروانه‌ای مردنی بودم که روی یک شیر نر می‌نشیند، یا بهتر است بگویم نشستن کاه روی سنگ. آن صحنه‌ها را به حافظه‌ی بلند مدت و پاک نشدنی‌ام

سپردم که با یادآوری آن لحظات اشک بریزم و غصه بخورم و با اراده‌ی خودم چنگ به قلبم بزنم و برای مادرم و مهدی دلسوزی کنم.

جیغ می‌زدم و گریه می‌کردم. پدر بی‌رحمم، انگار بالای سر لاشه‌ای بی‌جان افتاده بود و با مشت و لگدهایش او را تکه پاره می‌کرد. انگار قهرمان بوکس بود که داشت خودش را برای مسابقات جهانی آماده می‌کرد و با حرص محکم به کیسه‌ی بوکس ضربه می‌زد.

پدر ناراحتی‌اش را روی مادر خالی کرد. حرف‌های برنده و تلخ مهدی او را بی رحم کرده بود. حتی لحظه‌ای با خودش نگفت این جسمی که زیر دست و پاهایم است، همسرم، مادر دو فرزندم است.

عصبی شده بودم و محکم بر سر و صورت خودم می‌زدم. سیلی می‌زدم و موهایم را می‌کشیدم. دست خودم نبود، شوکه شده بودم. نمی‌دانم ترسیده بودم یا از شدت ناراحتی این حرکات را می‌کردم. بعد از مدتی مادر متوجه من شد و پدر را هل داد، به سمتم آمد و مرا محکم بغل کرد.

نمی‌دانم چرا مادر که می‌توانست پدر را به یکباره هل بدهد، زیر دست و پایش مانده بود تا او کتکش بزند؟ چرا حرمت کسی را نگه می‌داشت

که ذره‌ای قدردانش نبود و در عوض بی‌احترامی‌هایش به او همیشگی بود. گاهی اوقات دوست داشتم جای مادرم باشم و از حقش دفاع کنم.

- چیزی نیست دخترم. آروم باش اتفاقی نیفتاده. بابایی و مهدی داشتن با همدیگه شوخی می‌کردن. چیزی نیست دخترگلم، آروم باش.

عجب! چه بازی خونینی می‌کردند! این برایم قابل درک نبود. چرا بازی‌هایشان تا این حد جدی بود! مرا به آغوش کشید و بوسه بارانم کرد و به اتاقم برد.حین رفتن به اتاقم به پدر گفت:

- گند زدی به تمام زندگیمون.

نمی‌خواهم از مادرم اسمی به میان بیاورم. نمی‌خواهم او را با هیچ چیز زمینی گره بزنم. او یک مائده‌ی آسمانی بود، یک لطف الهی که در خانه‌ی ما نازل شده و در لحظات‌مان جاری بود. او با آب و نور و روشنی و پاکی، گره خورده بود. قلبش انتها و ابتدایی نداشت، بی کران بود و بزرگ. می‌توانست تمام دنیا را در آن یک مشت جا دهد. مرزی نداشت، حد نداشت و به اندازه‌ی تمام جاده‌های نادیده، رنج کشیده بود و خط ترمزها را بر روی جاده‌های روح آرامش لمس کرده بود. آری به اندازه‌ی تمام جاده‌های رنج کشیده‌ی زندگی، عشق در قلبش جاری بود. آن

روح بزرگ و ستودنی‌اش مرا متحیر کرده بود که چگونه پدر و تمام سختی‌ها را نوزده سال است تحمل کرده و هنوز هم تحمل می‌کند و باز هم بر چهره‌ی زشت زندگی می‌خندد. نمی‌دانم شاید این ما بودیم که به او انگیزه‌ی زندگی کردن داده بودیم و همه چیز را برای او قابل تحمل کرده بودیم.

مادرم این لفظ پر معنا، این بی نهایت مطلق در قلبم، همان هدیه‌ای که خداوند پاک و بی نیاز و مقتدر به من داده بود اگر نداشتمش، نمی‌دانم به عشق چه کسی لبخند زدن را می‌آموختم و به روی زندگی لبخند می‌زدم. اسمش را درگیر هیچ ذهنی نخواهم کرد. او برایم پاک و مقدس است به سان صومعه‌ای چند هزار ساله که خاکش برایم مقدس است، چه رسد به بنای عظیمش. اسمش را هرگز نخواهم گفت. او برایم یک فرشته است.

پر و بال محبت مادر بر سرم جاری شد. نمی‌دانم چه طور معجزه می‌کرد که اصلا یادم نمی‌آمد چه اتفاقاتی افتاده است. نمی‌دانم آرامش می‌داد، یا بی هوشم می‌کرد که از دنیای اطرافم هیچ نمی‌فهمیدم و در نادانی و نفهمی می‌ماندم.

مهدی شب به خانه نیامد. مادر خیلی نگران بود و پدر بیش‌تر از مادر نگران نیامدن مهدی بود. از رفتارش پیدا بود که با زبان بی‌زبانی می‌گفت:

- نگرانم و نمی‌دانم چه کنم.

پدر هیچ وقت به ما اجازه نمی‌داد شب را در خانه‌ی کسی بمانیم. خیلی بد گمان بود. احساس می‌کرد تمام دنیا چشم بدی به فرزندان و زنش دارند. حتی اجازه نمی‌داد شب را در خانه‌ی پدر بزرگ و یا برادر خودش بمانیم و دائم می گفت:

- بچه باید تا وقتی ازدواج می‌کنه و میره خونه‌ی خودش، سرش رو بالش پدر مادرش باشه. بعدش به زنش و شوهرش مربوطه کجا باشه یا نباشه.

برایش فرقی نمی‌کرد پدر خودش باشد یا پدر زنش. هر شخصی که بود، اطمینان نداشت. این ظن بد پدر بر همه‌ی ما حاکم و الگو شده بود و ما برای همیشه یک پیش زمینه‌ی بدی نسبت به تمام افرادی که با آن‌ها در ارتباط بودیم داشتیم. حس می‌کردیم اگر کسی به ما چیزی تعارف می‌کند، یا می‌خواهد پیشنهاد بدی بدهد یا فکر و خیال شومی برای ما دارد.

هیچ کدام از ما سه نفر، میلی به مهمانی رفتن نداشتیم، چون آخر شب باید برای تمام لبخندها و شوخی‌ها و حتی نگاه‌هایمان جواب می‌دادیم، که چرا به فلانی نگاه کردی، چرا دستت به او خورد و اصلا چرا نفس کشیدی!

مهدی با حامد به بیمارستان رفته بود و سرش را پانسمان کرده بود. انگار حامد به او اصرار کرده بود شب را در خانه‌ی آن‌ها بماند، اما او از ترس پدر قبول نکرده بود و به خانه بازگشت. طفلک بیچاره به خانه آمده بود، وقتی لامپ‌ها خاموش شدند و پدر در پادگان خاموشی زده بود، روپوش ماشین را روی خودش انداخته بود و شب را در حیاط خوابیده بود.

نمی‌دانم چرا این خاطرات زجر دهنده را در دفتر خاطراتم می‌نویسم. نمی‌دانم چرا! انگار می‌خواهم خودم را با نوشتن و خواندن دوباره‌ی این ها عذاب دهم. انگار که از به یاد آوردن تمام این پیشامدهای شوم زندگی‌ام، احساس شیرینی از تلخی‌شان می‌کنم و زخمم را با مرهمی تلخ آرامش می‌دهم. چقدر زجر می‌کشم وقتی از اتفاقاتی که بر من گذشته می‌نویسم و همه را به یاد می‌آورم. گاه این تلخی‌ها آن‌قدر عمیق هستند که هیچ مرهمی برای آرام کردنشان نمی‌یابم و تنها راه، چنگ زدن به آن‌هاست. شاید از نوشتن‌شان احساس آرامش می‌کنم و

دل پرشده از هیچ و پوچ‌های شومم را، با هر سطری که می‌نویسم، آرام می‌کنم.

صبح زود با صدای ترق توروق شیشه‌ها از خواب بیدار شدم. مادرم، فرشته‌ی همیشه حاضر، مشغول جمع کردن خرده شیشه‌ها و گلدان شکسته و خاک ریخته شده‌اش بر روی زمین بود. تلویزیون سنگین بود، اما با زحمت آن را سر جایش گذاشته بود. به در تکیه داده بودم و با زبانی خشک و گل گرفته، مادر را نگاه می‌کردم. نفسم طعم تلخ و خشکی داشت و از تحمل کردنش بیزار بودم.

پدر حوله به دست بود. با ترس سلام کردم، اما جوابی نشنیدم. هم‌چنان خیره مانده بودم. سفره پهن بود، اما پدر لب نزد و روزه‌اش را نشکست و سلامی به دختر کوچکش، همان که دیشب مثل دیوانه‌ها بر سر و صورت خودش می‌زد، نکرد. با خودش نگفت حتی اگر دخترم نباشد، می‌توانم مثل یکی از بیمارهایم به او مشاوره بدهم و با لبخندی بگویم " سلام جانم ". حوله را روی زمین نزدیک توالت پرت کرد، به طرف اتاق رفت و مشغول لباس پوشیدن شد.

مادر به طرف اتاق رفت و با اصرار از پدر می‌خواست بیاید و صبحانه بخورد، اما جواب نمی‌داد. لعنت به آن اخلاق گند و متعفنی که داشت. اصلا به صورت آدم نگاه نمی‌کرد. هربار چنین حرکاتی را تکرار می‌کرد،

دوست داشتم چنگ در شکمم بزنم تا شاید دق دلی‌ام آرام گیرد، اما حیف که نمی‌شد.

مادر، خاک‌انداز به دست به طرف حیاط رفت. درگیر غصه‌ها و بدبختی‌هایش بود و به اطرافش توجه نمی‌کرد. خیلی دوست داشتم با او حرف بزنم تا دلم آرام گیرد. دیشب تا دیر وقت نخوابیده بودم، از تاریکی می‌ترسیدم و صداهای عجیب می‌شنیدم. نمی‌دانم صداها از ذهنم بود، خیالات بودند یا واقعیاتی که من نمی‌دیدمشان.

پشت سر مادرم دویدم و به طرف حیاط رفتم، مثل جوجه اردک زشتی بودم که هر جا مادرش می‌رفت، او هم می‌دوید و می‌رفت. مهدی را روی زمین، کنار ماشین دیدم که از شدت سرما مچاله شده بود، سرش پانسمان داشت. احساس کردم از شدت سرما ترک برداشته است. روی موزاییک‌های حیاط خوابش برده بود. دلم برای شب پردردی که سپری کرده بود، سوخت. وقتی که تنها باشی برایت فرقی نمی‌کند، زیر پایت زمین باشد یا تخت خواب، وقتی سینه‌ات پر از درد باشد، چنگال‌های سرد موزاییک حیاط هم تغییری در حال دلت ایجاد نمی‌کند.

- مامان... مامان اونجا رو ببین، مهدی روی زمین خوابیده.

مادر به طرفش دوید، جویبار اشک از آن دو گوهر زیبایش سرازیر شد. با اشک و بوسه مهدی را به آغوش کشید و پشت سرهم می‌گفت:

- مامانت فدات بشه، پسر مظلوم و بیچاره‌م.

عاشقانه‌های مادر به مهدی از راه نرسیده بودند که پدر پشت سرمان ظاهر شد. خشکم زد. وقتی او را دیدم به جای شق‌القمر، شق‌المغز شدم. ترسیدم که نکند با دیدن مهدی دوباره جنجال و دعوا شروع شود.

مادر مهدی را محکم‌تر بغل گرفت، مثل مادری که جوجه‌اش را محکم می‌گیرد تا گربه او را نخورد، به پدر فهماند که حق انجام دادن هیچ حرکت و حرفی را ندارد.

مهدی بیچاره با ترس به صورت پدر نگاه می‌کرد و با نگاه‌های بریده بریده‌اش از پدر امان می‌خواست. او را میان دستان مادر می‌دیدم، دلم می‌سوخت برای این همه ناراحتی که از عمق دلش، توسط دریچه‌ی صورتش بیرون می‌ریخت. قلبم هزار پاره شد، نمی‌توانستم هیچ حرفی بزنم. بدنم سرد شده بود و می‌لرزیدم. هر وقت استرس داشتم یا نگران و ناراحت می‌شدم، بدنم یخ می‌زد و دستانم مثل یخ‌های قطب، سرد و بی روح می‌شدند.

محال بود پدر با مهدی صحبت کند. تا آن موقع از سنم و از وقتی خوب و بد را تشخیص دادم و خاطرات در ذهنم حک شدند، هیچ روزی را به یاد ندارم که پدر بعد از دعوا با کسی صحبت کرده باشد. برایم مسلم بود تا چند روز دیگر هم اوضاع به همین صورت پیش می‌رود. وقتی از کنارمان گذشت، نگاهش به طرفمان خم نشد، خیلی بی توجه مثل شاهزاده‌ای زیبا و بی اعتنا از کنار هر سه ما عبور کرد و سوار ماشین شد.

چرا پدر با خودش نگفت مهدیه فقط هفت سال دارد و برای دیدن این صحنه‌های تلخ و تحمل کردن بار سنگین این اتفاقات، خیلی کوچک است! باید او را نجات دهم و اجازه ندهم زجر بکشد، باید مشاوره‌ای چند دقیقه‌ای یا بوسه‌ای محبت آمیز نثارش کنم و دست نوازش بر سرش بکشم تا بفهمد دوستش دارم، اما افسوس که او هرگز چنین کاری نکرد...

مدرسه‌ام چرخشی بود. آن هفته سری عصر بودم. چشمانم پف کرده بود. مادر با مدیر مدرسه تماس گرفت که مهدیه مریض است و نمی‌تواند بیاید، اما خودش مجبور بود به محل کارش برود.

چهره‌ی پدر از مقابل چشمانم محو نمی‌شود، آن ابروهای پف کرده بر روی پیشانی‌اش، آن ابروهای ورم کرده که انگار ابرهای کمولوس بودند

۵۹

که صاعقه‌های تمام عالم را در خود جمع کرده‌اند و با یک اشاره، طوفانی از رعد و برق را بر سرت جاری می‌کنند. فقط یک اشاره کافی بود برای جرقه زدن. همیشه لباس ایمنی به تن می‌کردیم تا در امان باشیم، اکثر اوقات با تمام نکات ایمنی که رعایت می‌کردیم، در امان نبودیم و تشری نصیب‌مان می‌شد و چند ساعتی ما را به حالت کما می‌کشاند.

مادر دستان مهدی را بوسید و با هم به خانه رفتیم. دلم برای مهدی می‌سوخت. او در ابتدای نوجوانی از زندگی سیر بود. چشم‌های پف کرده و صورت رنگ پریده‌اش با پانسمان سرش دل آدم را ریش ریش می‌کرد. مادر لقمه می‌گرفت، اما مهدی نمی‌خورد. حق داشت، دیشب به اندازه‌ی کافی خورده بود. به اتاقش رفت و تا ظهر بیرون نیامد. خیلی دوست داشتم به اتاقش بروم و او را ببینم، اما می‌ترسیدم او هم ناراحتی‌اش را روی من خالی کند. یکباره دل به دریا زدم و وارد اتاقش شدم. دراز کشیده بود و بدون اینکه متوجه حضور من شود، گفت:

- مامان ولم کن. می‌خوام تنها باشم.

- مهدی منم. دلم واست تنگ شده. من خیلی دوست دارم.

به طرفم برگشت و لبخندی زد. تمام اتفاقات دیشب در پس خنده‌اش محو شد.

- مهدیه بیا تو. تو تنها دلخوشی منی. خودتو ناراحت نکن. برو به درسات برس، اصلا غصه هم نخور. آسمون و زمین رو به هم می‌چسبونم اگه تو غصه دار بشی. من بزرگ شدم و تحمل همه‌ی بدبختی‌ها رو دارم، اما تحمل اشکای تو رو ندارم. بسه گریه نکن.

آغوش مهدی به رویم لبخند زد و لحظات طولانی دست نوازش مهدی بر روی موهایم مرا آرامشی عمیق داد. اصلا به یاد ندارم چه وقت به خواب رفته بودم که وقتی بیدار شدم روی تخت مهدی بودم. مهدی روی زمین نشسته بود و سرش را پایین پاهایم گذاشته بود و خوابش گرفته بود.

میان آن همه دعوا و درگیری، همه حضور داشتند جز من. اصلا کسی متوجه حضور من نبود. همه حس می‌کردند بچه هستم و هیچ چیزی را نمی‌فهمم. اصلا آدم نبودم و باید من را ندید می‌گرفتند، اما این‌طور نبود. من مثل کاغذی سفید، خط‌خطی شدم، پر از خط‌های خونی.

تا یک هفته اوضاع به ناراحتی و غصه گذشت. پدر و مهدی با همدیگر صحبت نمی‌کردند. پدر به او با صدای بلند فحش می‌داد و مادر با التماس او را آرام می‌کرد. مهدی که نمی‌توانست جواب او را بدهد، ناراحتی‌اش را با شکستن یکی از وسایل خانه خالی می‌کرد. فرقی نمی‌کرد آن وسیله چه باشد، مهم این بود خودش را خالی کند و اعتراضش را به طرز وحشی صفتی نشان دهد.

زندگی ما به همین شکل پیش می‌رفت. مهدی هر روز پرخاشگر و عصبی‌تر می‌شد تا جایی که اگر پدر حرفی می‌زد با عصبانیت وسایل خانه را می‌شکست و دوباره دعوا و فریاد و جمع شدن همسایه‌ها شروع می‌شد.

همه چیز داشت آرام‌تر می‌شد که پدر حامد با پدر صحبت کرده بود که رفتارت خیلی زشت بوده است، من و حامد او را به بیمارستان برده‌ایم. هنوز نمی‌دانم پدر حامد به پدر چه گفته بود که به جای خوب شدن ارتباطش با مهدی بدتر با او لج می‌کرد و بی‌احترامی‌هایش صد برابر شده بود.

همان روزی که پدر حامد با او صحبت کرده بود، پدرم توپش را پر کرد و روی مهدی خالی کرد:

-   پسره‌ی بی شعور. آخه نره خر. رفتی چه حرفایی پیش حامد و باباش زدی که اون مرتیکه‌ی بی‌سواد از من ایراد می‌گیره؟

مهدی سکوت کرده بود و هیچ حرفی برای گفتن نداشت، اما پدر دست بردار نبود، بیش‌تر فحش می‌داد و بی احترامی می‌کرد.

مهدی لیوان آبی در دست داشت و سکوتش را سنگین‌تر می‌کرد، اما پدر دست بردار نبود و دو دستی قضیه را گرفته بود تا نخ قضیه در نرود و کلاف داستان از دستش رها نشود.

مهدی به طرف اتاقش رفت، لباس‌هایش را پوشید و می‌خواست از خانه بیرون برود که پدر جلویش را گرفت و محکم او را هل داد.

فکر می‌کنم شرم داشت که پدرش مقابلش ایستاده و او را هل می‌دهد، وگرنه هر کس دیگری به جای او بود، دلش می‌خواست او را بزند، بنابراین لیوانی را که روی میز بود برداشت محکم به زمین کوبید:

-   اون مرتیکه‌ی بی سواد ارزشش بیش‌تر از تو تحصیل کرده‌اس، برو زندگیشو ببین، رفتارش با زن و بچه‌ش رو ببین. تو از بیرون مردم رو سوزوندی و از داخل خودمون رو.

پدر مات و مبهوت به مهدی خیره شد، حتی نتوانست یک کلمه حرف بزند. او از خانه بیرون رفت و این اخلاق و رفتارش همیشگی شد.

این بلا را پدر بر سر مهدی آورده بود و سنگ وجود مهدی را با دستان
خودش تراشیده بود و کسی مقصر نبود.

فصل دوم

نمی‌دانم چگونه از دردهای زندگی سخن به میان آورم! گاه این دردها آن‌قدر عمیق می‌شوند که تا دورترین نقاط قلب و روح رسوخ می‌کنند. آیا راهی برای رهایی از این دردها وجود دارد؟ چگونه می‌توان خود را به درد کشیدن عادت داد؟ این دردهای دیرینه قلب را می‌شکافند و زهر غم به‌سان آبشاری خون‌آلود از چشم‌ها جاری می‌شود و سیلاب عظیمی بر روی گونه‌ها جاری می‌کند که گل‌ولای این باریدن‌ها، جوش‌هایی عصبی است که از چشمان آبستن شده از اشک زاییده شده است و تابلویی غم‌انگیز از سیلی‌های بی‌رحم دلی پردرد می‌شود.

و اما قلب، این طفلک بی‌پناه، تمامی مصیبت‌ها را به تنهایی به دوش می‌کشد، خودخوری می‌کند، ذره ذره آب می‌شود تا روزی که شاید دیگر نکوبد.

نمی‌دانم دردهای زندگی همان درد هستند، یا زخم‌هایی که دردشان زندگی را زجرآور می‌کند؟

۶۵

گاه با خود به جنگ برمی‌خیزم، که دردی در زندگی نیست و این تویی که زندگی را سخت کرده‌ای. زندگی سراسر شادی و عشق است، به خودت بیا، زندگی را سخت نگیر، از جلو رفتن نهراس، به تکرار و درجا زدن راضی نشو، بتاز و بر مشکلات غلبه کن، اطرافت را با دقت ببین، چیزی برای ترسیدن نیست.

چگونه می‌توانم بر این همه دلهره و ترس غلبه کنم و خودم را قانع کنم که هیچ دردی نیست و این تویی که مثل یک بیمار روانی برای خودت چالش ایجاد می‌کنی و از درد کشیدن و رنج بردن لذت می‌بری. چگونه می‌توانم خودم را آرام کنم، آن‌هم با دستانی پر از هیچ!

درد هست، اما درمانی نیست. شاید با این حرف‌ها می‌خواهم خودم را آرام کنم و برای لحظاتی از این دردهای مه آلود و تیره و تار رهایی یابم.

به اطرافم خیره می‌شوم، هر دردی درمانی دارد، اگر هم درمانی نباشد، راهی برای تسکین دادنش هست. آیا می توانم دردهایم را با اندک امکاناتی که در اطرافم هست التیام بخشم؟ امکاناتی که سرشار شده اند از هیچ!

زندگی زخم دارد، زخم‌هایی چرکین و خون‌آلود که بوی تعفن را می‌شود از آن‌ها استشمام کرد. می‌توان این بوی متعفن سم آلود را چون روحی سیاه بر پیکره‌ی وجودت ببینی و با تمام وجود، جویده شدن جسم و روحت را تماشا کنی. می‌توانی بنشینی و تیره‌تر شدن زندگی‌ات را مثل نمایشی پایان ناپذیر و درهم نظاره کنی. می‌توانی برای خودت دلسوزی کنی، اما کاری از دستت برنمی‌آید، محکومی به ایستادن و دیدن تمام این صحنه‌های روح خراش و جان فرسا.

می‌توان کرم‌های مکنده‌ی زندگی را روی زخم‌ها دید و چون کاری از دستت برنمی‌آید، تجمع این کرم‌ها و ولوله‌هایشان را با گوش جان شنید و می‌توان منتظر ماند تا با تک تک سلول‌های کرمی شکل بدنت پیوند بخورند.

می‌توان روح وحشیانه‌ی سرنوشت را بر دستان زندگی دید و تعجب کرد که چرا زندگی و سرنوشت تا این حد با هم به نبرد بر می‌خیزند؟ چرا تا این حد پنجه در پنجه‌ی هم می‌سایند و با مشت‌های آهنین و جبران‌ناپذیر بر هم می‌کوبند، آن چنان که انگار قرار نیست هیچ ثانیه و لحظه‌ای دیگر متولد شود و تمام ثانیه‌ها از بدو تولد در دامان سرنوشت خفه می‌شوند و محکوم می‌شوند به دنیای عدم! حاصل این کوبیدن‌ها زخم‌هایی است که روح را می‌خورند و می‌مکند و عذاب را

به ارمغان می‌آورند. تاول‌های زجر و مصیبت بر تن زندگی حکمرانی می‌کنند و چادرهای شادی‌شان را برپا می‌کنند و زمین زیر پای خود را تا می‌توانند می‌خورند و می‌خورند...

آیا کسی هست که این دردها را ببیند و باز هم بخندد به روی دریچه‌های بسته‌ی زندگی؟!

نمی‌خواهم به دنیا پشت پا بزنم و با نگاهی بدبینانه به آینده‌ی پیش رو و حالی که اینک در آن ایستاده‌ام نگاه کنم. حیرانم! چرا ما آدم‌ها زندگی را تا این حد بد کرده‌ایم که بوی متعفن درد، روح‌مان را هر لحظه زجر می‌دهد؟

به راستی با این قلب تسخیر شده از ناکامی، شادی‌های زندگی را چه کرده‌ایم؟ چه وقت آن‌ها را گم کرده‌ایم و کجا دستان‌مان را از لبخند جدا کرده‌ایم و درگیر لبخندهای تصنعی شده‌ایم؟ زیبایی‌های آرامش و شادی، در گور نمناک کدامین پادشاه غم و اندوه مدفون شده‌اند؟ روح مکنده و عصیان‌گر درد، چگونه بر جان‌مان چیره شده است؟

دل، این چاه عمیق پر شده از تجربیات خوب و بد زندگی، گاه خود را تسکین می‌دهد و دست به سوی آسمان می‌برد تا شاید لحظاتی کوتاه، عطر سکرآور عرفان و عشق در جانش شعله گیرد و نجوایی مبنی بر

راز و نیاز سر دهد. آه... پناهمان دهید ای غارهای سرد و دور پر شده از خوشبختی.

ای غارهای خالی از سکنه‌ی انسان‌های زجر کشیده‌ی بدبخت که در حسرت لحظه‌ای بوییدن آن هوای نمناک، آن تاریکی‌های لذت‌بخش، آن بخارهای سرد ناشی شده از خوشبختی که شعله‌ی شهوتی خواستنی را روشن می کند و انسان دردمند در آروزی همخوابگی با این خوشبختی‌های دور، در حسرت این شهوت‌های دور و دست نیافتنی خوشبختی، انگشت به دهان کشیده‌اند و بی‌خود و بی‌جهت این انگشت حسرت را می‌مکند و در انتظار تحقق رویاهایشان هستند. ای غارهای دور پر شده از خوشبختی، راهی را بنمایانید که زیر آوار این بنای عظیم اندوه، کمر شکسته شده‌ایم.

خسته شده‌ام از این همه بناهای عظیم پر شده از ناکامی. چشمانم میل رهایی دارد، می‌خواهند از این فضای مسموم و مسخ شده از دلتنگی پر بکشند.

دلگیرم، دلگیر سرنوشت زخم خورده‌ای که نصیب قلب سیلی خورده‌ی من شده است. چرا دلگیر نباشم از این همه درد و رنج؟ چرا ناله نکنم؟ چرا ننالم از سرنوشتی که ناچار به پذیرفتنش هستم؟ چرا گوش سرنوشت را با ضجه‌هایم کر نکنم؟

آیا حق نالیدن را نباید به خودم بدهم؟ نباید از دلتنگی‌هایم بگویم و بنویسم و حداقل آن‌ها را با دفترها و کاغذهایم به اشتراک بگذارم و آن‌ها را درددلی بدانم که برای سطر به سطر سکوت کاغذهایم می‌کنم؟ آیا حق نوشتن این‌ها را نباید به خود بدهم؟

من هستم و سکوت کاغذهایم...

می‌خواهم قلبم را آرامش دهم، اما منبعی برای آرامش دادن در اطرافم نمی‌بینم به جز تریاک و مشروب و تازگی‌ها که حشیش و قرص، مثل نقل و نبات، گرما بخش محفل‌ها شده‌اند.

نه... نه... نمی‌خواهم خود را با دنیایی دردناک تر آرامش دهم، چون اگر آرامش دهم، رهایی از چنگال خون خوار این آرامش دهنده ها، کار هر کسی نیست و اگر رها شوی باز چون عاشقی دل‌شکسته، با استنشاق یک بو، یک خاطره‌ی لذت‌بخش، هوسی خواستنی بر وجودت چنگ می‌زند و ریشه‌ی وجودت را به لرزه می‌آورند و تو را به آغوش هرزگی‌شان می‌کشانند، آن‌وقت است که جام وابستگی را به عقد وجود بی‌آبرو شده‌ات می‌زنی. نه... این هم نمی‌شود.

نه دوستی در اطرافم هست و نه هم‌نفسی. انکار نمی‌کنم که هیچ دوستی ندارم، اتفاقا تعدادشان زیاد است، اما آیا می‌شود به هرکسی که

۷۰

نامش دوست است، تکیه کرد؟ می‌توان روح سرگردان، قلب نالان، چشم‌های گریان و دستان تهی را، در دستان هرکسی گذاشت و آغوشش را مأمنی برای دردها دانست؟ دوست یعنی یکی شدنش با وجودت و دوستی دادنش با پستی‌ها و بلندی‌های قلب و روحت. دوست یعنی بی‌پرده و بی‌پروا با او سخن بگویی و احساس عمیق آرامش را در وجودت حس کنی که کسی هست و کوله‌بار دردهایت را برای لحظاتی به دوش می‌کشد. احساس آرامشی ناشی از به اشتراک گذاشتن قلبم دارم و نهایت این اشتراک، وسعت قلبم به اندازه‌ی تمام دنیاست. دوست یعنی پر کردن تکه‌ای از قلبت که به او داده‌ای و دل شکسته‌ات را بر دوشش بگذاری و لبخند بزنی که آری او التیامش می‌بخشد.

در این دنیای پر شده از نامردی، دوست که نه، سایه ای از دوست را می‌توان بر روی دیوارهای قدیمی زندگی پیدا کرد...

نه! این هم نمی‌شود. هیچ ماده‌ای و هیچ دوستی نمی‌تواند مرا از این سیاه چال‌های عمیق برهاند. از گودال‌هایی که هر بار با وحشت از آن‌ها عبور کردم و از شدت ترس ناخن‌هایم را بر روی صورتم کشیدم و سرما را تا عمیق‌ترین قسمت‌های وجودم که خودم هم از وجودشان بی‌خبرم، حس کردم. ناخن‌هایم را محکم‌تر بر روی صورتم می‌کشیدم تا خون از سرچشمه‌ای که با ناخن‌هایم ایجاد کرده‌ام، شعله بگیرد و رودخانه‌ای

۷۱

از خون شروع به جوشیدن کند و گرما بخش این روح ترسان و کالبد یخ زده‌ام شود.

هنگام عبور از این گودال‌های تاریک و نمناک، همه‌ی حواسم به صدای ضجه‌هایی است که از دوردست‌ها به گوشم می‌رسد. این صداها آن‌قدر سوزناک هستند که می‌خواستم با همه‌ی تیرگی‌هایم به سمت‌شان پر بکشم و آغوش زجر دیده‌ام را مثل مادری پر عطش و سرشار از خوشبختی به روی‌شان باز کنم و آرامش‌شان دهم. چشمان هراسان و گیجم را به اطرافم قرض می‌دادم و تمام ماهیچه‌ها و مویرگ‌ها را به کار بستم تا بیش‌تر ببینند، بلکه به راز این صداهای سوزناک پی ببرم. تمام گودال‌ها و سیاه چاله‌ها را با همه‌ی حیوانات جهنمی‌اش، بارها طی کرده‌ام و مثل پرگار دور خودم چرخیدم و به نقطه‌ی آغاز یا پایان مبهمم بازگشتم! اما نشانی صداها را نیافتم، صداهایی که خنجرهایشان گوش‌هایم را از شنیدن شان می‌ترساند.

گیج شده بودم، دستان یخ زده‌ام را بر روی صورت یخی مسخ شده از گرمای خونینم می‌کشیدم و هر بار گیج‌تر می‌شدم. راهم را گم کرده بودم. خوب نگاه کردم، مدت‌ها بود که قدم‌هایم را به امید رسیدن به نقطه‌ای نامعلوم و واهی تند و بدون درنگ برمی‌داشتم، دایره را طی می‌کردم، دایره بزرگ‌تر می‌ شد، اما نشانی از رسیدن و بهبود اوضاع

نبود. نشانی از یافتن هدف واهی و نامعلومم نبود، فقط دور خودم می‌چرخیدم و با قدرت ناچیزی که در بدن داشتم، دیواره‌های این دایره را بزرگ‌تر کردم و بیش‌تر دور خودم چرخیدم.

از دور مشغول پاییدن این دایره‌های پی‌درپی و گودال‌های عمیق شدم. هر بار عمیق‌تر و وحشتناک‌تر می‌شدند، هر روز حیواناتی جهنمی‌تر از به هم پیوستن این جهنمی‌های از خود راضی متولد شدند و بر روح بی پناه من آویزان شدند و چنگ می‌زدند بر روح و جانم، بی آن‌که از من اجازه‌ی ماندن و زندگی‌کردن بخواهند، خودخواهانه مرا به تمامی در بر گرفتند. دلخورم از مهمان‌های ناخوانده‌ای که بدون میل من، در جانم ریشه زدند.

دیگر تحمل دیدن این صحنه‌های دایره‌وار شوم را نداشتم، سردرد امانم نمی‌داد و مثل خوره بر مویرگ‌های نحیف و بیچاره‌ی مغزم زنجیر می‌زد و با اشاره‌ای زنجیر را در مشت خود جمع می‌کرد و آن وقت بود که ناله‌هایم گوش آسمان را خراش می‌داد.

به رخت‌خوابم پناهنده می‌شوم تا شاید خواب و همه‌ی قرص‌های خواب‌آور، مرا از این جهنم و تمام جهنمی‌هایش، رهایی بخشد. دراز می‌کشم و به سقف اتاقم خیره می‌شوم.

در گیر و دار این خیره شدن‌ها، این بستن‌ها و گره زدن‌ها، نگاه بهت زده‌ام گیج و گنگ سراغ ستاره‌های آتشین از سقف اتاقم می‌گردد، میان این پرسه‌های بی‌هدف، قلب بی‌امانم آرامشی عجیب می‌گیرد. آرامش عجیبی درست مثل صدای روح نوازی میان ضجه‌های جهنمی‌ها، مثل نسیم خنک پر شده از عطر یاس میان جهنمی سوزان، شبیه نور پر از شادی میان تاریکی‌های گم شده. آرامشی که از حس کردنش، متعجب شده بودم. انگار نگاه خسته‌ام به دنبال پناهگاهی بود که آرام و آسوده، بال‌های زخم خورده‌اش را روی آن سکنی دهد و خواب عمیقی میان دستان امن آن داشته باشد. آری آرامشی عمیق و لذت بخش...

نگاه بی‌پناهم با همه‌ی دردهای گناه آلودش، با همه‌ی ناامیدی‌های کفر آمیزش بر صفحاتی پر از نور، صفحاتی پر از غزل‌های عاشقانه، کتابچه‌ای پر از انسانیت و عرفان یعنی قرآن دوخته شده بود. قرآن، این معجزه‌ی تکرار ناپذیر، این التیام بخش رایگان و ابدی بشر. قرآنی که هیچ‌وقت، هنگام آرامش و خوشبختی به آن فکر نمی‌کردم و وقتی که دستان نیازم با گستاخی طلب و خواهشی داشتند به سویش روانه می‌شدم و پروردگار مهربان و بی‌نیازم با وجود تمام غفلت‌هایم، با عشق مرا به آغوش می‌کشید و هربار که از غصه‌هایم رها می‌شدم، چشمان

کورم را بر عشق پروردگارم می‌بستم. وای بر من که تا آن لحظه، هیچ وقت نفهمیده بودم چه آرامشی در این کتاب آسمانی نهفته است...

فصل سوم

سال‌ها و روزها و ساعت‌ها، بدون وقفه مثل دانه‌های تسبیح پیرمردی که بعد از نماز، بدون وقفه و یک نفس صلوات می‌فرستد، می‌آمدند و می‌رفتند؛ اما بویی از بهبود اوضاع نمی‌رسید و آن فال حافظ " نخوت باد دی و ... " برای ما آخر نشد و این سلطنت هم چنان ادامه داشت.

هنوز هم نمی‌دانم چرا این خاطرات بد و شوم را برای خودم می‌نویسم و تکرارشان می‌کنم، مثل لباس کهنه‌ی عزیزی آن‌ها را می‌پوشم و بارها و بارها بر تنم مهمانشان می‌کنم.

شاید می‌خواهم با یادآوریشان خودم را شکنجه‌ی روحی بدهم. مگر جز این است که همه‌ی آن‌ها تمام شدند؟ مگر جز این است که فقط یادواره‌ی غصه‌هایم در ذهنم هست و این تندیس طلایی را هر شب با وسواس زیاد گردگیری می‌کنم تا همیشه در ذهنم بماند؟ نمی‌دانم شاید از تکرار و خودآزاری‌ام لذت می‌برم، انگار این تکرارها دردهایم را سبک‌تر می‌کنند.

تکرار و دوباره تکرارهای شیرین زجردهنده‌ی خاطراتم. امتحانات خرداد نزدیک می‌شد، اول راهنمایی بودم و مهدی دوم دبیرستان بود. مهدی میل زیادی به درس خواندن نداشت. خانه‌ی ما هر روزش با درگیری و دعواهای همیشگی بین پدر و برادر و میانجی‌گری‌های مادر قرین می‌شد. بیچاره نمی‌دانست دل کدام را به دست بیاورد. جالب بود هر دو طرف گله‌مند بودند که تو از او طرفداری می‌کنی و من برایت بی اهمیت هستم. طفلک میان دو جهنم گیر افتاده بود.

این وسط من بودم که می‌دیدم و زخم برمی‌داشتم و هیچ کس متوجه این موضوع نبود. تمام زبانه‌های تنش‌ها، شعله‌ورتر می‌شدند، اما خبری از صلح نبود و پرچم جنگ و دعوا، هر شب در دستی که قدرتش بیش‌تر بود، می‌چرخید و آن شب غرورآفرین را زهر می‌کرد، شبی دیگر قرعه به نام دیگری در می‌آمد، برنده‌ی شب قبل یا بازنده‌ی امشب.

با این همه دعوا و مشکل که در خانه‌ی ما بود، میل زیادی به درس خواندن نداشتم، یعنی حوصله‌ی درس خواندن نداشتم. هر چه سعی می‌کردم حواسم جمع نمی‌شد و تمرکز نداشتم. هنگام درس خواندن پرش ذهنی داشتم. یک خط در میان ذهنم درگیر مسئله‌ای می‌شد و بی آن که خودم متوجه باشم، حواسم پرت می‌شد و درس‌هایم را متوجه نمی‌شدم و به خیال این که درس خوانده‌ام، کتاب را می‌بستم.

خانه‌ی ما شبیه به مهمان‌سرا شده بود که به همدیگر طبق عادتی همیشگی سلام می‌کردیم، غذا می‌خوردیم و هرکس سراغ زندگی سرد و متحرک خود را از چهار دیوار اتاق مرده‌اش می‌گرفت و در تابوتش آرام می‌گرفت، در را روی خودش می‌بست و در اتاقش می‌ماند. این روال همیشگی خانه‌ی ما شده بود و برای کسی جای تعجب نداشت، چون به فرار کردن از همدیگر عادت کرده بودیم. گاهی اوقات ترجیح می‌دادیم در اتاق مان تنها بمانیم و همدم‌مان سایه‌ی روی دیوار باشد. پشه‌ها را پر بدهیم، اما در کنار هم نباشیم.

فصل امتحانات گذشت، جالب این جا بود که پدر فکر می‌کرد با این سخت‌ گیری‌ها و دعواها ما را می‌ترساند که بیش‌تر درس بخوانیم و تلاش بیش‌تری کنیم، اما به این فکر نکرده بود که ما از همه چیز فرار می‌کردیم، از کنار هم بودن و حتی از درس خواندن هم فراری بودیم. تقریبا درس خواندن برایمان بی اهمیت بود.

مهدی اصلا حواسش به درس نبود، او دیگر آن پسر سربه زیر و عاقل که من می‌شناختم، نبود. بیش‌تر وقتش را بیرون خانه می‌گذراند، گاهی اوقات فکر می‌کردم از همه چیز خانه فراری است، حتی مادر هم برایش بی اهمیت شده است و چون جایی را برای پناه گرفتن و ماندن ندارد، هر شب از روی اجبار به خانه می‌آید، اگر جایی را داشت که روزگارش

را آن جا سپری کند و با خیال راحت استراحت کند حتی به اندازه‌ی دراز کشیدن، به خانه قدم نمی‌گذاشت.

نگرانش بودم، کاری از دستم بر نمی‌آمد، چون خودم هم دست کمی از او نداشتم. ما پول داشتیم، اتفاقا خیلی زیاد هم داشتیم. پدر همه چیز می‌خرید. بهترین لباس‌ها را، البته به سلیقه و میل خودش. درست شبیه به حنایی کردن گوسفندها که نظر صاحب گوسفند مهم است، نه نظر گوسفند. ما گوسفندان پدر بودیم و سلیقه‌ی او مهم بود که چه بپوشیم و چه نباید بپوشیم. همیشه باید در چهارچوب خواسته‌ی مطلق پدر زندگی می‌کردیم و خط کش توقعات پدر، هر روز زندگی ما را اندازه می‌گرفت، بدون آن که گوش شنوایی برای شنیدن خواسته‌های ما داشته باشد.

هنگام خریدن لباس، خواسته و سلیقه‌ی ما مهم نبود، باید پدر می‌پسندید. تنها شرط موجود برای خرید لباس، عرف پدر بود و حفظ شخصیت! فرزندان آقای دکترغفوری، باید در شأن پدر می‌پوشیدند.

پدر بهترین میوه را می‌خرید. بهترین امکانات را از گران‌ترین‌ها تا بهترین‌ها در اختیار ما می‌گذاشت، اما بدبختی اینجا بود که اصلا خوشحال نبودیم. گویی یک بیماری همیشگی در جان و روح ما ریشه داشت، زجرمان می‌داد و همیشه با خودمان درگیر بودیم. همیشه بی

حال و کسل بودیم و غم از نگاه‌مان فریاد می‌کشید. پول خوشبختی نمی‌آورد، یک سفره با نان خشک و دل شاد، می‌ارزد به کباب بره‌ای با دلی پر از غصه و درد.

پول برای ما هم خوشبختی نیاورد. پول در جیب‌هایمان موج می‌زد، اما دریغ از شبی که همگی با عشق و صمیمیت به پارک برویم، یا تفریحی کوچک در کنار هم داشته باشیم. مسافرت که اصلا نمی‌رفتیم، حتی تعطیلات عید. اگر می‌خواستیم مسافرت برویم، ترس و دلهره و عذاب در جان مان بود که پدر و مهدی دعوایشان نشود، پس چه بهتر که اصلا به مسافرت فکر نکنیم. من به لب‌های خندان دوستانم خیره می‌شدم، وقتی که از سفرهای کم خرج و خندان‌شان می‌گفتند، من با تمام پول‌هایم آرزوی تجربه‌ی ساعتی از آن سفرها و خاطرات را به دل داشتم.

نتیجه‌ی امتحانات اعلام شد. مهدی از چند درس تجدید شده بود و من هم نسبت به سال گذشته‌ام زرشک کاشته بودم. سال گذشته معدلم نوزده بود و امسال هفده.

مهدی از سر اجبار و بی میلی مشغول کلاس‌های جبرانی‌اش شده بود و در طول هفته بین کلاس‌هایش، با دوستانش باشگاه هم می‌رفت.

روزها مشغول کلاس جبرانی بود و عصرها طبق برنامه‌ای که روی دیوار اتاقش زده بود به باشگاه می‌رفت و شب‌ها حتی اگر درس نمی‌خواند، به بهانه‌ی درس خواندن خودش را در اتاقش زندانی می‌کرد. روزی از روزهای باتلاقی زندگی‌مان، مهدی از باشگاه آمده بود، طبق عادت همیشگی که داشت، دوش گرفت و حوله‌اش را شست و روی طناب پهن کرد و ساکش را پشت در اتاق گذاشت و روی زمین دراز کشید. سیب زمینی پخته شده با نمک می‌خورد، طفلک کاری به کار کسی نداشت. خصلت کم حرف بودنش را هنوز هم داشت، اما دیگر سربه زیر و عاقل نبود. در طول روز ده دقیقه هم حرف نمی‌زد. این خصیصه‌ی مهدی بود و با تنگناها و رفتارهای پدر، این خصلتش شدت بیشتری گرفته بود تا حدی که وقتی از او سوالی می‌پرسیدیم با سر جواب می‌داد و از به کار بردن کلمات امتناع می‌کرد.

آن روز پدر از مطب آمد و حوله‌ی مهدی را روی طناب دید. با عصبانیت وارد خانه شد و مهدی را دید که روی زمین دراز کشیده بود؛ به سمتش رفت و او را لگد محکمی زد:

- بهت پول میدم، بری آدم شی. نه تجدید بشی، بری واسه من گردن کلفت کنی. کی بهت گفته بری بوکس؟ ها با توام؟ چرا فکرت پیش درس و مشق نیست؟ می‌خوای لات بشی؟ با توام

بگو اگه می‌خوای لات بشی در عوض این همه جون کندن من بگو تا از خونه پرتت کنم بیرون، اون وقت بری هر غلطی که می‌خوای بکنی. غلط کردی می‌خوای اندازه‌ی یه قاطر بشی که زورت رو به من نشون بدی. اگه بخوای بازم بری باشگاه از خونه پرتت می‌کنم بیرون. فهمیدی پسره‌ی بی‌شعور و بی‌سواد.

- به جای باشگاه رفتن مث آدم! تو که آدم نیستی، مث حیوون میری کلاس خصوصی هر چه قدر لازمه خرج کن فهمیدی؟ آبرو واسم نذاشتی، بچه‌های همکارم با معدل بالا قبول شدن، اما پسر بی شعور من تجدید شده، اونم نه یکی دوتا، چندتا.

مهدی به خاطر آن همه فحش و بی احترامی ناراحت شد، اما عصبانیتی از خودش بروز نداد. تقریبا خونسرد بود و آرام، اما تصویر ناراحتی را می‌شد در چهره‌اش به وضوح دید که می‌جوشد و می‌خروشد. پدر در مقابل آرامش مهدی که هیچ جوابی نمی‌داد، همه چیز را بدتر کرد و کاری کرد که نباید می‌کرد. دستش را به نشان قدرت نمایی بالا آورد و سیلی محکمی به صورتش زد. مهدی فقط به او زل زد و گفت:

- دستت درد نکنه.

پدر عصبانی شد و فکر کرد مهدی او را مسخره می‌کند. به طرف مهدی حمله‌ور شد و دست مهدی را گرفت و کشان‌کشان به طرف در برد. درست مثل کشیدن سگ بی پناهی به طرف در و پرت کردنش به سمت بی پناهی‌ها. می‌خواست مهدی را از خانه بیرون کند. مهدی اشک از چشمانش سرازیر شد، رو به مادر کرد و گفت:

- مامان خودتو ناراحت نکن. بابا منو به باد داده و این اولین بارش نیست. لباسامو بده تا برم شاید آروم بگیره. حداقل تو رو دیگه اذیت نکنه.

مادر اشک می‌ریخت و توان التماس کردن نداشت. به پدر خیره شده بود و با چشمانش به مهدی التماس می‌کرد که نرود. مادر آرام نگرفت و هنگام رفتن به اتاق مهدی و آوردن لباس‌هایش، رو به پدر کرد و گفت:

- آخه چرا این همه بهش گیر میدی؟ مگه چیکار کرده؟ تا حالا هیچ پدری این قدر که تو به پسرت سخت می‌گیری، سخت نگرفته و عذابش نداده. خجالت بکش دیگه مرد! مث بچه‌های مردم سیگاریه یا ولگرده؟ از دیوار کی بالا رفته؟ سر ناموس کی گرفتنش؟ یه بدبخته که تمام تفریحش تو خونه موندن و دیدن جنگ و دعواهای توئه، میره باشگاه که داغش رو روی کیسه‌ی

بوکس خالی کنه. چی کار کنه؟ از دستت خودکشی کنه خوبه؟ اینو یادت نره یه مو از سر مهدی کم شه نمی‌بخشمت و یه لحظه باهات زندگی نمی‌کنم، مهدی نباشه، منم نیستم. آخه تو چی داری که بهت دل خوش کنم؟ اخلاق؟ اگه موندم به خاطر بچه‌هام بود. اگه طلاقم نمی‌دادی به زور خودمو از دستت کشته بودم. حیف به خاطر بچه‌هام موندم و زیر یه سقف باهات زندگی کردم. نخواستم بندازمشون زیر دست نامادری، باهات ساختم. حیا کن دیگه، هیچی به روت نمیارم و حرفی نمی‌زنم، میگم خودت می‌فهمی، بذار بهش تذکر ندم، خیر سرش میخوام نباشه، روان‌شناسه.

- خیلی غلط کرده سیگاری یا ول گرد بشه، مگه من بچه آوردم تا ول بشه بره سر دیوار مردم؟

- خجالت بکش! خودتم خوب می‌دونی تو این دوره زمونه بچه‌ی سالم کم گیر میاد. این قدر سرتو زیر برف نکن. پسر دکتر موسوی رو تا حالا چندبار بردن که ترکش بدن؟ به نظرت پسرش چند سال از مهدی بزرگتره؟ فقط سه سال. حالا خودت بگو، تو بالاتری یا دکتر موسوی؟ اون که اگه بخواد می‌تونه

مجوز مطب تو رو هم لغو کنه. بس کن تو رو خدا، همه‌ی ما رو روانی کردی. آخه چی می‌خوای از جونش؟

مهدی با لحنی آرام و اشک آلود از پدر گله کرد که چرا در خانه تا این حد دیکتاتور است، اما در بیرون از خانه آرام و مطیع؟

پدر از اعتراض‌های مهدی و مادر عصبانی شد و سیلی بعدی را به گوش مهدی زد و او را به عقب هل داد. مهدی هنگام بیرون رفتن از خانه به مادر گفت:

-   مامانم آروم باش. من خوبم خدا رو شکر که حداقل تو رو دارم و گرنه باید سر میزاشتم به بیابون.

پدر عصبانی بود و اصلا از مهارت‌های گفتاری که شعار می‌داد، خبری نبود، این که هنگام عصبانیت سکوت کنید، آب خنک بنوشید و بعد از آن که آرامش پیدا کردید، با خونسردی ادامه دهید و مشکلات را برطرف کنید. حرفی زد که آن لحظه به علت کم سن بودنم معنی‌اش را نفهمیدم. اما همان یک جمله مهدی را آتش زد.

-   من اصلا نمی‌دونم تو به کی رفتی؟ تو اصلا بچه من هستی؟ بویی از من نبردی فقط خدا می‌دونه مال کی هستی؟

بزرگ‌تر که شدم، معنی‌اش را با تأخیر خیلی زیاد فهمیدم، تأخیری چند ساله که به اندازه‌ی تمام آن سال‌ها چهره‌ای بی ملاحظه از پدر را در ذهنم تداعی کرده بود. به محض شنیدن این حرف، مادر بی نظیرم اشک از چشمانش سرازیر شد:

-   به من تهمت می‌زنی؟ خدا خودش حقتو بزاره کف دستت. امیدوارم لال از دنیا بری.

مهدی وقتی اشک‌های مادر را دید، دیوانه شد، دست پدر را پرت کرد و شروع به شکستن وسایل خانه کرد. همه چیز را شکست. از بزرگ تا کوچک، ضبط، تلویزیون و خلاصه همه چیز را. پدر از مهدی ترسیده بود و دائم او را تهدید می‌کرد که: " می‌کشمت " مهدی حتی تمام ظروف را هم شکست و هنگام بیرون رفتن از خانه شیشه‌های در و پنجره را هم شکست.

مهدی میان آن همه صدا و آن همه شکستن‌ها فریاد می‌زد و یک جمله را تکرار می‌کرد:

-   به مامانم حرفی نزن. مامانم پاکدامنه، حق نداری حرفی بهش بزنی، خونه رو آتیش می‌زنم، اگه بهش تهمت بزنی.

آن روز ما سمفونی جیغ و شیشه‌ای داشتیم که مطمئنم هیچ کجای دنیا چنین کنسرتی پیدا نمی‌شد. پدر مهدی را نگاه می‌کرد و جرأت نزدیک شدن به او را نداشت، دیوانه شده بود. به نظرم پدر، حاصل تربیت غلطش را با تمام وجود تماشا می‌کرد و در مقابل این روش تربیتی سکوت کرده بود.

مهدی از خانه بیرون رفت، پدر دائم فریاد می‌زد که پلیس را خبر خواهم کرد. مادرم این فرشته‌ی آسمانی با آن حرف و تهمتی که شنیده بود، باز هم می‌خواست پدر را آرام و از تصمیمش منصرف کند.

- داریوش بسه دیگه آروم باش. می‌خوای به پلیس زنگ بزنی تا بدتر آبرومون بره. تمام کاراش و رفتاراش تقصیر خودته. این قدر بهش گیر میدی روانیش کردی. حالا خوب کردی؟ خونه و زندگیمونو نگاه کن. تف به زمین زیر پات آقای دکتر. غرور داره چرا حرف حالیت نمی‌شه؟ چرا بلدی جلو مردم چرت و پرت بگی، اما تو خونه‌ی خودت آدم می‌خوری؟

در تمام این لحظات، من مهره‌ی فراموش شده بودم. درست شبیه چیزی کم ارزش و کوچک. از بچگی‌هایم هم هیچ وقت دیده نمی‌شدم، فقط اشک می‌ریختم و با چنگ و ناخن به گلویم چنگ می‌انداختم و تا نزدیکی‌های قلبم، ناخن‌هایم را در گوشت صاف و سپید بدنم، این

۸۷

مرده‌ی متحرک، فرو می‌کردم و می‌کشیدم، مثل زنی عزادار شیون می‌کردم تا شاید آرام بگیرم. گوشه‌ای ساکن و پر از هوای طوفان ایستاده بودم، زیر باران شیشه بودم. وحشت زده شده بودم و تمام بدنم را تب آتشینی فرا گرفته بود. داغ بودم و احساس گرما می‌کردم، سرم گیج می‌رفت. به تمام فضای خانه نگاه می‌کردم، پر بود از شیشه و وسایل شکسته شده. پنجره‌هایی که شیشه نداشتند و دری که انگار از هشت سال جنگ تحمیلی به جا مانده بود و یادآور گرگ‌های کثیف و نفرت‌انگیز عراقی بود. بله! خانه‌ی ما شبیه خط مقدم شده بود، اما جنگی خودی، شبیه جنگ‌های داخلی رام و سیته. به همه جا خیره شده بودم، شیشه‌ها خونی بودند، مثل روحی سرگردان میان آن‌ها قدم می‌زدم. حالت تهوع داشتم و سرگیجه‌ی شدیدی گرفته بودم. اول احساس گرمای شدید می‌کردم، اما بعد از مدتی عرق سرد می‌کردم و کم کم چشم‌هایم سیاهی می‌رفت.

خون می‌دیدم. فکر کردم خون مهدی است که روی زمین ریخته شده است و بازهم جایی از بدنش زخمی شده است، اما یادم آمد مهدی رفت و هیچ اتفاقی نیفتاده بود و جایی از بدنش خونی نشده بود، به مادرم خیره شدم او هم نبود و پدر هم نبود، حواسم به خودم نبود، ترسیده بودم.

مادر نگاهی به من انداخت:

- داریوش خدا لعنتت کنه. ببین چی کار کردی؟

به طرفم دوید و دستم را گرفت. خون من بود که روی زمین ریخته
شده بود و آن گرمایی که اول حس کرده بودم و بعد از آن گرد باد
عرق‌های سرد که بر تنم تازیانه می‌خورد، همه به خاطر خون‌ریزی
دستم بود. بدنم داغ بود و چیزی از آن نفهمیده بودم. فقط می‌دانم
وقتی که مهدی می‌خواست شیشه‌ها را بشکند، برای جلوگیری از
شکستن شیشه‌ها دستش را گرفتم و ضربه‌ی محکمی به دستم خورد
و بعد از آن چیزی یادم نمی‌آمد. دائم در خانه می‌دویدم و التماس
می‌کردم که وسایل را نشکند. به پدر التماس می‌کردم که نگذارد وسایل
را بشکند.

تمام شیشه‌ها خونی بودند. خون زیادی از بدنم رفته بود. در چنین
لحظاتی مغز آدم خوب کار نمی‌کند و چشمانش هم خوب نمی‌بینند.
هیچ چیزی در دسترس نبود که با آن جلوی خون‌ریزی را بگیرند. مادرم
با شیشه‌ای که کف زمین بود، دامنش را پاره کرد و زخم دستم را بست
و تا حدی جلوی خون‌ریزی را گرفت.

پدر این سرچشمه‌ی ماندگار خشم که همیشه دعواها از او شروع می‌شد، این حلوای شیرین و خواستنی در مقابل دیگران و زهر در مقابل خانواده‌اش، مرا به آغوش کشید و به طرف در برد. گیج شده بودم، اصلا حالم دست خودم نبود. چشمانم سیاهی می‌رفت و پشت سر هم عرق می‌کردم. دلم ضعف کرده بود....

وقتی به خودم آمدم در بیمارستان بودم، قرار شد آن شب بستری شوم. از من نمونه‌ی خون گرفتند، اما قبول نکردم بستری شوم. دستم را پانسمان کردند و چون شدت پارگی زیاد بود، قرار شد فردا ساعت هشت صبح، دستم را عمل کنند....

فصل چهارم

سردرگمی...

نمی‌دانستم خواب بودم یا بیدار!

انگار مرز باریکی بین خواب و بیداری بود که به هیچ شکلی نمی‌شد آن مرز را برهم زد و خود را در دنیای خواب یا بیداری دید. وحشت کرده بودم، همه جا را سیاهی فرا گرفته بود و دامن نکبت بارش بر همه جا گسترده شده بود.

به طرف سیاهی‌ها می‌دویدم و هنوز هم نمی‌دانم از چه فرار می‌کردم که به سمت سیاهی‌ها روان شده بودم. آن قدر ترس داشتم که از صدای نفس‌هایم می‌هراسیدم و اگر دست خودم بود، نفس‌هایم را هنگام تولد در گلویم خفه می‌کردم تا این حد نهراسم از هر آن چه که در وجودم جاری شده بود. شاید آن قدر بد بودم که جز سیاهی هیچ پناهی نداشتم. از ترس سیاهی‌ها پناه می‌بردم به تاریکی‌هایی که اندازه‌شان از شمار انگشتانم بیش‌تر بود، نمی‌توانستم با انگشتان مرده‌ام، اندازه‌ی این زنده‌ی وحشی را بشمارم.

۹۱

به اطرافم خیره شده بودم. در گرگ و میش تاریکی و محو بودن روشنی، خانه‌هایی را می‌دیدم. به طرفشان دویدم، هراز چند گاهی با وحشت به پشت سرم خیره می‌شدم. از شدت ترس قفسه‌ی سینه‌ام درد گرفته بود. موهایم درهم و وحشی خو شده بودند، انگار که دیو زشتی در گیسوانم پایکوبی می‌کرد و هر لحظه هر تار مویی را به سویی می‌پراکند.

ترس داشتم، هنگام دویدن دکمه‌های یقه‌ام را باز کردم تا نفس بکشم و این هوای تاریک را با حرص به ریه‌هام برسانم. نزدیک‌تر شدم، خانه‌ها را دیدم. از خوشحالی می‌خواستم فریاد شادی سر دهم، اما ناگهان تمام تاریکی‌ های دنیا بر سرم خراب شدند.

گیج شده بودم، خانه‌ها روی هیچ جا بنا نشده بودند. زمین بی نور و مات بود. باورش سخت بود، خانه‌ها بدون هیچ ستونی معلق بودند، متعجب بودم. از این که حتی به نخی باریک آویزان نبودند.

بهت زده به آن بناهای گیج کننده، خیره شده بودم، انگار درگیر دنیایی بودم که هیچ مختصات ذهنی و مکانی نداشت و حیرت از همه جایش بالا می‌کشید. خانه‌های معلق، اما ثابت و پایدار و سنگین، آن هم میان بی وزنی هوا...

چه قدر جالب بود، خانه‌ها هیچ حرکتی نداشتند، حتی کوچک‌ترین لرزشی. معلق بودند، مثل کاه در باد، اما ساکن مثل کوهی استوار. آسمان پر از خانه بود و زمین خالی از سکنه پر شده بود از درختانی لرزان و شکننده. باد می‌وزید و صدای وزش باد در روح و جانم می‌پیچید. وحشت کرده بودم، منتظر ابری آدم خوار بودم که بر وجودم بتازد و تکه تکه‌ام کند.

درخت‌ها بر روی زمین قد علم کرده بودند، می‌لرزیدند و شدت باد آن قدر زیاد بود که آن‌ها از جا کنده می‌شدند، هر کدام به سویی پرتاب می‌شدند و گاه درهم می‌کوبیدند و صدایی جهنمی به این تاریکی‌های مبهم می‌دادند. درخت‌های لرزان و گره خورده به زمین و خانه‌های معلق...

تمام حواسم به تاریکی‌ها و ابهامی بود که سرتا سر وجودم را فرا گرفته بود با تمام توجهی که به اطرافم می‌کردم، حواسم سرجایش نبود که ناگهان دیدم، افرادی از آسمان، به سان باران گناه بر من باریدند. نفهمیدم انسان بودند یا حیوان، روح بودند یا جسم، اما هرچه که بودند، سرشار بودند از سیاهی‌ها. گنگ، تیره و تار بودند، سرما را که مثل بخار آب در اطرافشان زبانه می‌زد، حس می‌کردم و هاله‌ای از وحشتی یخ زده را در اطرافشان می‌دیدم. چه قدر سرد می‌شد اگر مرا می‌گرفتند و

به آغوش می‌کشیدند. نمی‌دانم چرا دنبالم بودند! نمی‌دانم از روی محبت بود که به آغوشم گیرند، یا دشمن ستیزی بود که بگیرند و نابودم سازند؟ یا شاید مثل آن‌ها نبودم، مرا قدیسه‌ای می‌دانستند و به دنبال پادشاهی برای سرزمینشان می‌گشتند. وه که چقدر بد است پادشاه سیاهی‌ها شدن...

از سیاهی‌ها ترسیده بودم و به سیاهی‌هایی دردناک تر پناهنده می‌شدم. به سمت همه‌ی نقاط تیره و تاریکی که در مقابلم بود، فرار می‌کردم. برایم فرقی نمی‌کرد میان آن تیرگی‌ها چه چیزی در انتظارم هست، همین قدر برایم کافی بود که فرار کنم و پناهنده شوم به تاریکی های مبهمی که آرامشم دهند. آن تاریکی‌های مبهمی که پیش رویم بود، چشمانم را مثل گور نمناکی کور کرده بودند، برایم آرامشی افراطی را فراهم می‌کردند که از چنگال این اشکال جهنمی مرا می‌رهاند و در ازای تمام آرامشی که تیرگی‌ها به من می‌داد، ترسی عظیم بود که وجود هراسانم را در پنجه‌هایش خرد می‌کرد و به دیوار تاریک قلبم می‌چسباند.

می‌دویدم و فرار می‌کردم، اما جاده‌ای نبود که پاهایم را بر رویش بگذارم، زمین خاکی هم نبود. هیچ چیزی جز سیاهی‌ها را به خاطر ندارم، اما همین قدر می‌توانم بگویم که زیر پایم خالی نبود. گاه پاهایم

در لجنزار تیرگی‌ها فرو می‌رفتند و کثافت‌های سیاه چندش‌آوری بر پاهایم حلقه می‌بستند و مثل مار تا گلویم می‌پیچیدند و مرا می‌بوسیدند، بوسه‌ای آتشین که هیچ گاه از شخصی تجربه‌اش نکرده بودم. بوسه‌ای با طعم کونه ی خیار و مزه‌ی تلخ سیاهی‌ها و گنگی میان تلخی و وحشت که هیچ گاه در آستانه‌ی ادراکش نبودم، آن لحظه بود که فهمیدم، بوسه‌ای عاشقانه می‌تواند قلب را بخشکاند، من طعم آن بوسه‌ها را چشیدم و قلبم خشکید.

حیف است بگویم مثل پیچک می‌پیچیدند و حلقه می‌زدند بر تمام بدنم؛ پیچک مظهر زیبایی و وابستگی به معشوق است، این همان چیزی است که همه‌ی عمر به آن فکر می‌کردم، پیچک به سان عاشقی دیوانه‌وار به دور معشوقه‌اش می پیچد و او را زیبایی می‌بخشد و به آغوشش می‌کشد و برگ‌هایش را بر روی لبانش می‌کشاند تا کسی بوسه‌های عاشقانه‌اش را نبیند، آه... که چه قدر خواستنی است چشیدن چنین بوسه‌هایی که با ناز در هم تنیده می‌شوند و چقدر آن صحنه زیباست، رویارویی عاشق و معشوق که در هم تنیده‌اند و لحظاتی که لذت عشق را می‌چشند...

احساس خفگی می‌کردم، زیر پایم سست‌تر شده بود و مار بزرگی از سیاهی‌ها بر بدنم حلقه زده بود و مرا تنگ به آغوش کشیده بود. بی

پناه بودم، هیچ یاوری نداشتم. سرم را جنباندم، پشت سرم را خوب دیدم، پر بود از هیچستان سیاهی‌ها. به اطرافم خیره شدم، مانند مه تاریک و نچسبی بر تمام بدنم چسبیده بود، نمی‌توانستم از این اطراف تاریک نچسب، رهایی یابم. زیر پاهایم بر تمام بدنم چنگ می‌زد و بوسه‌های بی امانش امانم را بریده بود، تنها راه باقی مانده روبه رویم بود.

وقتی به مقابلم خیره شدم، نقطه‌ی نور کوچکی را دیدم، بدون فکر و حتی لحظه‌ای مکث، آهنگ دویدن و رفتن نواختم، آن هم با قلبی خشکیده از ضربه‌های تکراری. ناگهان طوفانی از امید در من شعله گرفت، حواسم به پشت سرم بود، به تمام آن حجم‌های آزار دهنده‌ای که دیده بودم. برای لحظاتی کوتاه ذهنم را از آن‌ها دور کردم. خودم را با زیر پاهایم و اطرافم گره زده بودم، اصلا حواسم به آن‌ها نبود، آن‌هایی که دیده بودم و در همان لحظه‌ی اول دیدار عذابم داده بودند، به من نزدیک‌تر می‌شدند و فرصت برای فرار کردن، کم تر...

به طرف آن نور، آن شعله‌ی امید که حس رهایی دلنشینی را برایم یادآوری می‌کرد، دویدم. تعدادشان ده یا بیش‌تر بود، از صدای پاهایشان و نفس‌هایشان فهمیدم که زیادتر شده بودند، اما توان برگشتن و خیره شدن به آن چهره‌های جهنمی را نداشتم. همان صدای

جیغ‌ها و فریادها. آن حرص و شهوتی که از صدایشان پیدا بود، مرا می‌ترساند که جرأت برگشتن و نگاه کردن را نداشته باشم. بی اختیار به طرف نوری کوچک که برایم به وسعت دنیا بود، می‌دویدم.

پشت سرم بودند و می‌دویدند و من از شدت ترس حتی نمی‌توانستم نفس بکشم. به آن شعله نزدیک‌تر شدم، شوق تمام وجودم را فرا گرفته بود که به آرمان شهر تاریکم رسیده‌ام.

در چند متری‌اش بودم، مقابلم یک پل بزرگ بود. از فاصله‌ی دور باریک به نظر می‌رسید، اما همین که پاهایم را بر رویش گذاشتم بزرگ شد، وسعت پیدا کرد و به اندازه‌ی تمام جاده‌های تاریک پهن شد. حواسم به اطرافم نبود، فقط به تفاوت‌ها فکر می‌کردم، به تمام تاریکی‌ها و روشنایی‌ها، به باریک بودن‌ها و در یک چشم به هم زدن وسعت یافتن‌ها. روی آن پل ماتم برده بود، نمی‌توانستم حرکت کنم. انگار مار شوم و سیاه رنگی من را نیش زده و در فرصت کمی فلج شده‌ام و ذهنم از کار افتاده است. نمی‌توانستم این زهر را هضم و از بدنم دفعش کنم، ناگزیر پیک عجز را سرکشیدم. فکرم بی حس شده بود و در فلج آزار دهنده‌ای گنگ شده بود. نمی‌دانستم چه باید کنم، از ترس تاریکی‌ها، وحشت زده و تنها، به طرف نور دویده بودم و حال که در نزدیکی‌اش ایستادم، حیران ماندم، آن نوری که دیده بودم نور نبود، یک چنگ

بزرگ طلایی رنگ بود که مقابل چشمانم خودنمایی می‌کرد و مرا به آغوشی شهوت‌زا فرا می‌خواند، با آن تارهایی که وقتی تکان می‌خوردند و می‌نواختند، زیبایی را حتی در آن سرزمین نکبت بار، به قلبم باز می‌گرداند.

محو صدای آن چنگ شده بودم، آن قدر گیج بودم که اصلا متوجه نشدم، هیچ کسی این چنگ را نمی‌نوازد. این هم یکی از عجایب این سرزمین تاریک و مبهم بود. چنگ نواخته می‌شد و مرا به گیجی بی انتهایی دعوت می‌کرد که حتی متوجه حضور هیچ دستی برای نواختن این نوای دلنشین نشده بودم.

لحظاتی کوتاه، اما بی نهایت به اندازه‌ی تمام دلخوشی‌های زود گذر، به آن چنگ و نوایش خیره شده بودم، که بی اختیار برگشتم و به اطرافم خیره شدم. چشم‌هایی را دیدم که از مه سیاه رنگی پر شده بودند، کوچک‌ترین سفیدی در آن‌ها دیده نمی‌شد، تمام کاسه‌ی چشم مثل کاسه‌ای نفرین شده پر از سیاهی بود. تمام بدنشان هم سیاه بود. وقتی با گنگی با یکدیگر صحبت می‌کردند، چشمان سیاه‌شان به رنگ خون می‌شد، آن وقت دندان‌های تیزشان نمایان می‌شد، مثل گرگ تیز و بزرگ بودند و پوزه شان مرا می‌ترساند، اما هنگام دویدن مثل آدم بر روی دو پا بودند یک لحظه بودن و لحظه‌ی دیگر محو می‌شدند.

ترسیده بودم، از تمام آن جهمنی‌ها با آن صداهای ترسناک که در فضای آسمان می‌پیچیدند.

بدون اختیار به طرف چنگ دویدم تا شاید آن نور مرا به آغوش بکشد و آرامشم دهد، اما همین که به آن چنگ نزدیک شدم، صدایی در فضا پیچید که اگر می‌خواهی رها شوی باید بنوازی تا آسوده شوی.

وقتی این صدا در فضای نامعین پیچیده شد، همه عقب رفتند. انگار ترسی بزرگ وجودشان را گرفته بود، از ترس صدا دور شدند. برایم مهم نبود صدای چه کسی بود، همین که آن‌ها را از من دور کرده بود، برایم لذت بخش بود.

من از نواختن هیچ نمی‌دانستم و نمی‌توانستم بنوازم، چون چیزی بلد نبودم، همیشه چنگ را از دور دیده بودم، حتی یک لحظه هم لمسش نکرده بودم، حالا باید چگونه می‌نواختم؟ نمی‌دانستم باید چه کنم. دستان نیازم را به سوی چنگ بلند کردم و انگشتانم تارهای چنگ را لمس کرد که ناگهان به یاد صدایی که چند لحظه پیش از چنگ شنیده بودم، افتادم. از ته دل آرزو کردم که ای کاش می‌توانستم بنوازم، نه به خاطر رهایی از این جهنم، بلکه بتوانم چشمانم را ببندم و به افتخار قلب وحشت زده‌ام بنوازم تا او را آرامش دهم.

دستانم را به چنگ گره زدم و پنجه در پنجه‌اش حلقه کردم. ناگهان متوجه شدم در حال نواختن چنگ هستم و صدایی جادویی را که آرزویش کرده بودم، می‌نوازم و به خورد قلبم می‌دهم. طعم آن لذت را نمی‌توانم با هیچ لذتی عوض کنم، آن لذت خواستنی که چشیدمش و هرگز از یاد نخواهمش برد.

بعد از آن لذت‌ها و خواستن‌ها، نفهمیدم چه شد. انگار همه چیز خواب بود، آن ترس‌ها و لذت‌ها. وقتی چشمانم را باز کردم، ته دریاچه‌ای بودم که نور خورشید را از زیر امواج آب می‌دیدم. دستانم را به سمت آسمان بالا بردم و خود را بیرون کشیدم.

روی سطح آب آمدم، همه جا نور بود و روشنی. شفافیت عجیب و خیره کننده‌ای تمام آن فضا را به آغوش کشیده بود. از آب بیرون آمدم و کنار یک ساحل زیبا، زندگی از حرکت ایستاده‌ام را از سر گرفتم. پاهایم روی سنگ ریزه‌های ساحل بود، براق بودند و گرم. خبری از شن‌های ساحلی نبود، بلکه سنگ ریزه‌های سفید و کوچک الماس نشانی زیر پاهایم بودند که هر کدامشان خورشید پنهانی برای درخشیدن در سینه داشتند و آن فضای زیبا را پرنور کرده بودند.

مشغول دیدن این صحنه‌های زیبا بودم که ناگهان یادم آمد چند لحظه قبل میان تاریکی‌ها بودم و از چشم‌های سیاه و خونینی فرار می‌کردم

و بعد از آن همه بدبختی‌ها و هراسیدن‌ها و فرار کردن‌ها، با لمس کردن یک چنگ به این جا آمده‌ام. اصلا برایم قابل فهم نبود که چه اتفاق‌هایی در حال رخ دادن است. نمی‌دانستم کجای دنیا هستم؟

کمی از آب دور شدم و در آن فضای پر رنگ و نور نفس عمیقی کشیدم. با خودم گفتم اصلا مهم نیست دلیل آمدنم به این جا چیست، تنها چیزی که مهم است، حس امنیت و آرامشی است که اکنون دارم.

کمی راه رفتم، بیش‌تر به اطرافم خیره شدم. زیبا بود و دلنشین. دوست داشتم برای تمام عمر در آن سنگینی و زیبایی مات شوم و برای همیشه طعم ماندن در این فضای شیرین را هضم کنم و هر روز و هر لحظه تکرارش کنم. بیش‌تر نفس می‌کشیدم، انگار می‌خواستم تمام ذرات هوا را به ریه‌هایم پمپاژ کنم تا آن جاهایی از بدنم که هرگز ندیدمشان و فقط زحمت نفس‌هایم را می‌کشند، شادی را حس کنند. از ساحل دورتر شدم و به جنگلی زیبا رسیدم.

با دستانم که از شدت ترس کبود شده بودند، گل‌ها را لمس کردم، احساس می‌کردم با لمس کردن هر گلبرگی چهره‌ی سرخی به دستانم می‌بخشم و لب‌های دستانم به روی زندگی می‌خندد و از این کبودی‌ها رهایی می‌یابند. به آن جنگل با تمام زیبایی‌های بکرش پا نهادم، مات آن همه رنگ و زیبایی شده بودم. نمی‌دانم چه شد که چشمانم را به

اندازه‌ی یک پلک بر هم زدن بستم، هنگام باز کردن، دستانم را در بند دیدم. اصلا نفهمیدم چه شد که دست و پایم بسته شدند و در بند بودم، آن هم به جرمی که دلیلش را نمی‌دانستم. کنار آمدن با این بندهای نامفهموم برایم سخت بود. بر عکس تمام آن تیرگی‌هایی که پشت سر گذاشته بودم و از دست‌شان رها شده بودم، یا شاید رهایم کرده بودند، اینجا لبالب بود از نور و رنگ‌هایی رویایی و باور نکردنی که در ذهن هیچ کسی جا نمی‌شد. وسعت‌شان آن قدر زیاد بود که چشم از دیدن و خوردن‌شان سیر نمی‌شد و با حرصی مضاعف رنگ‌ها را در دو گوی جادویی‌اش می‌بلعید. حیف بود این فضای دلنشین و سرشار از مستی نور و رنگ‌های خیره کننده با خشونت کثیف و زشت شود و خشونت این چهره‌ی پتیاره را با رنگینی حیران کننده‌ای، بدنام کنند.

همه‌ی حواسم به روشنایی‌های ترسناکی بود که در اطرافم پرسه می‌زدند. میان تاریکی می‌ترسیدم و چشمانم هیچ جایی را نمی‌دید، اگر می‌دید، خیلی کم رنگ و مبهم بودند، اما این جا میان این همه رنگ و نور، ترسم بیش تر شده بود، چون باید منتظر هر اتفاقی می‌نشستم و چشمانم را مثل گرگ گرسنه‌ای، به این طرف و آن طرف

چرخ می‌دادم و چشمان هرزه گردم را به دنبال راهی برای فرار یا چاهی که قرار است در آن بیفتم می‌گرداندم.

بی قرار بودم، ترس را با تمام وجود با زور و پا فشاری به کالبد متعجبم می‌خوراندم، در هر نفس به خودم می‌گفتم: " خوب نگاه کن تو پیش نمی‌روی، فرو می‌روی در تمام این تاریک و روشن‌ها، منتظر باش و آن لحظه‌ای را تداعی کن که مرگت را میان تاریک‌ها و روشن‌ها گدایی کنی، چون مرگ از این همه سردرگمی بهتر است. "

چشمانم از چرخیدن خسته شده بودند، می‌خواستم لحظاتی بخوابانم‌شان، اما می‌ترسیدم که اتفاقی بیفتد و چشمانم از دیدنش جا بمانند و لحظه‌ای غفلت بلایی آسمانی‌تر را بر سرم خراب کند. دوست داشتم چشمانم را مالش دهم، اما دستانم بسته بودند و نمی‌توانستم به اندازه‌ی خاراندن انگشتی دیگر، تکانشان دهم.

صدایی مرا از عالم بی خودم بیرون آورد، برگشتم اما چیزی ندیدم. فقط صدا بود که در فضا جاری می‌شد. صدایی بم اما رسا و گوشخراش که در گوش‌هایم چنگ می‌انداخت.

- خوب گوش کن. از اعماق سیاهی‌ها به روشنایی‌ها پناهت دادم و حالا در خدمت منی.

وقتی این جملات را شنیدم، مکثی در قلبم به وجود آمد که تو در خدمت منی؟ منظورش چه بود؟ این جا کجای دنیاست؟ این جا اسارت است یا آزادی؟ این جا جبر است یا اختیار؟ گیج بودم و جوابی برای سؤال‌هایم نمی‌یافتم. صداهای بیش‌تری شنیدم، به اطراف نگاهی انداختم، اما کسی نبود و صدا مانند موج دریا هم چنان می‌آمد و به صخره‌های پرپیچ و خم گوشم اصابت می‌کرد.

بعد از شنیدن آن حرف‌ها و جملات گنگ که در پازل ذهنم با هیچ منطقی جفت و جور نمی‌شدند، همه چیز به یکباره تغییر کرد. آن صداها از اطراف نبود، بلکه از بالا مثل انوار خورشید بر سرم جاری می‌شدند و مرا میان بال و پری بلورین شده از نور به آغوش می‌کشیدند. تعجب کرده بودم، از آن همه گریز و درد و دست‌های در بند و در این جا آغوش و محبت؟ شک کرده بودم که شاید قرار است اتفاق بدتری بیفتد. دلهره داشتم و دلم به اندازه‌ی تمام طوفان‌های دریایی، شور می‌زد.

مدت‌ها به همین طریق گذشت و دیگر آن صدا را نشنیدم. میان آغوش‌ها و محبت‌های دلربا گم شده بودم و وقتی به خود آمدم مانند تمام ساکنین آن‌جا دو بال بر روی شانه‌هایم بود که هر وقت هوس پرواز داشتم، بال‌هایم را می‌گشودم و پرواز می‌کردم و با دوستانم موج

زنان در آسمان آواز شادی سر می‌دادم و در نهایت خسته به خانه باز می‌گشتم و پذیرایی‌های آن چنانی و آغوش‌های پر از محبت هم چنان محیا بود. تقریبا به همه‌ی این شرایط عادت کرده بودم و همه‌ی ساکنان آن جا را می‌شناختم و از همنشینی با آن‌ها لذت می‌بردم.

روزی از آن روزهای شیرین که با تمام وجودم لذت‌هایش را بر تنم خالکوبی می‌کردم، همان صدایی را که فقط یکبار شنیده بودم و مرا به ترس اکراه آوری وادار کرده بود، مرا از عالم لذت‌ها و خوشی‌هایم بیرون کشید.

- اگر می‌خواهی تا ابد در این همه لذت و لبخند غوطه‌ور باشی، باید از بین ببری تا ماندگار شوی.

منظورش را نفهمیدم، اصلا درک نکردم چرا چنین حرفی را شنیدم. با خود گفتم شاید منظورش از بین بردن کینه‌ها و بدی‌های وجودم است، همین که می‌خواستم از او بپرسم همان صدا بی پرده گفت:

- حال باید به جبران تمام نعمت‌هایت برخیزی، اگر می‌خواهی ابدیتی پر از نعمت را بچشی، باید یکی از عزیزانت را فدا کنی.

صدا محو شد، دلم مانند ریسه‌ای که کور و خاموش می‌شود، خاموش و بی نوا شد و در چهارچوب زمان خشکش زد.

یکی از عزیزانم را فدا کنم؟ مادرم را به یاد آوردم، دستانم لرزید. پدر در ذهنم پیچید و جودم پر از درد شد و برادرم که عشق زندگی‌ام بود.

بی اختیار پای فرار به دل گرفتم و از آن محیط دور شدم. ناگهان تمام اطرافم را تیرگی و سیاهی فرا گرفت، بار دیگر به سیاهی‌ها دچار شدم و در آن‌ها خفه شدم.

انگار خواب بودم و حالا بیدار شده بودم و تمام آن نورها و خوشی‌ها، فقط یک خواب، به اندازه‌ی پلک بر هم زدن بود.

نه! هرگز نمی‌توانم عزیزانم را فدا کنم. با عصبانیت و خشمی باور نکردنی، تیرگی‌ها را دور ریختم و به طرف نور دویدم، اما ناگهان زیر پایم خالی شد....

فصل پنجم

احساسات عجیبی داشتم. حس می‌کردم سقف بر سرم فرو می‌ریزد. نمی‌توانستم احساساتم را با کسی در میان بگذارم. می‌خندیدم، می‌رفتم، می‌نشستم، ولی از اطرافیانم فراری بودم، هنگام دور شدن از جمعیت قلبم سرشار از غصه و حرف‌های ناگفته می‌شد. میان آن همه شلوغی‌ها و مهمانی‌ها، ناگهان اشک در چشمان یخ زده‌ام حلقه می‌بست، طوفان به پا می‌کرد و می‌خواست بریزد و های‌های‌اش را به همگان بفهماند تا شاید کسی بیایید و زیر بارانش بایستد. حتی راضی بودم کسی با چتر و سرپناه به پیشواز غصه‌هایم بیایید، فقط کسی باشد و احساس کنم کسی هست که درکم می‌کند و پای غصه‌های دلم می‌نشیند و حرف‌هایم را می‌شنود، حتی اگر کاری از دستش بر نیاید.

می‌خواستم حالم را بارانی ببینم تا شاید این طوفان رم کرده‌ی خاموش، آرامش پیدا کند، اما افسوس که حتی برای باریدن هم ترس داشتم که نکند کسی اشک‌هایم را ببیند و گرد غصه بر روی دل کسی بنشیند.

نمی‌دانم! شاید تمام آن خودخوری‌ها، ترس از غصه و دل نگرانی دیگران نبود و ناشی از غرورم بود که در وجودم شعله می‌کشید، این وجود پر از غصه که نمی‌خواستم کسی مرا در حال عجز و ناله کردن ببینند. به همین دلیل به اتاقم می‌رفتم و آرام و خاموش طوفان به پا می‌کردم، با نوک انگشتانم، قطرات باریدنش را از گلوگاهم جمع می‌کردم.

هر روز جوش‌های عصبی بر روی صورتم بیش‌تر می‌شد. هر کسی که مرا می‌دید بی درنگ می‌گفت جوش‌های جوانی است، رفع می‌شوند، نگران نباش؛ اما امان از دلی که کسی حرف‌هایش را نفهمد. دوست داشتم فریاد بزنم و بگویم: "غصه‌های دلم تاول کرده‌اند و از صورتم بیرون می‌زنند. این‌ها جوش نیستند، غصه‌اند." اما نمی‌شد و نمی‌توانستم حرف‌های دلم را بگویم، یا شاید نمی‌خواستم حرفی از غصه‌هایم به میان بیاورم. کسی از غصه‌ی دل من خبر نداشت. دلم غم داشت، اما کسی مرا نمی‌دید و نمی‌فهمید.

از معنویاتم دور شده بودم، احساس می‌کردم در این دنیای وحشی رها شده‌ام و کسی نیست راهنمایم باشد و کنارم بماند.

در آن حال که خورد و خوراک دلم غصه شده بود، نمی‌دانستم اگر ذره‌ای آرامش دارم، حتما کسی هست که این آرامش را برایم فراهم کرده است، آری خداوندی هست و این منم که نمی‌خواهم او را ببینم.

قلبم در سینه می‌تپید، اما بی رمق و نا امید. گاهی اوقات درد شدیدی در قفسه‌ی سینه‌ام احساس می‌کردم. دکتر هم رفتم، اما گفت چیزی نیست و به افکار و استرس‌هایت بر می‌گردد، بهتر است استرس نداشته باشی تا هرچه سریع‌تر خوب شوی. علت درد قلبم را دکترها و همه‌ی آن دیگران‌های اطرافم هم نفهمیدند، درست مثل جوش‌های صورتم که از جوانی نبودند و دلیل‌شان آن اشک‌های وقت و بی وقتم بود. دکتر هم نفهمید که درد قلبم از روح نالانم است که هیچ روزنه‌ای برای بروز دادن ندارد و مجبور است سنگین بزند میان دیوارهایی از جنس استخوان که قلب کوچکم را سخت به اسارت کشیده‌اند.

دنیا بر سرم خراب شده بود و بدتر از همه بخیه‌هایی که دستم خورده بود، عذابم می‌دادند. آن روز سخت را هرگز فراموش نخواهم کرد. اتاق عمل و تمام دنیای سبزش را بارها و بارها در ذهنم مرور کردم و هر بار با وحشت از این تکرارها دور شدم.

ساعت هفت صبح بود. از رفتن به اتاق عمل ترس داشتم. از شدت ترس به مادرم التماس می‌کردم و می‌گفتم نمی‌خواهم بروم و مطمئن هستم

که دستم جوش می‌خورد و نیازی به عمل کردن نیست. به هر دری می‌زدم که قدم‌های لرزانم را درون اتاق عمل نگذرام. ده دقیقه به هشت صبح بود و مراحل پذیرش برای عمل کردن دستم انجام شده بود. نمونه‌ی خون هم گرفته بودند. روی صندلی چرخدار نشسته بودم که مادرم با یک دست لباس آبی رنگ و یک جفت دمپایی که بسته‌بندی شده بودند به سمتم آمد، آن‌ها را به دستم داد و گفت:

-   برو داخل، از اونجا به بعد پرستارها کنارت هستن.

آن لحظه، اصلا به حضور پدرم نیازی نداشتم. پدری که باعث تمام این دردها و درد کشیدن‌ها شده بود. حضور مادر در کنارم و شنیدن عطر تنش، حتی از آن طرف درهای بسته‌ی اتاق عمل به من آرامش می‌داد و برایم دارویی خواب‌آور می‌شد.

مادر را بوسیدم، دعایش در گوشم جاری شد، با تمام وجود صدایش را شنیدم. اراده‌ای پولادین به من داد که هنگام دور شدن از او، پولادم خاکستر شد و هیچ از آن باقی نماند. انگار از منبع الهامم دور شده بودم و حالا دستانم خالی شده است و ترس وجودم را فرا گرفته است.

وارد راهرو شدم. پرستار به سمتم آمد و مرا به اتاق ریکاوری برد. لباس‌هایم را عوض کردم، دمپایی پوشیدم و مرا بر روی تختی دراز

کردند. اول ترس چندانی نداشتم، چون نمی‌دانستم چطور قرار است تمام کاشی‌های اتاق عمل برای آمدنم دور سرم بچرخند و مرا عزیز بدارند.

از چند راهرو گذشتم، حس می‌کردم می‌خواهند مرا به مرده‌شورخانه ببرند، هر لحظه از رنگ‌های دنیای زنده‌ها، دورتر می‌شدم و بی‌رنگی بر سرم خراب می‌شد تا جایی که دیگر جز سبز چیزی ندیدم، یک سبز مردنی و رفتنی، درست مثل خط ممتد مرگ مغزی که بی‌توقف کشیده می‌شود و صدای بوق نامبارکش خبر گسستن زنجیره‌ی زندگی را هوار می‌کند که آری قطار زندگی از حرکت ایستاد، آن خط صاف و بی‌بازگشت و این سبز نا امید کننده و موسم درد....

اولین لحظه‌ای که اتاق عمل را دیدم، تمام تنم لرزید. قفسه‌های آهنی را دیدم که با پارچه‌های سبز تا شده، پر شده بودند و بر روی هم قرار داده شده بودند. دیوار سبز، تخت سبز، لامپ سبز، دکتر سبز، پرستار سبز، و از این همه سبزینگی، آن باغچه‌ی مصنوعی بی‌روح، وحشت کرده بودم. نمی‌دانم چه کسی این همه سبز جهنمی را برای آرامش بیمارها مناسب دیده بود، این سبزهای پر رنگ و وحشتناک.

به لامپ بزرگی که بالای سرم بود، خیره شدم. دایره‌ای بزرگ که درونش چهار لامپ تعبیه شده بود. تمام حواسم به چهار لامپ درونش

بود که اولین پرستار سبز پوش آمد. اسمم را پرسید و رفت. دومی هم آمد سبز بود و بی روح با اخم‌هایی که انگار دنیا بدهکارش بود و بر سرت خراب می‌شد، آمپول به دست آمد و مقداری بی حسی را درون سرنگ کشید و روی یک سینی گذاشت و رفت. مردی سبز پوش با کله‌ای کچل و براق، عینک به چشم به سمتم آمد. ماسک را از روی صورتش برداشت و لبخندی سبز، اما شیرین زد و گفت:

-   اسمت چیه دخترم؟

-   سلام. مهدیه.

-   سلام به چهره‌ی خندونت. چی شده با خودت چی کار کردی؟ با خانواده‌ت درگیر شدی و شرارت کردی که دستت به این روز افتاده؟

-   نه به خدا آقای دکتر، شیشه افتاده رو دستم، اصلا چیزی یادم نمیاد که چه طوراین اتفاق افتاده. مگه دیوونه‌م با خودم چنین کاری کنم.

-   ترسیدی؟

-   از اتاق عمل نه، ولی از این همه رنگ سبز خیلی ترسیدم. حس می‌کنم تو آمازونم و هیچ راه فراری ندارم. کاش اینا رو

با رنگ‌های دیگه قاطی می‌کردین، به خدا آدم با دیدن اینا نصفه جون میشه، بعد بی‌هوش میشه.

- نه دخترم حالت خوب نیست، ترسیدی وگرنه رنگ سبز، آرامش آوره.

- منظورتون همین آرامشیه که من با دیدن این همه سبز دارم؟

- الان دستت رو بی حس می‌کنم تا هیچ دردی رو حس نکنی.

پرستارها را صدا زد، پرده‌ی سبزی در مقابل صورتم کشیدند تا چیزی نبینم و نفهمم قرار است چه کنند. از بخیه زدن نمی‌ترسیدم و دوست داشتم ببینم چه می‌کنند. از دکتر خواستم بخیه زدن را ببینم. لبخندی زیبا زد، ولی پرستار اخمو بر سرم فریاد زد:

- روتو برگردون. اصلا حوصله ندارم هی بگم اونور رو نگاه کن.

هیچ نگفتم، چون می خواستم کارشان را خوب انجام دهند، در دلم به او گفتم:

- بداخلاق.

فکر و حواسم از اتاق عمل دور شد و دنبال ماجراهای دیشب رفت. تمام خرابی‌ها را در ذهنم مرور کردم. آن ظرف‌های شکسته شده، درهای بدون شیشه، فرش‌های نگین کاری شده با شیشه‌های خونی. سوالات

زیادی در ذهنم بود که امانم نمی‌داد. چرا چنین شد؟ چرا پدرم، پدری که این همه برای آبرومند بودنش تلاش می‌کند، خودش طبل رسوایی را به دست می‌گیرد و می‌کوبد؟ چرا اصلا به فکر آرامش دادن به ما که خانواده‌اش هستیم، نیست! در عوض هرکاری برای بردن آرامش به خانه‌های دیگران می‌کند!

برای لحظاتی کوتاه از پدرم متنفر شدم، چون در ذهنم یک فرد جاه طلب و چابلوس دیدم، کسی که برای خودنمایی کردن دست به هرکاری می‌زند، حتی نابود کردن عزیزانش! پدر همه کار می‌کرد تا چهره‌ی شیرین و اجتماعی‌اش دچار کوچک‌ترین تا خوردگی نشود، چه رسد به شکستگی و خط خوردگی.

در همین افکار بودم که درد شدیدی حس کردم، دردی که انگار می‌خواهند چشم راست و چپم را به هم بدوزند. جیغ بلندی کشیدم، شبیه به صدای زنگ خطر. دکتر با لحنی آرام گفت:

- دخترم آروم باش، نباید دردت بگیره، بی حسش کردیم.
- آقای دکتر اگه بی حسه چطوری جیغ کشیدم. دردش تا استخونم رفت، اون وقت شما می‌گین بی حسم؟
- باشه الان دوباره بی حسی تزریق می کنم.

دکتر به پرستارها گفت بی حسی بیش‌تری بیاورند. آن ها هم مقدار بیش‌تری به دستم تزریق کردند. تقریبا بیست یا شاید هم سی دقیقه، در اتاق عمل بودم که کم و زیادش را درست به خاطر ندارم.

بعد از تمام شدن کارشان، پرستارها پرده ها را از روی صورتم برداشتند و برای لحظاتی در اتاق تنها ماندم. به پانسمان دستم نگاه می‌کردم و حسرت مثل مه از نگاه‌ام زبانه می‌کشید. اطرافم را مه غم فرا گرفته بود.

مدتی گذشت که یک مرد با یک تخت چرخدار به طرفم آمد و گفت:

- از اونجا بیا پایین، روی این تخت دراز بکش.

- نه آقا نمی‌خوام حالم خوبه. خودم میام. می‌تونم بلند شم.

- گفتم دراز بکش. الان سرت گیج میره و میفتی.

فکر می‌کردم حالم خوب است و می‌توانم بدون کمک کسی از جایم بلند شوم، اما همین که بلند شدم، سر گیجه‌ی زیادی گرفتم، به طوری که تمام وسایل اتاق دور سرم چرخیدند. نتوانستم حرکت کنم. ناتوان بر روی تخت افتادم، که آن مرد دستم را گرفت و کم‌کم کرد روی تختی که آورده بود، دراز بکشم. مرا به سمت اتاقی برد که در آن بیماران دیگری هم بودند که از اتاق‌های عمل بیرون آمده بودند. مردها

و زن‌ها قاطی بودند و از شانس بد من، پسری درست روبروی من بود که انگار چشمانش مادون قرمز داشت و از دیوار رد می‌شد چه رسد به لباس.

لعنتی نگاهش را از روی من بر نمی‌داشت. عصبی شده بودم و از طرفی حالم خوب نبود، و گرنه می‌رفتم و اولین چیزی را که به دستم می‌رسید بر سرش می‌کوبیدم. مریض بود، اما چشمانش با سلامتی کامل خوب می‌خورد و می چرخید. کلافه بودم، آرزو می‌کردم هر چه زودتر به خانه بروم و از بوی بد این بیمارستان خلاص شوم. بوی بد الکل و بتادین و بوی مسموم بیماری، زجرم می‌داد.

بعد از گذشت سه ساعت به خانه برگشتیم. برای مرخص شدن آن قدر از پله‌ها بالا و پایین رفتیم که حالت تهوع گرفتم. روی یک صندلی در راهرو بیمارستان نشستم و مادر و پدرم دنبال کارهای ترخیص رفتند. طبقه‌ی بالا فرم ترخیص می‌دادند و می‌رفتند انتهای سالن برای تأیید، باید دوباره فرم را برای پرداخت به طبقه‌ی پایین می‌دادند و باید دوباره می رفتند طبقه ی بالا برای تأیید پرداخت پول و خلاصه مسخره بازی و بالا و پایین رفتن‌ها. نمی‌دانم چرا همه‌ی این کارها را در یک سالن انجام نمی‌دهند که مجبور نباشیم برای ترخیص یا پذیرش بیمار این همه التماس و خواهش و تمنا و بالا و پایین رفتن کنیم!

بعد از کلی کلافگی به خانه برگشتیم. خیلی دوست داشتم خواهر یا برادر کوچک‌تری در خانه داشته باشم، مخصوصا خواهر که از دیدنم خوشحال شود و با دیدنم نتواند خودش را کنترل کند و بخواهد خودش را در آغوشم پرت کند و مثل فیلم‌ها بگویم:

- آروم‌تر، مواظب دستم باش، گریه نکن، حالم خوبه.

اما حیف این رویایم واقعیت نداشت. پدر و مادر و مهدی از آمدنم خوشحال بودند. از خودم بدم می‌آمد، از کثیف بودنم از بوی بد تنم. می‌خواستم هرچه زودتر خودم را راحت کنم و آب گرمی به تنم بزنم، اما نمی‌شد. دکتر تاکید کرده بود به هیچ وجه آب به دستم نخورد.

قصد حمام رفتن کردم که با مخالفت شدید مواجه شدم، اما من ول کن نبودم و باید می‌رفتم. پلاستیک بزرگی آوردم و دستم را داخل پلاستیک کردم و پلاستیک را دور دستم پیچاندم. بالای پلاستیک را با جوراب ساق بلندی محکم بستم تا آب واردش نشود. حمام کردم و کمی آرام گرفتم. حمام کردن آن قدرها بد و سخت که می‌گفتند نبود.

خانه‌ی ما بعد از آن درگیری به حالت اول برگشته بود، تمیز و مرتب. شیشه‌ها سرجایشان بودند و هر چه شکسته بود، از ظرف بگیر تا شیشه، دور ریخته شده بودند و همه چیز شکل عید گرفته بود، نو و تازه، اما

خاطرات بد و آبروی ریخته شده و جای زخمی که تا ابد بر دست من حک شده بود با هیچ پولی محو نمی‌شد.

انکار نمی‌کنم، همه‌ی وسایل خانه از اولش هم بهتر شده بود. خانه با وسایل و ظروف گران‌تر پر شده بود، اما میل و رمقی در این همه تازگی نبود، فقط اجبار و تکرار موج می‌زد.

فصل ششم

و سقوط کردم به سطحی پایین‌تر...

ترسم بیش‌تر شده بود. به اطرافم خیره شدم. زیر پاهایم پله بود و اطرافم را دیوار احاطه کرده بود. دنبالم می‌کردند، از در و دیوار، از بالا و پایین بر سرم می‌ریختند. تنها راهی که داشتم فرار کردن بود. به کدام سمت نمی‌دانم! فقط می‌رفتم، می‌دویدم و گریه می‌کردم. میان آن همه دویدن، آن همه دیوار، کوچه‌ی باریکی دیدم که شعله‌ی نور کوچکی در آن دمیده شده بود. به امید آن نور به سمتش حرکت کردم، دویدم و برای مدت کوتاهی هیچ موجودی مرا دنبال نکرد.

نفسم بالا نمی‌آمد. قلبم به سان کودک گریانی تب و تاب داشت و از حرکت نمی‌ایستاد و آرام نمی‌گرفت. دلم به حال خودم سوخت، چه قدر تنها و بی کس بودم. نمی‌دانستم باید به کجا پناهنده شوم. هرچه بیش‌تر می‌رفتم، نور از من دورتر می‌شد.

از فرط خستگی و نا امیدی پای دیواری نشستم و از ته قلب دعا کردم تا شاید از این ورطه‌ی مهلک و نازیبا رهایی یابم. هنگام دعا کردن،

۱۱۹

افسار وجودم را به قلب هراسانم سپردم و چشمانم را بستم و نبض قلبم را بر وجودم احاطه کردم تا دعا کند، این چشم بستن، مرا از دنیای شوم و تاریکم رهایی می‌بخشید. چشمان وجودم بسته بود و نمی‌دانم چه وقت چشمانم بر سرزمین رویاهایم پلک گشوده بود. به خواب رفته بودم، به یاد ندارم چه خوابی دیده بودم، وقتی بیدارشدم احساس خوبی داشتم، انگار که خواب شیرینی را بلعیده بودم.

همین که می‌خواستم از جایم برخیزم و به دیوار تکیه کنم و دستانم را در گره‌ی دستان پرچین و چروک دیوار حلقه کنم، ناگهان دیوار پشت سرم محو شد. تعجب کرده بودم که چه طور دیوار مقابل چشمانم محو شد؟ ترسی فراوان وجودم را شعله‌ور کرده بود. نفس نفس می‌زدم و قلب سرکنده‌ام، از شدت ترس به در و دیوار سینه‌ام می زد و فریاد بی تابی کردنش، گوش‌هایم را کر کرده بود.

روبه‌رویم نور بود و نور. جلوتر رفتم. انگار حرم امامزاده‌ای بود که اسمش را نمی‌دانستم و اصلا نمی‌دانستم کجای دنیا قرار گرفته است.

تمام قلبم پر از امید و شادی شد. به سمتش دویدم، با خود می‌گفتم آن جا آرامش خواهم یافت. آن جا هیچ‌کس نمی‌تواند به من صدمه بزند. آنجا حرمت دارد و هیچ تاریکی و پلیدی در آن راه پیدا نخواهد کرد.

۱۲۰

دستانم را دراز کردم تا از فاصله‌ی دور آن مکان مقدس و نورانی را زیارت کنم، اما نشد. در یک پلک بر هم زدن، دیواری مقابل چشمانم چیده شد، انگار دیواری محو شده بود و کسی می‌خواست پشت دیوار را برای لحظاتی ببینم و بی تاب شوم. دیوار محو شد و بازگشت. دیواری محو نشده بود، از همان لحظه‌ی اول بود و من متوجه نبودم.

به قدری ناراحت شدم که حتی قدرت گریه کردن را نداشتم. بهت زده به دیوار مقابلم، به آن همه نور و امنیتی که دیده بودم، فکر کردم. هیچ حرکتی نکردم و چیزی برایم مهم نبود. اشک از چشمانم سرازیر شد، پای همان دیوار نشستم و بی اختیار اشک می‌ریختم:

- خداوندا چرا بر من نازل نمی‌کنی کسی را که حضورش و دستانش در کنارم، دیدگان وحشت زده و قلب رمیده‌ام را آرامش دهد. اگر اینک به فریادم نرسی، چه وقت باید تو را بخوانم؟

با خداوند خود سخن می‌گفتم که صدایی شنیدم. ترسیدم و از آن جایی که بلاها و مصیبت‌های زیادی بر سرم باریده بود به سرعت از جایم برخاستم، اما چیزی ندیدم. هم چنان صدا را می‌شنیدم. به اطرافم خیره شده بودم. از جایی که اصلا انتظارش را نداشتم، هیبتی مرا متوجه خود کرد.

مردی سوار بر اسبی سیاه، با پارچه‌ای سبز رنگ که بر روی اسبش انداخته بود، به سمتم آمد. مردی بلند قد با هیکلی درشت و شانه‌هایی پهن، پوست سبزه‌ای داشت. لباسش بلند و سفید بود و شال گردن سبز رنگی بر روی شانه‌هایش انداخته بود. تنها جمله‌ای که از او شنیدم مرا گیج تر کرد:

- هنوز آماده‌ی حضور نیستی. خودت را میان این همه سیاهی و دیوار پیدا کن. این همه سیاهی و دیوار از توست، نه از دنیای اطرافت، به خودت بیا و بازگرد.

دیگر هیچ نشنیدم. نه از آمدنش چیزی فهمیدم، نه از رفتنش.

همان جایی که ایستاده بودم، روی زمین نشستم. معنی حرف‌هایش را نفهمیدم. مگر می‌شود کسی دوست داشته باشد در میان این همه سیاهی دست و پا بزند و با وحشت از چیزهایی که خودش هم نمی‌داند چه هستند، فرار کند؟ نه! با عقل جور در نمی‌آید، او هم به سان بقیه‌ی چیزهای عجیب این سرزمین برای عذاب من آمده بود. از آن محل دور شدم و به طرف بالا حرکت کردم. نمی‌دانم آن جا چه بود و چه چیز در انتظارم بود، اما از پله‌ها بالا رفتم.

پله‌های زیادی بود که از دیدنشان قفسه‌ی سینه‌ام درد می‌گرفت، چه رسد به پا نهادن و بالا رفتن از این همه پله. همه را یکی یکی طی کردم، تا به جایی رسیدم که خانه‌ها در هوا معلق نبودند و روی زمین بنا شده بودند، درست شبیه تصویری که یک عمر به دیدنش عادت کرده بودم. همه‌ی حواسم به پایین بود و بعد از مدت‌ها نگاه ناگهانی‌ام به آسمان دوخته شد. انگار پارچه‌ها یا نخ های خیلی پهن از آسمان، از آن جاها که نمی‌شد شروعش را دید، آویزان شده بودند. به آن‌ها نزدیک شدم، شبیه جاده بودند، اما جاده‌هایی آویزان، هر کسی که می‌خواست از جاده‌ای عبور کند، دستان خود را به آن‌ها گره می‌زد و بالا برده می‌شد و در مقصدی که می‌خواست، پایین می‌آمد. از شدت تعجب تمام وجودم به سان دنیایی پر از علامت تعجب شده بود، این جا دیگر کجاست؟ جاده‌هایی هوایی؟ مسخره بود که برای رفتن به یک خیابان باید دستت را گره بزنی و جایی که می‌خواستی پیاده می‌شدی. انگار همه چیز در پس ذهن و تصورها می‌گذشت. آن چه را که تصور می‌کردم، شدنی می‌شد. سرگردانی تمام تنم را به ستوه کشیده بود، دلیل حضورم را نمی‌دانستم و این بزرگ‌ترین زخمی بود که روحم را رنج می‌داد.

نگاه حیرت زده‌ی من به آسمان دوخته شده بود که موجوداتی تیره و تار که اسم‌شان را هم نمی‌دانم به سمتم حمله‌ور شدند. تعدادشان خیلی زیاد بود. فقط می‌دویدم، از شدت ترس جرأت نمی‌کردم پشت سرم را ببینم، فقط به جلو خیره شدم که ناگهان کسی مقابل چشمانم ایستاد:

- از این طرف بیا، عجله کن.

نمی‌دانم چرا به حرفش اعتماد کردم. شاید او هم یکی از آن‌ها بود که تغییر چهره داده بود و خودش را شبیه انسان کرده بود. با همه‌ی شک‌ها و تردیدهایم، به حرفش اعتماد کردم و دنباله‌روی او شدم، راه دیگری برای انتخاب کردن نداشتم. هر کجا که می‌رفت، می‌رفتم. هر کجا می‌ایستاد، می‌ایستادم. پله‌های زیادی را بالا رفتیم. سراشیبی‌های تندی را پشت سر گذاشتیم. نفسم بند آمده بود. فریاد زدم خسته شده‌ام، نمی‌توانم حرکت کنم، خیلی وقت است که می‌دویم. نمی‌توانم ادامه دهم، بگذار لحظه‌ای بنشینم تا خستگی از تنم بیرون برود.

، اما قبول نکرد، دستم را گرفت و گفت:

- عجله کن اگر درنگ کنی، تو نیز یکی از آن‌ها خواهی شد. نگذار سیاهی تمام وجودت را فرا گیرد. به خودت بیا، مگر به تو نگفتیم به خودت بیا!

به یاد آن مرد سوار بر اسب افتادم که همین جمله را به من گفت. فریاد زدم تو با آن مرد یکی هستی؟ چرا هر دو یک جمله را تکرار کردید که به خودت بیا. به کجای خودم بیایم؟ مگر چه کرده‌ام که باید خود را بازخواست کنم؟ تا جوابم را ندهی با تو هیچ جایی نمی‌آیم.

جواب‌هایش کوتاه بود و گنگ، ولی قانعم کرد:

- آن مرد سوار، مرا به سوی تو خواند. از من بیش‌تر نپرس و به خودت بیا. حرکت کن اگر درنگ کنی، به تو نزدیک‌تر می‌شوند.

حرکت کردم، نمی‌دانم چرا ولی با او آرامش داشتم. پشت سر را نگاه کردم و تمام وجودم را درد فرا گرفت. در همان حال که می‌دویدم، موجوداتی بزرگ‌تر و وحشتناک‌تر بر سرمان ریختند، می‌خواستند با چنگ و دندان وجودمان را تکه تکه کنند. نمی‌دانم چه زمانی جنگیدن را آموخته بودم که توانستم از خودم دفاع کنم و چند موجود را با مشت و لگد از خودم دور کردم.

وقتی به آن دوست همراهم نگاه می‌کردم که چگونه می‌جنگید، امید می‌گرفتم و من نیز می‌جنگیدم. تا فرصتی پیش می‌آمد، فرار می‌کردیم و باز باران موجودات شروع می‌شد و بر سرمان می‌بارید تا اینکه آن دوست همراه به من گفت:

- برو! حرکت کن به سمت آن جاده‌ها که از آسمان‌ها جاری شده‌اند، این موجودات می‌خواهند تو را از رسیدن به این جاده‌ها دور کنند و در تمام این مدت هدفشان گم کردن تو در تیرگی‌ها بوده است، عجله کن! برو که فرصت کم است، اگر به سرعت به آن جا نرسی، دیوار زمان بر سرت می‌ریزد و برای همیشه گرفتار و اسیر سیاهی‌ها خواهی شد. تا فرصت هست برو، من این جا می‌مانم و جلوی رسیدنشان را می‌گیرم.

بی اراده به طرف آن جاده‌های معلق و آویزان حرکت کردم. هنوز چند قدمی برنداشته بودم که جاده‌های طلایی را گم کردم. ناگهان هزاران راه بر من بارید. نمی‌دانستم کدام جاده مرا می‌رهاند، کدام را انتخاب کنم که رهایی بخش تن خسته‌ام از این زندان تیرگی‌ها باشد.

برگشتم و فریاد زدم:

- چه شد آن جاده‌ای که گفتی، گم شد میان این همه جاده!
  چه کنم؟ نمی‌توانم همه را امتحان کنم تا به نتیجه برسم و
  رها شوم، وقت تنگ است، بگو کدام جاده؟

همراه مهربان و با وفایم با لبخند میان آن همه درگیری با صدای بلند
گفت:

- بله این جمله‌ات دوست داشتنی بود، تلاش برای رسیدن، اما
  به قلبت رجوع کن و فقط یکی را انتخاب کن.

وحشت زده بودم. نمی‌دانستم میان آن همه سیاهی و جاده، کدام را
انتخاب کنم. اگر اشتباه می‌کردم و می‌خواستم دوباره به راهی دیگر
بروم، حتما اسیر آن همه سیاهی می‌شدم.

احساس کردم قلبم با من سخن می‌گوید:

- با من سخن بگو. من و تو با هم نفس می‌کشیم و می‌تپیم برای
  این زندگی، مرا فراموش نکن.

دستانم را به یکی از جاده‌ها نزدیک کردم و با خودم گفتم: الهی به
امید تو...

می‌دانم این جمله آن قدر بزرگ و معنی‌دار بود که دورترین جاده را
نور فراوانی گرفت. دستانم را از جاده‌ای که انتخاب کرده بودم، رها

کردم. جاده را اشتباه انتخاب کرده بودم، جاده‌ی اصلی، مثل خورشید میان آن همه تیرگی و ابهام می‌تابید و حق بودنش را میان تاریکی‌ها ثابت کرد که در کورترین تاریکی‌ها، باز هم نور حق است که می‌درخشد و می‌تابد. چشمانم از شدت خوشحالی دیدن آن نور، پر از اشک شد. به سمتش دویدم، می‌دیدم آن موجودات بر سر خود می‌کوبیدند. با هر چه نیرو که در بدن داشتم، به طرفش حرکت کردم و دستانم را حلقه زدم و بالا رفتم.

به طرف همراه‌ام نگاهی انداختم و فریاد زدم:

- باز هم تو را خواهم دید؟

با لبخندی گفت:

- هر وقت خودت را این قدر پایین کشیدی، مطمئن باش، کنارت هستم که دستانت را بگیرم، اما پایین نیا و بالا برو، تا از دیدنت افتخار کنم و به تو آفرین بگویم. پایین آمدن خوب نیست، به خودت برگرد و بالا برو.

احساس تنهایی زیادی کردم، دوست داشتم همراهم با من بیاید، اما نیامد و تنهایم گذاشت. دوست داشتم کنارش باشم و کنارم باشد. حس کردم عشقی عظیم را در همین لحظات از دست دادم. آن همه دویدن‌ها

و رفتن‌ها، آن همه کوچه‌ها و فریادها؛ اما با من نماند و قلبم را شکست. کاش به نظر من توجه می‌کرد و برایش مهم بود که من چه می‌خواهم، اما نه توجه کرد نه برایش مهم بود، فقط حرف خودش را زد و همراهم نیامد.

دستانم را جوهری کرده‌ام، انگار می‌خواهم برایش بنویسم، برای کسی که نماند و مرا نخواست. خیال شیرین همراه مهربان و دلیرم، مرا اسیر کرد و به سجده‌گاه خیالاتش در آورد. او چون سپهری نورانی بر تاریکی‌های قلبم تابید و مرا از چنگال تنهایی‌ام رهانید. سپهر با آن چشم‌های زیبا و صدای گیرا، مرا به ازدحام کوچه‌ی دلدادگی دعوت کرد تا چون لیلی در به در و دیوانه‌اش شوم. سپهر نیمه‌ی گم شده‌ی من، سپهر تمام دل‌خوشی‌های لحظات پر از غصه‌ام. می‌نویسم، اما نه از نوع سپید و نو. می‌نویسم به سبک بی وزنی خودم، به سبک تشویش‌ها و اضطراب‌هایم.

تو را می‌خوانم از سپیدی کاغذهای بی گناه، از نگاه معصوم کودکی به تو...

می‌خوانمت ای لبخند سبز با طروات.

فقط به خاطر نگاه تو بود، وقتی که نگاهم در غم نگاهت زانو زد، غرق شد در اشک‌هایی که فقط برای تو بود، ای نازنین...

تو را می‌خوانم در برگ برگ‌های زندگی‌ام، از عشق‌های کودکانه در نگاهی عاشقانه. عشق کودکی به اقاقیای روی دیوار، عشقی که به آسمانی آفتابی دارد.

اما آه... تو دیگر کنارم نیستی.

نگاهم را ارزان به چشمان تو فروختم. تو را خواندم، چون بی خبر بودم از تو و بی خبر بودی از آسمان دلم.

جایی بودم که تو باشی و من باشم، جایی که برای تمام حرف‌ها و سؤال‌هایم جوابی بود.

جایی بودم که می‌توانستم فقط تو را بخوانم. فقط تو را می‌خواندم برای سرودن شعر زندگی‌ام، شعری که فقط کتابچه‌ای از خاطرات با تو بودن بود.

آه... تو دیگر کنارم نیستی.

از کنار کوچه‌های انتظار رد می‌شوم و نام تو را بر دیوارها می‌نویسم.

می‌نگرم که چه عاشقانه عاشق دریایی.

نظاره می‌کنم، سکوت تو را بر موج‌های نگاهم. می‌دانم که آنجا چراغی روشن است، پس در تکاپوی آنم که به آن برسم.

می‌گذرم و بر تمام نقاشی‌هایم خط می‌کشم.

ورق می‌زنم و سکوت را به تاریخ پیوند می‌زنم.

مسیر زندگی‌ام را عبور ممنوع می‌کنم تا شاید در جایی به تو برسم.

به جنگل‌ها می‌رسم و نام تو را بر تمامی برگ‌ها می‌نویسم تا تو بدانی، هنوزهم به یادت هستم.

دریاها را شناکنان می‌روم تا به جزیره‌ی قلب تو برسم و آن جا که رسیدم فقط نام تو را می‌خوانم.

به دنبالت می‌گردم، و به شهر عشقت که رسیدم، می‌بینم که تو فقط یک نگاهی، یک یادی، یک جسم.

مخفیانه در غمت روزهایم را می‌نگرم، می‌بینم که چه غافلانه تو را می‌خواندم. می‌بینم که چه عاشقانه راه‌ها را از بی‌راهه آمدم تا به تو برسم و اینک بر روی تمامی گلبرگ‌های درختان رنگ می‌پاشم که اثری از یاد و نام تو نباشد.

از انتظارخسته شده‌ام، گل‌هایم را پرپر می‌کنم تا پژمردگی خود را نظاره کنم.

دریاها را بی صدف از نام تو می‌کنم تا ماهی‌هایم در آن به سوگ تو بنشینند.

مسیر زندگی‌ام را تابلویی از "خطر در کمین است" می‌زنم تا غریبه‌ای دیگر در راه نباشد.

در این زیبایی پشیمانی، به روح عاشقانه‌ی وحشتناک تو می‌اندیشم و غرق می‌شوم در کودکی‌هایم و شروع می‌کنم خط ناتمام زندگی‌ام را.

شروع می‌کنم به کشیدن نقاشی‌هایی که فقط به خاطر تو، آنها را ظالمانه پاک کردم.

به کوچه‌هایم که می‌رسم یاد و نام تو را می‌بینم و از اعماق وجودم احساس می‌کنم که از خواندن نامت متنفرم. برمی‌گردم، به یاد می‌آورم که در همین کوچه با خود گفتم: " آن جا چراغی روشن است. "

نگاه می‌کنم و می‌بینم آن جا هنوز هم چراغی روشن است.

چراغی که این بار فقط نام مرا می‌خواند، ولی من در دفتر نقاشی‌هایم جا مانده‌ام.

همان جایی که دفتر نقاشی‌ام به خاطر تو جا مانده است، در همین پستوی کوچه‌ی اول، زیر نور همین ماه.

گذشته‌ای ساده را می‌بینم، چه معصومانه به آسمان زل می‌زدم و ستاره‌ها را می‌شماردم تا در امواجی توأم از شیرینی خوابم می‌گرفت و با صدای پرستوها بیدار می‌شدم. با اولین بانگ آن‌ها درمی یافتم که در همین خواب شیرین جا مانده‌ام.

آشفته و با چشمانی پر از خواب آمدم طلوعی را دیدم، ولی چه طلوع عاشقانه‌ای، طلوعی که تصور غروبش برایم طاقت فرسا بود، چون من همان یک طرف زندگی می‌کردم، همان جایی که تو بودی. آن طرف را نمی‌دیدم که باید به سختی و پشیمانی فکر کرد و فقط فکر می‌کردم زندگی یعنی همین جا با تو بودن. گذشته را دوست داشتم و برای آینده تصوری نداشتم چون می‌دانستم که:

" گذشته به تاریخ می پیوندد و فردا معماست، امروز قطعی است. "

فقط به نور همین ماه فکر می‌کردم. همین مهتاب که سر آغازی از جدایی دفتر عشق بود و اینک می‌دانم که تو باز هم مرا به بازی پر از تنهایی می‌خوانی.

به شمعی که روبه رویم است، خیره می‌شوم و می‌فهمم که چه عاشقانه تو را در خانه‌ام روشن کردم.

تو را خواندم از تمامی سپیدی‌ها، از طراوت سبزه‌ها، ولی امروز چون برگی خشک و تنها، میان نقاشی از بهار جا مانده‌ام. به صدایی که نمی‌شناختم توجه کردم، اینک می‌دانم که ندای تو از دور خوش است.

از گفتن کلمه‌ای چون تو را می‌خوانم بیزارم و می‌نویسم، تو را ای سپهرم، از نوشته‌هایم پاک می‌کنم. در حسرت و پشیمانی، می‌بینم که این جا هستم، همان جایی که آرزویش را داشتم. بر می‌گردم و غروب نگاه تو را با اشک و لذت آه تماشا می‌کنم...

احساس سبکی دارم، بی وزن و بی تفاوت. به اندازه‌ی تمام بی وزنی‌ها با خودم نوشتم و هنوز با خودم کنار نیامدم که چطور اسیر سپهری خیالی شدم.

بی‌قرارم بی قرار...

فصل هفتم

مهدی دیپلمش را گرفته بود و بعد از اتمام دوره‌ی تحصیلی متوسطه و پیش دانشگاهی، تابستان را مشغول باشگاه رفتن شده بود و به خوش گذرانی با دوستانش ادامه می‌داد. حضور او در خانه کم رنگ شده بود، کم‌تر او را می‌دیدم و هر وقت هم در خانه بود، یا در اتاقش بود، یا فیلم می‌دید یا گوشه‌ای دراز می‌کشید و جدول حل می‌کرد و در نهایت مجله‌ی ورزشی می‌خواند و بدون هیچ واکنشی نسبت به مسائل خانه می‌خوابید. بدون آنکه برایش مهم باشد در خانه چه اتفاقاتی می‌افتد. خودش را درگیر کوچک‌ترین مسائل خانه نمی‌کرد.

سوم راهنمایی بودم. تمام فکر و هوش و حواسم را درس‌هایم پر کرده بود. قبولی در دبیرستان تیزهوشان، کلاس‌های خصوصی، کلاس‌های تقویتی و تست زنی و خلاصه برنامه‌های دیگری که پدر برای قبول شدنم در دبیرستان تیزهوشان تدارک دیده بود. قرار بود من هم خانم دکتر آینده شوم، درست مثل آقای دکترا

تکرار و تذکر هر روزه‌ی پدر، استرس عجیب و غیر قابل هضمی را در وجودم شعله ور کرده بود. هر لحظه فکرم درگیر کنکور شده بود. سوالات شوم و نفرت انگیز " داری درس می‌خونی؟ پاشو برو درستو بخون. " برایم مثل کابوسی شده بود که هر روز بر سرم خراب می‌شد.

ارتباط ما در خانه تقریبا مثل فیلم‌های پانتومیم شده بود، اصلا با همدیگر کاری نداشتیم و تنها پل ارتباطی بین ما وقت غذا خوردن بود. مهدی که کاملا با دنیای خانه قطع رابطه کرده بود. مثل هم اتاقی شده بودیم، غریبه‌هایی که در دانشگاه با همدیگر هستند و نیستند. مهدی کم حرف بود و با بداخلاقی‌های پدر کم حرف‌تر هم شده بود.

پدرم همیشه او را سرزنش می‌کرد، مخصوصا اگر بچه‌های همکارانش موفقیتی کسب می‌کردند، بعد از آن که پدر خبر موفقیت فرزندان آن‌ها را می‌شنید، دعوایی به راه می‌انداخت که منجر به شکستن وسایل و اشک ریختن و چند روز روزه‌ی سکوت می‌شد.

تمام عمرم را وقف پیدا کردن جواب سؤالاتم گذراندم، هرگز پاسخی نیافتم و هیچ منطقی را نتوانستم پیدا کنم که بتواند جواب چنین سؤالاتی را بدهد. چرا یک آقای دکتر روان‌شناس که در جامعه بی‌نظیر و ستودنی است، در خانه‌ی خودش مثل جامعه لباس ریا به تن نمی‌کند و رفتارش متفاوت با جامعه‌اش است و تا این حد بد اخلاق و بد نظم

۱۳۶

است؟ چرا در محیط خانه‌اش، جایی که باید عشق و محبت را به خانواده‌اش نثار کند، از دهانش آتش می‌بارد؟ چرا برای دیگران عسل بود و نقل و نبات می‌بارید، اما در خانه‌اش برای دختر و پسرش و همسرش که عمری با آن‌ها بوده است، مثل اژدها آتش و زهر از حرف‌ها و حرکاتش می‌بارد؟ چرا با بیمارهایش یا همکاران و دوستان و حتی فرزندان آن‌ها شیرین بود و همه‌ی آن‌ها این حق را داشتند که به او همه چیز بگویند، حتی فحش و تلخی کردن و حرف‌هایی که اصلا دل چسب نبودند، اما در خانه‌ی خودش کسی جرأت نداشت حرفی مخالف میل او را بگوید!؟

سؤال‌های بی جوابم هنوز هم بی جواب مانده است. مگر در تمام آن کتاب‌هایی که او خوانده بود و دکتر روان شناس شده بود، چه نوشته بودند که نتوانسته بود آن‌ها را در مورد خانواده‌اش عملی کند، با آن‌ها مهربان باشد و در خانه‌ی خودش شبیه آن چیزی باشد که در جامعه بود نه مثل یک دیکتاتور!

رفتار و حرکات مهدی عجیب شده بود. آهنگ‌های عاشقانه می‌گذاشت و حتی وقتی صدایی از موسیقی در فضای خانه نبود، با خودش شعر زمزمه می‌کرد. حال و هوایش عوض شده بود و انگار در این دنیا نبود. زود می‌رفت و دیر به خانه باز می‌گشت.

کتاب‌های شعر زیادی در اتاقش دیده می‌شد. تمام ورقه‌های روی میزش پر شده بود از شعرهای عاشقانه و بیش‌تر از همه کتاب اخوان را به دست می‌گرفت، مخصوصا ارغنون، آن بی نظیر در ادبیات فاخر ما و ردپای شعرهای اخوان روی تمام ورقه‌هایش مشخص بود، شعرهایش را می‌خواند و زمزمه می‌کرد.

بعضی از شب‌ها ساعت‌ها مقابل آینه می‌ایستاد و لباس عوض می‌کرد. لباسی را به دست می‌گرفت، می‌برد و می‌شست و لباس خیس را با اتو خشک می‌کرد. دوباره به اتاقش می‌رفت آن لباس را می‌پوشید، و فردا به جای آن لباسی که شسته و اتو کرده بود، لباس دیگری به تن می‌کرد و می‌رفت.

آن روزها مهدی به نظرم دیوانه می‌آمد. ساعت‌ها لباس می‌پوشید و روی تختش را پر می‌کرد از لباس و در نهایت یکی را می‌پوشید و می‌رفت. مادر همه‌ی آن‌ها را سرجایشان می‌گذاشت. این برنامه‌ی مهدی تقریبا به هفته‌ای سه یا چهار بار رسیده بود. روزهای دیگر خیلی عادی لباس می‌پوشید بدون آن که حساسیت به خرج بدهد و همه‌ی لباس‌هایش را بیرون بریزد، اما روزی دیگر اتاقش به جنگ‌های جهانی شبیه می‌شد که لاشه‌ی لباس‌هایش در آن‌جا پخش و پلا شده بود. مهدی یک لباس را انتخاب می‌کرد و جالب‌تر این بود که با لبخند

فراوان از خانه بیرون می‌رفت و گوش‌هایش از شدت ذوق و لبخند، تیز می‌شدند.

مادرم ترسیده بود که پدر از این حرکات مهدی، تمام آن زود رفتن‌ها و دیر آمدن‌ها شاکی شود. مادر بی چاره‌ام دیواری بود بینشان. فرقی نمی‌کرد چه کسی مقصر بود، مهم این بود که آن‌ها را آرام کند. مادر تا مدت‌ها حال و هوایی را که مهدی داشت، از پدر مخفی می‌کرد تا این که نتایج کنکور مهدی اعلام شد.

مهدی قبول نشد، اصلا برایش مهم نبود که قبول نشده است. این موضوع برای پدر خیلی مهم بود. با خونسردی گفت:

- مهم نیست قبول نشدم، این نیز می‌گذرد.

بی تفاوتی مهدی نسبت به نتیجه‌ی کنکور پدر را عصبانی‌تر کرده بود. پدر نسبت به این موضوع اصلا بی تفاوت نبود.

شبی که پدر از نتیجه‌ی کنکور مهدی با خبر شده بود، دعوایی دلخراش در خانه‌ی ما به راه افتاد که فراموش کردنش برایم غیر ممکن است. پدر وارد خانه شد، به طرف اتاق مهدی رفت، بدون اینکه در بزند، وارد اتاقش شد.

- این چه گندیه که تو زدی؟ هان؟ نره خر تو چه غلطی می‌کردی؟ از صبح تا شب تو اتاق بودی، منو باش فکر می‌کردم داری درس می‌خونی. تو حتی مجاز نشدی! می‌دونی رتبه‌ت چند شده؟ وحشتناکه، صد و چهل هزار. احمق بی شعور. این بود جواب اون همه حمایت و پول خرج کردن من؟ چه قدر بهت گفتم کلاس کنکور برو، گفتی خودم می‌خونم. منه ساده هم فکر می‌کردم تو اتاقت نشستی و داری با خون چشمات جوهر می‌ریزی تو خودکارت تا قبول بشی. لعنت بهت!

مادرم پشت سر پدر ایستاده بود و با التماس از مهدی می‌خواست، سکوت کند و حرفی نزند. با ایما و اشاره و دست کشیدن بر روی صورتش و پاک کردن اشک‌هایش، مهر سکوت را بر لب‌ها تثبیت می‌کرد و حتی اگر می‌خواست جواب بدهد به خاطر او سکوت می‌کرد.

خانه‌ی ما روزهایش به همین شکل می‌گذشت، چشمه‌ی جوشان خشم پدر خشکی نداشت. دائما سرکوفت می‌زد که پسر فلانی دندان پزشکی قبول شده، فلان پسر برق، اما پسر بی عقل من، مجاز هم نشده...

مهدی به حرف‌ها و دعواهای پدر عادت کرده بود و مثل سابق اهمیت نمی‌داد و اصلا عکس العملی نشان نمی‌داد. حالت خنثی به خود گرفته بود، حالت نفوذ ناپذیر و ضد ضربه بودن، اما وای به حال لحظه‌ای که

۱۴۰

واکنشی نشان می‌داد، آن وقت بود که دو گلادیاتور خانه به جان هم می‌افتادند و خانه میدان پرتاب اشیا می‌شد و هر کس هر چه دستش می‌آمد پرتاب می‌کرد و می‌شکست. حس می‌کردم مهدی نسبت به این همه سخت گیری‌های پدر بی رگ شده بود و رفتار پدر، برای مهدی بی اهمیت و عادی شده بود.

روزها گذشت و پدر کم کم بی خیال دانشگاه رفتن مهدی شد. تا این که روزی مهدی شاد و خندان وارد خانه شد و با خوشحالی به مادر گفت:

- مامان دفترچه گرفتم. می‌خوام برم سربازی حداقل دو سال بابا رو نبینم. فکر نکنم تا آخرش یک روز هم بیام مرخصی، اگه هم بیام بخاطر دلتنگی واسه تو و مهدیه‌اس.

مادر عصبانی و ناراحت شد که محاله اجازه‌ی رفتن بدهم، تو یک دانه پسرم هستی و دلم رضا نمی‌دهد. به مهدی اخطار داد که حق ندارد پشت سر پدر حرف بد و زشتی بزند و حق بی احترامی کردن ندارد.

وقتی که مادر اصرار مهدی برای رفتن به سربازی را دید، شروع به اشک ریختن کرد. الحق که هر یک قطره اشکش مثل تیری زهرآلود به قلب اصابت می‌کرد و نمی‌شد در مقابلش ایستادگی کرد. مهدی هم

چنان اصرار می‌کرد که می‌خواهم به سربازی بروم. مادر پافشاری می‌کرد به هر قیمتی که شده تو را معاف خواهم کرد، اما مهدی می گفت باید بروم.

مادر، پدر را از تصمیم مهدی مطلع کرد، پدر به محض مطلع شدن، بالای منبر رفت و با صدای رسا فریاد می‌زد، با اجازه‌ی چه کسی سر خود تصمیم می‌گیرد. مهدی خونسرد بود و با این که همه‌ی فریادهای پدر را می‌شنید حرکت خاصی نمی‌کرد و در عالم خودش بود.

نمی‌دانم این رفتار پدر از سر دوست داشتن و دلتنگی نسبت به پسرش بود یا باز هم مهدی را با پسرهای دوستانش مقایسه کرده است که آن‌ها دانشجو هستند و همگی دکتر و مهندس‌های آینده هستند، اما پسر او فقط یک سرباز.

خیلی دوست دارم از لفظ سرباز آن طور که تمام عمر شنیده‌ام تعریف و تمجید کنم و بگویم که سربازان، محافظان خاک ایران‌مان هستند و ستون‌های امنیت هر جامعه‌ای در مقابل دستان متجاوزان هستند، اما برای پدرم هیچ‌کدام از تعریف‌ها و شعارها مهم نبود و تنها چیزی که دوست داشت، تحصیل کردن پسرش بود. پدر با هرچه توان که در بدنش بود، همه‌ی تارهای صوتی و امواج و ماهیچه‌ها را به کار گرفت

تا با فریاد زدن، مهدی را از رفتن منصرف کند، اما مهدی نمی‌پذیرفت و می‌گفت باید بروم.

روزها گذشت و مهدی برای سربازی رفتن آماده می‌شد، تا این که روز رفتنش فرا رسید. دلتنگی تمام وجودم را گرفته بود و سایه‌ی تنهایی را قبل از رفتنش بر روی بدنم حس می‌کردم، اما چاره‌ای نبود.

وقتی برادرم وسایلش را جمع می‌کرد، از گوشه‌ی اتاق به او خیره شده بودم که ناگهان متوجه من شد. به سمتم آمد، بدون هیچ حرفی در آغوشم گرفت و دستش را میان موهایم کشید و دستم را بوسید و لب‌هایش را به چشمانم نزدیک کرد و آن‌ها را بوسید و پشت سر هم می‌گفت:

- گریه نکن.

با صدایی که در گلو خفه شده بود و نای ادا شدن نداشت، گفتم:

- مهدی نرو.

- باید برم آبجی گلم، اما دلم واست می‌سوزه. من پسرم و می‌تونم از این خونه برم، اما تو چی؟ باید بمونی و بابا رو تحمل کنی. حتی اگه هزارمتر زیر زمین برم نمی‌تونم بهت فکر نکنم، تو عزیز منی اینو همیشه یادت باشه. آبجی گلم، تو باید وایسی

۱۴۳

و سکوت کنی و سر هر مسئله‌ی کوچیکی که شر به پا می‌کنه، توهین و تحقیرهاشو تحمل کنی، بشنوی و خفه خون بگیری. آقای دکتر اصلا با خودش فکر نمی‌کنه چرا باید با بچه‌هام این جور باشم؟ چرا خودمو واسه بچه‌های مردم می‌کشم، اما روح و عاطفه‌ی بچه‌های خودم رو می‌کشم؟ به نظرت بابا فکر می‌کنه ما دشمناشیم که بعد این همه سال، دست از لج کردن و اذیت کردن بر نداشته؟ مهدیه گاهی وقتا از دست بابا خسته می‌شم و آرزوی مرگ می‌کنم، اما حیف که هیچی به میل و اراده‌ی ما نیست، اگه بود بدون شک یه بابای دیگه انتخاب می‌کردم و تمام عمرم با دل خوش و نون خشک زندگی می‌کردم، نه با شکم سیر و پر و یه دل غمگین و گرفته. مهدیه من که دارم میرم، مواظب مامان باش، اون بیچاره مث مرده‌ای که نه تو جهنمه نه تو بهشت، سرگردون و حیرون مونده، کنارش باش، نذاری غصه بخوره. باشه؟

سرم را روی شانه‌ی مهدی گذاشته بودم و اشک می‌ریختم. حس می‌کردم که تکیه گاهم از من دور می‌شود. کسی که دوستش داشتم و با او راحت بودم، کسی که هم دور بود و هم نزدیک، هم با من بود و هم بی من. دیگر حس کودکی‌هایم را نداشتم، تصور می‌کردم رابطه‌ی

ما زیر رادیکال برادر و خواهری اسیر شده و جز محبت چیزی بین ما نیست. مهدی کسی بود که می‌خواستم تا ابد باشد و آرامشم دهد. طوری او را بغل گرفته بودم که انگار می‌خواستم به ازای تمام روزهای نبودنش عطر با او بودن را استشمام کنم.

مهدی درست می‌گفت، بی چاره من که باید می‌ماندم و تحمل می‌کردم. پدر این اواخر به من هم زیادی گیر می‌داد و آن‌قدر اذیت می‌کرد که علی‌رغم میل باطنی‌ام جوابش را می‌دادم و حتی گاهی اوقات به او بی احترامی هم می‌کردم. آخه با حرف‌ها و نیش‌هایش بلایی سر آدم می‌آورد که اصلا نمی‌توانستی جلوی خودت را بگیری و حتما جوابش را می‌دادی. مهدی درست می‌گفت کاش دل خوش داشتیم و شکم گرسنه. کاش پدرمان مثل پدر حامد مغازه دار بود کاش...

بالاخره لحظه‌ی اعزام مهدی فرا رسید. تقسیم بندی شده بودند و مهدی به کردستان فرستاده شد. زمان رفتنش و در آخرین لحظه‌ی دیدار، اشک‌هایم سرازیر شده بودند و او را محکم در آغوش گرفته بودم، تنم بوی مهدی را می‌داد. مهدی هنوز نرفته بود و هم چنان مقابل چشمانم ایستاده بود که احساس دلتنگی می‌کردم...

مهدی پدر را بغل کرد، دستش را بوسید و گفت:

۱۴۵

-   بابا حلالم کن، شاید دیگه برنگشتم و از دستم راحت شدی.

پدر گریه کرد و فقط گفت:

-   خدا پشت و پناهت باشه.

همین را گفت و البته حق داشت که بیش‌تر نگوید، مگر می‌شود وجدانت را ندید بگیری و یادت نیاید که چه کردی و چه نباید می‌کردی! مادر این اسطوره‌ی قلبم، گریه می‌کرد و او را می‌بوسید و دعا می‌کرد برای سلامتی همه‌ی سربازان و سالم برگشتن همه‌ی آن‌ها به خانه و خانواده‌هایشان. مهدی وارد پادگان شد، بعد از آن سوار ماشین شد و به سمت کردستان رفت.

با ناراحتی فراوان به خانه برگشتیم...

سه روز گذشته بود و مادر مشغول آماده کردن وسایل مورد نیاز برای پخت آش پشت پا شده بود. هر بار که آش را هم می‌زد، پدر را سرزنش می‌کرد که تو مقصر بودی و مهدی برای فرار کردن از تو و حکومت نظامی که در خانه داشتی رفت. اگر کمی مهربان و آرام بودی و همان طور که دل بچه‌های مردم را می‌بری، با بچه‌های خودت هم خوب رفتار می‌کردی، پسرت از دست تو فراری نمی‌شد.

لحظه‌ای آرام می‌شد و دوباره از اول همه‌ی حرف‌هایش را تکرار می‌کرد و افکار ناراحت کننده‌اش، پریشانش می‌کردند که نکند سیگار دستش بدهند، معتادش کنند و هزاران دلواپسی هراس‌انگیز و وحشتناک. پدر سکوت می‌کرد. از این سکوت پدر تعجب کرده بودم، به این همه منطق و سکوت پدر عادت نداشتم، حتی اگر می‌خواست سکوت کند در کمال خونسردی متلک یا حرفی زهر دار می‌زد و نیشش را می‌زد. پدر زمانی منطقی بود که در مطب و همایش‌هایش باشد، نه برای ما و در خانه‌ی خودش.

روزها می‌گذشت و خبری از مهدی نبود. اوایل تلفن هم نمی‌زد. اولین تماسش بعد از دو ماه بود. روزها می‌آمدند و می‌رفتند و ماه‌های نبودن مهدی روی همدیگر تل انبار می‌شدند و دلتنگی‌مان چندین برابر می‌شد، اما مهدی برای دیدن ما نمی‌آمد. مطمئن هستم دوست نداشت مرخصی بگیرد و بیاید که پدر را ببیند. این بزرگ‌ترین اختلاف بین من و مهدی بود. او کینه‌ای بود، اما من بدترین ظلم‌ها و بدی‌های دیگران را به راحتی فراموش می‌کردم و بعد از چند روز چیزی رو به یاد نمی‌آوردم و با هر کسی که در حقم بدی کرده بود، گرم و صمیمی برخورد می‌کردم.

این همه کینه‌ی مهدی برایم قابل فهم و هضم نبود، آخر مگر می‌شود کسی از عزیزانش کینه به دل بگیرد! مخصوصا عزیزی مثل پدر حتی با همه‌ی بداخلاقی‌هایش.

حس می‌کردم پدر از رفتار و حرکات خودش پشیمان و ناراحت بود و اگر راه برگشتی بود، این حرکات را نمی‌کرد و بیش تر به فرزندانش محبت می‌کرد و احترام بیش‌تری برای آن‌ها قائل می‌شد که تا این حد بچه‌هایش از او دور و فراری نباشند و شرایط مثل الان نمی‌شد و مهدی به جای این که بداخلاق و سرباز باشد، دانشجوی یک رشته‌ی خوب بود. بله، پدر مهدی را نابود کرد مهدی که پسری عاقل و کم‌حرف و درس‌خوان بود به خاطر لجبازی‌های پدر، به پسری خشن و عقده‌ای و فراری از درس تبدیل شده بود.

پدر با خجالت و صدایی آرام هر روز می‌پرسید:

- مهدی زنگ نزده؟ نگفته کی میام؟ الان سه ماهه رفته و هنوز خبری از اومدنش نیست!

مادر هم با گریه می گفت:

" این کاریه که تو باهاش کردی آقای دکتر، حالا نتیجه شو ببین. "

همه برای حرف زدن از دلتنگی‌ها و ابراز احساساتشان راحت بودند و به راحتی همه‌ی آن‌ها را بیان می‌کردند، اِلا من. خیلی دلتنگ بودم و احساس تنهایی مثل خرابه‌های شام بر سرم ریخته بود و نمی‌توانستم خودم را خالی کنم. با پدرم راحت نبودم و خجالت می‌کشیدم حرف‌های دلم را با او در میان بگذارم. مادر هم که آن‌قدر غصه داشت که دلم نمی‌آمد با حرف‌هایم او را ناراحت‌تر کنم، سکوت می‌کردم و همه‌ی حرف‌ها و آشفتگی‌هایم را در خرابه‌های دلم انبار می‌کردم.

آن روزها تنهایی‌هایم را با مهدی شریک بودم، اما حالا مهدی نبود و از تنهایی، تنگی نفس می‌گرفتم. با رفتن به اتاق مهدی و تنفس هوای اتاقش آرامش می‌گرفتم و به فکر فرو می‌رفتم. خاطرات مهدی را در ذهنم مرور می‌کردم و با تمام آن شیرینی‌ها می‌خندیدم و همه را با خودم تکرار می‌کردم، حضور مهدی را در آن چهار دیواری عمیق با خودم زمزمه می‌کردم و در تنهایی‌هایم با او درد دل می‌کردم. با این کار احساس تنهایی کم‌تری می‌کردم. بوی مهدی را لابه‌لای وسایلش حس می‌کردم و لذت می‌بردم از این طعم دوست داشتنی و شیرین، اما محو و خفیف.

روزها به همین شکل می‌گذشت، و مرز بیهودگی و بی خیالی من هر روز بیش‌تر می‌شد و قصر امن تنهایی من بزرگ تر. هکتارهایش را

نمی‌شد با اندازه درک کرد، چون باید در آن غوطه‌ور می‌شدی و اوج عمقش را حس می‌کردی.

اتاق مهدی برایم جایگاه امنی شده بود. به آن جا می‌رفتم و با خاطرات خوب و بد خودم و مهدی، نفس می‌کشیدم و به تمام آن تلخی‌ها و شیرینی‌ها می‌خندیدم و گاه گریه می‌کردم.

خاطراتم را تکرار می‌کردم و تمام آن کلماتی را که در دالان‌های ذهنم، گیج و مبهم مانده بود با خودم تکرار می‌کردم. حتی به جای مهدی می‌خندیدم و حرف می‌زدم، جای مهدی راه می‌رفتم، جای مهدی می‌نشستم.

نمی‌دانم چرا تا این حد تنها شده بودم که خیالاتم را به دیگران ترجیح می‌دادم. نمی‌دانم چه وقت خودم را گم کرده بودم که تا این حد دور بودم از همه چیز و اصلا به یاد ندارم، نیستی من از چه وقت آغاز شده بود.

اوایل این حالات و حرکات برایم تسکین درد شده بود. وقتی که با کسی حرفم می‌شد و دعوا می‌کردم، وقتی از دست پدر یا مادر ناراحت می‌شدم یا حتی نمره‌ی کم می‌گرفتم و از خودم عصبی و ناراحت بودم، به اتاق مهدی می‌رفتم و با یاد مهدی حرف می‌زدم. هیچ وقت دوست

نداشتم با کسی از دلم، از عاطفه‌ام، از چیزهایی که حس‌شان می‌کنم، از غم‌ها و حتی خنده‌هایم چیزی بگویم. خوب یا بد، تلخ یا شیرین، زشت یا زیبا، همه را در این جسم خاکی‌ام دفن می‌کردم و به او بازمی‌گرداندم‌شان. تنهایی را خوب یاد گرفته بودم.

می‌توانستم خودم را میان بدترین طوفان‌ها هم آرام کنم. یاد گرفته بودم حتی اگر چیزی ناراحتم می‌کرد یا زخمی به روح و قلبم وارد می‌شد، چه طور در اوج تنهایی به آن‌ها بخندم و فراموش‌شان کنم و خودم را به بی‌خیالی بزنم.

گاهی اوقات بی اختیار به یاد خاطرات بدی که در خانه داشتم می‌افتادم، به اتاق مهدی می‌رفتم و با خاطره‌ی او صحبت می‌کردم، او در این حس من شریک بود، با او بحث می‌کردم؛ حتی گاهی اوقات مرا نصیحت می‌کرد، بله تمام آن چیزهایی که در قلب و روحم بود و فراموش‌شان کرده بودم، به یاد می‌آوردم و خاطره‌ی مهدی آن‌ها را به من گوشزد می‌کرد. با مهدی از حس ترس و وحشتی که داشتم می‌گفتم، از زمانی که می‌خواستند دستم را عمل کنند، از حس بدی که نسبت به پدر داشتم و این که نمی‌خواستم ببینمش و این که چه قدر از او دور هستم.

صدای مهدی میان تار و پودم می‌پیچید، با او دعوا می‌کردم و عقایدش را نمی‌پذیرفتم و با قهر از اتاقش بیرن می‌رفتم. وقتی از اتاق بیرون می‌رفتم، مادر می‌گفت:

- مهدیه داشتی چی کار می‌کردی، داشتی با کسی حرف می‌زدی؟

- نه مامان داشتم با صدای بلند شعر می‌خوندم.

مادر می‌خندید و باور می‌کرد، و اصلا نمی‌دانست در آن اتاق تنها، میان خودم و هر آن چه که در اطرافم هست دیوار می چینم شاید کم‌تر میان دعواها و درگیری‌ها شریک باشم و تک تک آن صحنه‌ها و لحظه‌ها را نبینم که یادآوری‌شان آزارم دهد.

از اتاق مهدی خسته می‌شدم و به اتاق خودم می‌رفتم، آن جا میان آن اتاق تنها، تمام حرف‌هایی را که در دلم مانده بود با شهامت به پدری که در دنیای خودم داشتم، می‌گفتم و در نهایت پدر مرا می‌بوسید و بابت تمام رفتارهایش عذرخواهی می‌کرد و همه چیز مثل تمام عاشقانه‌های دنیا، با خوبی و خوشی به پایان می‌رسید و نوید یک زندگی خوب، مثل فانوس‌های دریایی که نورشان حتی از آسمان‌های دور قابل لمس است در چشمانم سوسو می‌زد. آری پدر مرا می‌بوسید و

۱۵۲

عذرخواهی می‌کرد و قول می‌داد دیگر مثل گذشته سرد و دور نباشد، بوسه‌ای رویایی، بوسه‌ای که هیچ‌گاه حقیقت نداشت. بوسه‌ای که حرف‌های دلی لال و گنگ را می‌گفت و با تمام آن‌ها اشک می‌ریخت و تمام چراهای ذهنش را به پدر می‌گفت. در عالم خودم گریه می‌کردم و تمام دوستان و هم کلاسی‌هایم را در مقابل چشمانم به صف می‌کردم، که چرا هیچ‌کدام از آن‌ها با چشم‌های پف کرده و ذهنی در گیر به مدرسه نمی‌آیند و تمام حواس‌شان به درس و مشق شان است، اما من با عقده‌هایم هر روز به مدرسه می‌رفتم و تمام ساعت درس، حواسم به شیشه‌های خرد شده بر روی زمین بود و مادری که باید جور می‌کشید، جور این زمانه‌ی نابرابر که دیگران در آسایش و خوشی بودند و من به جرم تمام گناه‌های ناکرده، از همان کودکی باید می‌دیدم و می‌کشیدم و سکوت می‌کردم و طوری رفتار می‌کردم که انگار هیچ وقت نیستم و هیچ بلایی سرم نمی‌آید.

هر گاه مرز مبهم بیداری و خیال را گم می‌کردم، شعله‌های حرف‌های نگفته‌ام، آرزوها و رویاهایم زبانه می‌کشید و بی اختیار به سمت تنهایی‌هایم روانه می‌شدم. کلید قفل اتاق را پیچ می‌دادم و در پیچ و خم تنهایی‌ام غوطه‌ور می‌شدم. با خیالی مشوش و پریشان، آرامش را حس می‌کردم و در دنیایم گم می‌شدم آن طور که می‌خواستم،

می‌نشستم و دنیایم را تصور می‌کردم. این تنهایی و حرف زدن با خودم، امتداد دنیای حقیقی رنجورم بود. میان این امتداد آن قدر جاری می‌شدم که آرام گیرم. بعد از آن که در خیالم با پدرم صحبت می‌کردم، پدری که هیچ گاه حتی تا امروز نتوانستم حرف‌های دلم را با او بزنم، وقتی که خودم را آرام می‌کردم با چشم‌هایی پف کرده و دماغی که هنگام گریه کردن ورم کرده و سرخ می‌شد، قفل اتاق را آرام باز می‌کردم و می‌خوابیدم تا مادرم بویی از تنهایی و اشک هایم نبرد و ببیند خوابیده‌ام، فقط خواب نه چیز دیگر.

وقتی بیدار می‌شدم هیچ کس نمی‌دانست میان آن چهار دیواری، چه قدر تنها و بی کس هستم. روزها را به همین شکل می‌گذارندم و با دنیایم تنهایی را از خودم دور می‌کردم، تا این که روزی از این روزهای تلخ، میان کتاب‌های مهدی عکس کوچکی پیدا کردم.

یک دختر با نمک با ابروهای پیوند و چشم‌هایی نسبتا درشت و سبیل‌هایی که در عکس هم پیدا بودند. خیلی برایم جالب بود! این عکس متعلق به چه کسی است؟ فکرم را به سمت همه‌ی دوستان مهدی بردم و می‌خواستم هر چه زودتر بفهمم عکس چه کسی است؟

تصمیم گرفتم در اولین فرصتی که حامد را دیدم، از زیر زبانش حرف بکشم، که این دختر چه کسی است. روزها می‌گذشت و من ساعت‌ها

به آن عکس خیره می‌شدم. همه‌ی آن روزها، منتظر دیدن حامد بودم. انتظار و کنجکاوی مرا با دنیایم درگیر کرده بود، ساعت‌ها در اتاقم با آن عکس حرف می‌زدم، انتظارش را می‌کشیدم تا روزی که از مدرسه برمی‌گشتم، حامد را دیدم و بعد از سلام و احوال پرسی کردن از او پرسیدم:

- راستی داداش یه کتاب هست، که فکر نکنم مال مهدی باشه، مال شما نیست؟

- فکر نکنم آبجی. من کتاب دستش ندادم.

- چرا فک کنم مال خودتونه. موش‌ها و آدم‌ها، مال شما نیست؟

- نه مهدی خودش خریده. وقتی از نمایشگاه کتاب خرید، من باهاش بودم.

- مطمئنی؟ آخه عکس یه خانمی توش بود با خودم گفتم، مال هر کسی که هست بهش برسونم، درست نیست عکس دختر مردم تو خونه‌ی ما باشه.

همین حرف را که زدم، حامد موبایلش را به دست گرفت و گفت:

- شرمنده کار دارم باید برم. خداحافظ.

خیلی ناراحت شدم، آن لحظه دوست داشتم با جفت پاهایم محکم به دهن حامد لگد بزنم که چیزی نگفت و رفت.

حامد غافلگیر شد و رنگش پرید. تقریبا مطمئن شدم قضیه‌ی این دختر جالب و دوست داشتنی است. با خودم گفتم که داستانی میان حامد و صاحب این عکس است، وقتی متوجه شد من قضیه را فهمیدم، غافلگیر شد و پا به فرار گذاشت. فکرم مشغول شده بود، با کلی فکر و خیال به طرف خانه رفتم.

فکرم شبیه جنگلی شده بود و هر لحظه انتظار حیوانی درنده را می‌کشیدم که رشته‌های افکارم را پاره کند. قصه‌های زیادی درباره‌ی عکس این دختر می‌ساخت که حتما به حامد مربوط می‌شود. یک داستان عاشقانه تصور می‌کردم که در پایان داستان به هم نرسند و یکی از آن‌ها تصادف کند و بمیرد و دیگری هم مثل شیرین، با فرو کردن دشنه‌ای به قلبش، به دیدار عشقش بشتابد. روزها را می‌گذراندم و به خودم افتخار می‌کردم که مچ حامد را گرفته بودم.

یک روز که از مدرسه بر می‌گشتم، در نیمه‌ی راه حامد را دیدم، انگار که منتظر من بود. لبخندی زدم و با خودم گفتم برای دیدن من آمده و کم کم حسش را به من می‌گوید و می‌گوید دوستت دارم.

حامد جلو آمد و مودبانه سلام کرد.

- سلام آبجی. احوالت خوبه؟ خانواده خوبن؟

- سلام متشکرم. حال شما چطوره؟ خوب هستین؟

- بله متشکرم، به لطف شما. شرمنده یه سؤال ازتون داشتم.

قلبم داشت می ترکید، چون یک پسر خوش تیپ و مودب و مهربان
سؤالی داشت، حتما آن سوال شروع یک حس بود.

- خواهش می‌کنم، بفرمایین.

- شرمنده شما اون عکس رو که تو کتاب مهدی دیدین، به کسی
که نشون ندادین؟ مثلا پدرتون؟

- نه چه طور مگه؟ از چیزی ترسیدین؟ خیال تون راحت من
آدم امانت داری هستم به کسی چیزی نمیگم.

- ممنون فقط به کسی نشونش ندین، پای آبروی کسی این
وسطه و لطفا جلو پدرتون و مادرتون بی آبروش نکنید، چون
اصلا دوست ندارم از این بدتر جلو پدرتون خراب بشه.

- نه خواهش می‌کنم، مطمئن باشین به کسی چیزی نمی‌گم.

تشکر کرد و وقتی مطمئن شد که به کسی حرفی نمی‌زنم، رفت. تمام راه لبخند بر لبانم غوغا کرده بود، با خودم می‌گفتم که چشم حامد دنبال من است، اما از روی رفاقت با مهدی، خجالت می‌کشید حرفی بزند و حالا که من مچش را گرفته‌ام می‌ترسد که کسی بویی نبرد، تا بعدها وقت خواستگاری آمدنش مقابل پدر و مادرم، بد نشود و به او نگویند که تو دخترباز بوده‌ای و دختر به تو نمی‌دهیم. تمام قدم‌هایم با بیقراری برداشته می‌شدند و اصلا نمی‌توانستم لبخند را از روی لبانم جمع کنم. با خود می‌گفتم حامد مرا می‌خواهد و این دختر یک سرگرمی اشتباه است.

به خانه برگشتم و با شور و حال، سلام جانانه‌ای به مادر کردم و بعد از شستن دست‌هایم به اتاقم رفتم و لباس عروس خیالاتم را به تن کردم. حس می‌کردم حامد کنارم است و در چشمانم خیره شده است و محبت را در عمق چشمانش می‌بینم. دستش را می‌گرفتم و با او به باغ‌های بلورین عشق پا می‌گذاشتم و جملات عاشقانه‌اش در عمق جانم می‌پیچد. هر لحظه می‌گفت: زیبای من، شیرین من، مه روی من عاشقت هستم. لحظاتی بعد با خود به فکر می‌رفتم که نکند اصلا بدون منظور از من سؤال پرسیده است و هیچ حسی به من ندارد. ناگهان میان اقیانوسی از نا امیدی خفه می‌شدم و قلبم درد می‌گرفت، انگار

که عشق چندین ساله‌ی حامد در وجودم بوده و امشب آتش به ریشه‌اش افتاده.

در خیالاتم خود را در یک مهمانی پر شور می‌دیدم، از فرط خوشحالی برق شوق در چشمانم سوسو می‌زد که حامد با دختری زیبا رو، دست در دست، به جشن می‌آمد و ناگهان تمام لحظات عاشقانه‌ام با حامد، در مقابل چشمانم جهنم سوزان می‌شد، اشک می‌ریختم و از مهمانی بیرون می‌آمدم، هنگام خارج شدن به چشمان حامد خیره می‌شدم. خیلی دوست داشتم به حامد بگویم نامرد، اما نه، نمی‌گویم و می‌روم.

بعد از تمام این خیال‌ها و افکار پریشان اشک ریختم، مدتی که گذشت از اتاقم بیرون رفتم و لباس عزای خیالاتم را از تن بیرون کردم و برای لحظاتی به دنیایی که متعلق به آن بودم به واقعیت محض برگشتم و خودم را گره زدم به تمام دست آویزهای آن، برای لحظاتی با مادرم و پدرم مشغول حرف زدن شدم و بعد از خوردن شام و دیدن فیلم به اتاقم برگشتم و با بغضی که خودم هم دلیلش را نمی‌دانم که چه بود، خوابیدم.

ریتم تکراری زندگی‌ام را طی می‌کردم. مدرسه می‌رفتم، اما مثل سابق حال و حوصله‌ی درس خواندن نداشتم و بیش‌تر مدرسه را به خاطر دور بودن و فرار کردن از محیط خانه، دوست داشتم. درس برایم حکم

اجبار مطلق بی معنی به خود گرفته بود و هیچ انگیزه‌ای برای آن نداشتم، با خود می‌گفتم هرچه شود همیشه پول هست، پس اجباری به درس خواندن نیست، نمی‌خوانم به همین سادگی! چون پدری هست که پول بدهد، بی عشق یا با عشق، در عین حکومت نظامی‌اش.

مهدی که نبود، درگیری به آن صورت نداشتیم، یعنی دعوایی نبود که در ادامه‌ی آن وسایل خانه شکسته شوند. زجر می‌کشیدم که پدر بی خود و بی جهت، به خاطر پوست گوجه در املت یا آبکی بودن خورشت یا دیر آوردن چای، اعصاب‌مان را خورد می‌کرد، جز این‌ها همه چیز در خانه خوب بود. بعد از آن روز که عکس را پیدا کرده بودم به اتاق مهدی می‌رفتم و ساعت‌ها خودم را سرگرم می‌کردم و به بهانه‌ی درس خواندن در اتاق مهدی می‌ماندم و بیرون نمی‌رفتم. البته ناگفته نماند بعضی اوقات هم درس می‌خواندم چون معلم ریاضی بداخلاقی داشتیم و گاهی اوقات، بی خود و بی جهت گیر می‌داد و کسی را از کلاس بیرون می‌انداخت. بنابراین از ترس او هم که شده بود درس می‌خواندم، در حدی که نمره‌ام زیر ده نشود، همین.

مشغول حل کردن سؤالات ریاضی بودم که به خط کش نیاز داشتم، حوصله‌ی رفتن به اتاقم را نداشتم، به همین دلیل لابه‌لای وسایل

مهدی به دنبال خط‌کش می‌گشتم که دفترخاطره‌ای با عکس روی جلد، یک غروب دریا و دخترپسری عاشق، توجه مرا به خود جلب کرد.

شاید اگر آن غروب تکراری و خسته کننده که تقریبا همه جا نشانگر دو عاشق هستند نبود، اصلا اهمیتی به آن دفتر نمی‌دادم و به دنبال خط‌کش می‌گشتم و نسبت به آن دفتر کنجکاوی نمی‌کردم.

دفتر را از زیر کتاب‌هایش که در کشوی بغلی میزش بود، بیرون آوردم و بازش کردم. ورقه‌هایش صورتی بودند و پایین هر ورقه دختر و پسری نشسته بودند، نمی‌دانم ماتم زده به هم خیره شده بودند یا همدیگر را می‌بوسیدند، نمی‌دانم این تصویر روایت‌گر چه حادثه‌ای بود، عشق یا جدایی یا شاید هم تکرار.

ورق زدم و با خواندن اولین صفحه‌ی نوشته شده، شوکه شدم :

" به عشق تو آغاز می‌کنم و به نام زیبای تو مهدی من... "

تمام شک‌ها و تصوراتم در مورد حامد، برایم خنده‌دار آمد، چون مهدی مارمولک که مثل موش مرده بود، نخ ماجرا را به دست گرفته بود و من به دنبال سرنخ، راه را اشتباه رفته بودم. بله آن دختر معشوقه‌ی مهدی بود و نامش شیما بود.

در اتاق را قفل کردم و چند ساعت نشستم و تمام نوشته‌های آن دفتر را خواندم. از شدت تعجب به جای شاخ، دم درآورده بودم. تمام آن زود رفتن‌ها و دیر آمدن‌ها، آن همه دقت و حوصله‌ای که در پوشیدن لباس از شب‌های قبل به خرج می‌داد، آن همه کتاب شعر و شعرهای عاشقانه‌ی آویزان شده از در و دیوار و آن قیافه‌ی رنگ پریده و گیج، همگی به شیما و عشقی پنهان مربوط بود و من حتی برای لحظه‌ای شک نکرده بودم.

روزها با خود کلنجار می‌رفتم که آیا موضوع را به مادر بگویم یا نه؟ تا این که تصمیم گرفتم آرام آرام موضوع را به او بگویم، که اول عکس را پیدا کردم، بعد دفتر. تا او هم از ماجرا خبردار شود.

فردای آن روزی که دفتر را پیدا کردم و خوانده بودم، به آشپز خانه رفتم و از این فرصت که پدر نبود استفاده کردم و آرام آرام بحث را باز کردم.

- مامانی دوست داری عروس دار بشی؟

- آره دخترم، کی دوست نداره خوشبختی دختر و پسرش رو ببینه؟

- به نظرت اگه عروس دار بشی چه حسی بهت دست میده؟

- چرا این سؤالا رو می‌پرسی، نکنه بعدش می‌خوای بگی داماد دار بشی چی کار می‌کنی؟

- نه بابا، مامان جون جواب اون سؤال رو خودم می‌دونم از خوشحالی بال درمی‌آری، داماد یعنی عزیز خونه گوگولی مادرزن، درسته؟

- کوفت.

- شوخی کردم مامان، اگه روزی بفهمی مهدی از یکی خوشش اومده، چیکار می‌کنی؟

- مهدیه تو چه مرگته ها؟ از کسی خوشت اومده؟ می‌خوای خودتو مث گوسفند جلو بابات بندازی تا تیکه تیکت کنه! نکنه روزی از این غلطا بکنی، فکرش رو هم از سرت بیرون کن.

- نه به خدا مامان من کاری نکردم، من از خودم هم خوشم نمیاد، چه برسه به یکی دیگه.

- باشه، خیالم راحت شد.

- مامان اگه چیزی بهت بگم قول میدی آروم باشی؟

- آره توروخدا چی شده؟

- هیچی، نگران نشو.

- بترکی، با این سؤالایی که می‌پرسی، جونم داره درمیاد، تازه
با خونسردی می‌گی، نگران نشو! بگو دیگه تا سکته نکردم،
اتفاقی واست افتاده؟ خجالت می‌کشی بگی؟

- نه به خدا می‌خوام درباره‌ی مهدی حرفی بزنم، می‌ترسم خونه
رو روی سرت بگیری.

- مهدی چش شده، بگو دیگه، کشتیم.

- ناراحت نشی خوب؟

- می‌خوام نگی، کشتیم.

- باشه می‌گم، ولی آروم باش. چند روز پیش عکس یه دختر رو
توی وسایل مهدی پیدا کردم. بیا ببینش.

مادر عکس را گرفت و هیچ نگفت، از آشپزخانه بیرون رفت. روی مبل
در پذیرایی نشست و برای مدتی به آن عکس خیره شد.

مادرم وقتی عصبانی و ناراحت می‌شد، چشمانش کوچک می‌شد و
اخم‌هایش به شکل دوست داشتنی، به همدیگر گره می‌خوردند، نه
حرف کسی را می‌فهمید و نه متوجه می‌شد که چه می‌شنود. دستانش
را روی گیجگاه‌اش گذاشت، سرش را فشار می‌داد. خیلی دوست داشتم

۱۶۴

در آن لحظه بفهمم به چه فکر می‌کند که تا این حد سرش درد می‌گیرد. به سمتش رفتم:

- مامان چت شد؟ ناراحت شدی؟ کاش بهت نمی‌گفتم.

هیچ نگفت و هم چنان به عکسی که روی میز گذاشته بود، خیره شده بود. خنده‌دار بود انگار که بالای یک جنازه ایستاده بود. بلند شد و به طرف اتاق مهدی رفت. دنبالش رفتم. به سمت کمد لباس‌های مهدی رفت و با دلهره و عصبانیت جیب‌های مهدی را می‌گشت و لباس‌هایش را بو می‌کرد.

- مامان حالت خوبه؟ دنبال بوی ادکلن دختره هستی؟

- - نه می‌خوام ببینم سیگاری هم شده؟

بلند بلند خندیدم و اصلا نتوانستم جلوی خودم را بگیرم، انگار دیوانه شده بود. می‌شد نارحتی را از نفس نفس زدنش حس کرد، چه رسد به چهره‌ی رنگ پریده و دهن خشک شده‌اش.

- مهدیه حق نداری به بابات حرفی بزنی، شر به پا نکن، بذار دهنت چفت و بست داشته باشه، نگی ها! دیدی چندبار بهت گفتم نگی!

- نه مامان نمی‌گم، مگه با الاغ طرف شدی که صد بار می‌گی؟ نمی‌گم مگه دیونه‌ام شر بذارم! بابا تا چند روز ولمون نکنه و بره دم پادگان مهدی رو خفه کنه. از این بابای دیونه‌ی ما هیچی بعید نیست.

- بی تربیت آدم به باباش این‌جور می‌گه؟ از جلو چشام برو.

- مامان با من چی کار داری؟ چرا ناراحتی خودتو سر من خالی می‌کنی! اصلا تقصیر منه که بهت گفتم چی پیدا کردم. کاش بهت نمی‌گفتم اصلا جرم که نکرده. مامان بیا از اتاقش بریم بیرون، این موضوع به خودش مربوطه.

- مهدیه خفه شو. برو بیرون. به من ربط نداشته باشه، به کی ربط داره؟

- مامان چرا به من فحش میدی. اصلا من رفتم هر کاری هم که دلت می‌خواد بکن.

از اتاق بیرون رفتم، آن قدر عصبانی بودم که به طرف حیاط رفتم و روی پله‌ی اول نشستم. داشتم می‌ترکیدم که چرا مادرم همیشه زورش به من می‌رسد و هر وقت ناراحت می‌شود، من کیسه بوکسش می‌شوم،

اما با تمام این ناراحتی‌ها به او حق دادم، چون مادر بود و نگران و تمام این نگرانی‌ها را برای من هم داشت، اما به روشی دیگر.

از فردای آن روز کار مادر در ظاهر مرتب کردن اتاق مهدی شده بود، اما در اصل اتاق را تفتیش می‌کرد شاید چیز جدیدی پیدا کند. به نتیجه نرسید، چون دفتر خاطرات در اتاق من بود و به اصطلاح می‌خواستم یواش یواش همه چیز را به او بگویم چون در آن دفتر کلمات عاشقانه‌ی فراوانی بود و نمی خواستم مادر با خواندن آن ها ناراحت شود. هرچند کار بدی نکرده بودند و دو نفر به هم علاقه پیدا کرده بودند و این جرم بزرگی نبود، اما از دید پدر این کارها جلف بازی بودند و ما حق جلف شدن نداشتیم و این همه ناراحتی و نگرانی مادر برای پدر بود که اگر از ماجرا خبردار می‌شد کار بیخ بدی پیدا می‌کرد.

مادر نتیجه نگرفت و راهی که من رفتم را به روش مادرانه دنبال کرد و تصمیم گرفت از دوستان صمیمی مهدی جریان را بپرسد و اولین دوست مهدی که از همه‌ی کارهای همدیگر خبر داشتند، حامد بود.

مادر به حامد زنگ زد و از او خواست ساعت چهار و پنج بعد از ظهر به خانه‌ی ما بیایید، این ساعت وقتی بود که پدر در مطب بود و راحت می‌توانستند حرف بزنند.

حامد آمد و مطمئن هستم می‌دانست مادر می‌خواهد از او چه بپرسد، اما حامد حرفی نزد و همه چیز را انکار کرد که اشتباه متوجه شدید و من اصلا از چیزی خبر ندارم.

فکر کنم حامد هم نگران مهدی بود که اگر پدر بفهمد مهدی به یک دختر علاقه پیدا کرده است، با او دعوا کند. حامد از تمام بدبختی‌ها و بیچارگی‌های مهدی خبر داشت و وقتی مهدی با پدر دعوا می‌کرد و جایی از بدنش زخم می‌شد با حامد به بیمارستان می‌رفت. الحق که حامد بهترین و وفادارترین دوست مهدی بود، با این که به قول پدر سطح مالی و خانوادگی‌اش از مهدی پایین‌تر بود، اما معرفت داشت، آن هم به اندازه‌ای که پدر اصلا نمی‌توانست درکش کند.

از گوشه‌ی پنجره تمام حواسم به حامد بود، پسری نسبتا کوتاه قد با پوستی سبزه و از همین حالا تقریبا داشت کچل می‌شد، یعنی موهای کم پشتی داشت. حامد خوشگل یا خوش تیپ نبود، اما اخلاقش و طرز صحبت کردنش تمام زشتی‌ها و کاستی‌ها را جبران می‌کرد، آن طور که اصلا حواست به چیزی جز ادب و اخلاقش نبود. نمی‌دانم به حامد علاقه پیدا کرده بودم یا نه! اما از پشت پنجره به او خیره شده بودم و فقط لبخند می‌زدم. نه به حامد علاقه مند نشده بودم، چون می‌دانستم حامد معرفت دارد و من برای او چیزی جز خواهرش نیستم، پس هرگز

به خودم اجازه‌ی علاقه‌مند شدن نمی‌دادم. از پشت پنجره کنار رفتم و به خودم گفتم تو حق دل دادن نداری، بفهم!

حامد متوجه شده بود که من از پشت پنجره به او خیره شده بودم و وقتی مادرم حواسش نبود، نگاهی می‌انداخت و سریع صورتش را بر می‌گرداند. من هم متوجه نگاه‌هایش شده بودم، جای خیره شدن به او به اتاقم رفتم و از ترس خشم مادر که با ناراحتی نگوید:

-   چرا بهش زل زده بودی؟

او را کنارم حس می‌کردم و می‌دیدم که تا عمق چشمانش جاری شده‌ام. حس می‌کردم روبه رویم ایستاده و با هر نفسش طلسمی جادویی را میان گیسوهایم جاری می‌کند و حال من باید پایکوبی به پای بودنش کنم. این اولین حسی بود که در طول تمام دوران زندگی‌ام داشتم، اما در همان حال که برایش پایکوبی می‌کردم و با او حرف می‌زدم، یاد و عشقش را در وجودم خفه می‌کردم و هر لحظه به خود می‌گفتم، خاموش باش ای دل مرده، تو حق نداری عاشقش شوی. پدر را فراموش نکن، هرگز عاشق نشو. پدر....

صدای بسته شدن در حیاط را شنیدم، عجولانه به طرف حیاط رفتم و برای لحظاتی از خیال حامد دست کشیدم، خیال شیرین او را بوسیدم

و در گوشه‌ی یادم تنهایش گذاشتم. مادر روی پله نشسته بود و در فکر هایش غرق شده بود.

- مامان چی شد؟ چیزی فهمیدی؟ که این دختره کیه؟ تونستی از حامد حرف بکشی؟

- نه هیچی نگفت، فکر کنم خبر نداره.

- مرض گرفته دروغ میگه، منم نتونستم ازش چیزی دربیارم.

- چی؟ مگه تو هم باهاش حرف زدی؟

حرفی که نباید به این زودی‌ها می‌زدم از دهانم پرید و گند زدم به همه‌ی تصمیمات و نقشه‌هایی که داشتم. برای رها کردن خودم از حرف بدون فکری که زده بودم، مجبور شدم همه چیز را تعریف کنم حتی مسئله‌ی دفتر را. مادر خیلی عصبانی و ناراحت شد که چرا مسائل را از او پنهان می‌کنم و حرفی به او نمی‌زنم. به ناچار سکوت می‌کردم و هیچ حرفی نمی‌زدم تا مادر حساسیت کم‌تری به خرج بدهد و کم‌تر غصه بخورد. مجبورم کرد دفتر خاطرات را به او بدهم. مشغول خواندن شد و با ناراحتی تمام در صفحاتش آن تصاویر و قلب‌های نیمه تمام را که تیری در وسط داشتند، اسم شیما و مهدی و... را می‌دید.

فکرش حسابی مشغول آن دفتر شده بود و نگران مهدی بود. نمی‌توانست برای او نگران نباشد، چون کارهایی می‌کرد که اصلا خوب نبودند. دائما تأکید می‌کرد پدرت متوجه چیزی نشود. من هم قول می‌دادم که حرفی نمی‌زنم.

خیلی بی رمق و بی حوصله کلاس‌های تقویتی را می‌رفتم و آن قدر کلاس می‌رفتم و درگیر مدرسه بودم که اصلا نای درس خواندن نداشتم. نمی‌دانم کدام احمقی این روش را مد کرده است که برای آمادگی در آزمون‌ها باید مثل تراکتور درس خواند شاید قبول شوی. خیلی دوست داشتم روان‌شناس می‌شدم و این مبحث سخت و کابوس وحشتناک امتحانات را جا می‌انداختم که هوار با این همه کلاس و استرس اصلا حوصله‌ی کتاب و درس را نداریم، چه رسد به رتبه‌های خوب و زیر هزار.

گاهی اوقات حامد را در مسیر مدرسه می‌دیدم و قلبم نیم‌چه ایستی می‌کرد، اما بی اهمیت بودم و اصلا به خودم اجازه‌ی علاقه‌مند شدن به یک پسر بدون قیافه و پول، ولی با معرفت و با اخلاق را نمی‌دادم، آن هم به هزاران دلیل که در اطرافم بود، دلیل محکمی مثل پدر، شأن پدر، خواسته‌ی پدر. حامد اگر بی پول‌ترین و زشت‌ترین بود به نظرم جذاب و دوست داشتنی بود، چون وقتی می‌خندید و با آرامش صحبت

می‌کرد، آن چهره‌ی شیرین و دوست داشتنی‌اش را با آرامشش زیباتر می‌کرد، دنیا در مقابل او هیچ بود و بی ارزش. دلم به سمتش می‌رفت اما...

مادر هم چنان خانم مارپل بود و به هر کدام از دوستان مهدی که می‌رسید، سراغ آن دختر را می‌گرفت. گاهی آن قدر از دوستان مهدی سؤال می‌پرسید که به او می‌گفتم انگار حاج زنبورعسل شدی و به دنبال مادرت می‌گردی، مادر می‌خندید و چیزی برای گفتن نداشت.

تقریبا چند هفته گذشته بود، در مسیر برگشتن از کلاس تقویتی بودم که حامد را دیدم، آن قدر به او نزدیک بودم که بوی عطرش مستم کرده بود و با تمام وجود بوی تنش را به خورد تمام سلول‌هایم می‌دادم، آن لحظه بود که فهمیدم چقدر دوستش دارم و خودم را به خریت زده‌ام.

- سلام آبجی. مامان اینا خوبن؟

وقتی می‌گفت آبجی دوست داشتم با تمام قدرتم توی دهنش بزنم تا این لفظ دور کننده را به کار نبرد، این کلمه‌ای که میان‌مان دیوار چین می‌ساخت و من هم به ناچار کلمه‌ی داداش را به کار می‌بردم.

- سلام داداش، متشکر، همه خوبیم. شما چطورین؟

- شکر منم خوبم، ولی ازتون یه دلخوری دارم.

- چرا مگه چی کار کردم؟

- شما همیشه عادت دارین تمام مسائل رو مث بچه دبستانی‌ها
  به مادرتون بگین؟ چرا بهش گفتین تو وسایل مهدی عکس
  یه دختر رو پیدا کردین؟

خیلی ناراحت شدم. آن لحظه اصلا مغزم کار نمی‌کرد، چون انتظار
شنیدن حرف‌های شیرین از او داشتم، ولی او بدجور به من بی احترامی
کرد، شاید به این دلیل چنین انتظاری داشتم که منتظر و خواهانش
بودم، اما او تلخی کرد و من هم با شدت جوابش را دادم.

- متوجه هستی چی می‌گی؟ مهدی برادر منه و هر اتفاقی که
  برای اون بیفته واسه من مهمه. چه طور مسائل مهدی به شما
  که دوستشی مربوطه، اما به مامانش مربوط نیست؟ لازم نکرده
  حرفی بزنی مامان دفتر اون دختره رو پیدا کرده که توش اسم
  مهدی و شیما هست. اصلا من و مامانم اشتباه کردیم از تو
  چیزی پرسیدیم، سرت گیج رفته وخودتو جدی گرفتی.
  خداحافظ.

- نه وایسا آبجی منظور بدی نداشتم، فقط سؤال پرسیدم، معذرت می‌خوام.

آن قدر عصبانی بودم که اصلا پشت سرم را نگاه نکردم. وقتی وارد خانه شدم، اخم از ابروهایم می‌بارید و عصبانیت از پیشانی‌ام پیدا بود.

- مهدیه چی شده، چرا بهم ریختی؟

- هیچی مامان از دست حامد خان.

- حامد چرا؟ چی بهت گفته؟

- هیچی پسره‌ی بی شعور شاکی شده که چرا همه چی رو به شما گفتم، آخه یکی نیست بهش بگه پسره‌ی عوضی، تو دوست مهدی هستی، ما خانواده‌ش، دل کی بیشتر واسه مهدی می‌سوزه؟

- عیب نداره، اونم نگران مهدی شده، تو به دل نگیر. اگه یه خبر بهت بدم مطمئنم حرف‌های حامد یادت میره. بگو امروز کی رو دیدم؟

- کی رو دیدی؟

- حمید رضا.

- حمیدرضا کیه؟

- دوست مهدی، پسر دکتر نصرتی.

- آها همون عینک ته استکانی رو می‌گی که تو خیابون هم کتاب دستشه؟ خوب حالا چی بهت گفته که ذوق زده شدی؟

- همه چی رو درباره‌ی حامد و اون دختره. حتی نشونی خونشون هم بهم داده.

- اون از کجا می‌دونه؟

- گفت تمام دوستای مهدی خبر دارن و تعجبه که شما این قدر دیر فهمیدین.

- بهش می‌گفتی پسر ما آدم که نیست، مارمولکه، کسی نمی‌تونه رگ دستشو بگیره.

- به نظرت برم در خونشون؟

- نکن مامان. بی‌آبرویی نکن. شر نذار. حالا نوبته اینه بابا بفهمه و ول نکنه. مامان توروخدا کوتاه بیا، سوژه دست بابا نده که تا چند هفته ول نکنه و هر روز اپرا بذاره تو خونه. مامانی! تازه دو سه ماهه داریم مث آدم زندگی می‌کنیم، کوفت مون نکن.

- نه من که نمی‌رم، فقط خواستم از تو هم بپرسم، ببینم نظر تو چیه.

مهدی و شیما خیلی اتفاقی در خیابان با همدیگر آشنا شده بودند. برای اوایل قرارهای یواشکی و نامه دادن‌ها و بعدا عشقی گُر گرفته که جز با قرارهای زود به زود آرام نمی‌گیرد و باید این اژدهای آتشین خونین چشم عشق را با معجزه‌ی دیدار آرام کرد و آتشش را فروکش کرد.

این عشق میان مهدی و شیما شعله گرفته بود و مهدی به خاطر این که به خواستگاری شیما برود و مردانگی‌اش را اثبات کند به سربازی رفته بود، چون اولین سؤالی که از یک پسر هنگام خواستگاری پرسیده می‌شود در مورد سربازی رفتنش است. آن طور که حمیدرضا به مادرم گفته بود، مهدی قصد دارد بعد از سربازی به دنبال یک کار بگردد و وقتی شغلی داشت به خواستگاری شیما برود و با او ازدواج کند.

مادر آرام و قرار نداشت. نمی‌دانست چه کند. دائما از من می‌پرسید بهترین کار چیست و وقتی من می‌گفتم نمی‌دانم، دوباره سؤالش را تکرار می‌کرد:

- نه به نظر تو چی کار کنم؟ از مهدی بپرسم یا با دختره حرف بزنم؟

دیوانه‌ام کرده بود و هرچه از این سؤالات فرار می‌کردم، بیش تر می‌پرسید و من هم جوابی نداشتم. برای فرار از استرسی که مادر به من منتقل می‌کرد، تقریبا هر روز چیزی در حدود سه یا چهار ساعت در اتاقم می‌نشستم و هر کسی را که دوست داشتم آن لحظه کنارم باشد را کنار خودم حس می‌کردم، حتی بازیگران و خواننده‌ها و حامد را. با آن‌ها حرف می‌زدم، آهنگ می‌گذاشتم و با خودم فکر می‌کردم، مهمان افتخاری آن‌ها در جشن تولدشان هستم و گران‌ترین هدیه را به او داده‌ام و در نهایت در پایان شب با غرور و افتخار به خانه برمی‌گردم و با لبخند به خودم می‌گویم، خوش گذشت. ترجیح می‌دادم در اتاقم تنها باشم و با خودم حرف بزنم و تنهایی‌ام را با هر کسی که دلم می‌خواهد پر کنم، اما دیگر صدای آشوب و دعوا را نشنوم.

مادر دست بردار مهدی و شیما نبود، این موضوع کم‌کم برایم بی اهمیت شده بود. انگار میان اتاقم در آن چهار دیواری، رگ خودم را بی بخار می‌کردم که دیگر به اتفاقات اطرافم اهمیتی نمی‌دادم.

نمی‌دانم آن روزها که با خیالاتم خوش بودم، تکرار هر روزه‌ی دیدار من و حامد اتفاقی بود یا او هر روز عمدا سر مسیر رفت و آمد من بود! هر روز یک جایی او را می‌دیدم، روزی اول صبح در مسیر رفت و روزی دیگر در مسیر برگشت.

این دیدارهای شاید اتفاقی در ذهنم اثر بدی می‌گذاشتند، شاید حامد خودش نمی‌دانست چه طور مرا به این دایره می‌کشاند، او نقطه‌ی پرگار بود و قدرت کشیدن داشت و من بی اراده به هر جهتی که او می‌خواست.

آن قدر دیدارها زیاد شده بودند که تحمل ندیدنش را نداشتم، حتی وقتی درس می‌خواندم میان خط‌ها او را می‌دیدم و با خیال او عشق بازی می‌کردم. حس می‌کردم حامد در اتاقم نشسته و به من خیره شده و مثل همیشه شیرین و جذاب لبخند می‌زند، نگاه‌های عاشقانه‌ی حامد، ویرانم کرده بود. من درس می‌خواندم و در او گم می‌شدم، میان آن همه پلک زدن‌ها، بشقابی به دست می‌گرفتم، بشقابی که هرگز در واقعیت در دستانم نبود، به طرفش می‌رفتم و کنارش می‌نشستم و به او میوه‌های پوست کنده تعارف می‌کردم.

آه... لحظات شیرین خیالی من که هیچ‌گاه کسی در آن‌ها سهیم نبود و من با آن‌ها زندگی می‌کردم. کم‌کم از درس خواندن دور شده بودم و بیش‌تر وقتم را در اتاقم می‌گذراندم و با مهمانی‌های خیالی که در کنارم بودند از همه چیز حرف می‌زدم، با هم چای می‌خوردیم، می‌خندیدیم، خداحافظی می‌کردیم و برای همدیگر آرزوی خوشبختی می‌کردیم.

آن قدر از دست پدر و مادر و مهدی و تمام آن دعواها خسته بودم که تنهایی را به تمام بودن‌ها ترجیح می‌دادم. می‌خواستم تنها باشم و برای خودم دنیایی شیرین و دوست داشتنی داشته باشم، دنیایی که در آن اثری از درد کشیدن نبود، هیچ وقت هیچ پدری با بچه‌هایش بد رفتاری نمی‌کرد و با همسرش بد صحبت نمی‌کرد و زندگی را برایش حرام نمی‌کرد.

در همین خیالات خودم بودم و با دنیایم دست و پنجه نرم می‌کردم که ناگهان صدای شکسته شدن شیشه را شنیدم. ترسیدم و با عجله از اتاقم بیرون رفتم، پدر ظرف میوه را شکسته بود و میوه‌ها هر کدام به سمتی پرتاب شده بودند.

سریعا به طرف میوه‌های پخش و پلا شده رفتم و آن‌ها را به دست گرفتم که مادر درخواست کرد دور بایستم مبادا خرده شیشه در پایم فرو نروند.

- داریوش همیشه همین بودی، آدم جرأت نداره باهات دو کلام حرف بزنه. سریع داد می‌زنی و چیز می‌شکنی. ناسلامتی مردم رو روان شناسی می‌کنی! کسی نیست به خودت کمک کنه. حق حرف زدن و نفس کشیدن رو ازمون گرفتی، همینه که

از کار و بار پسرت خبردار نیستی، چون از بچه‌هات دوری و ازت می‌ترسن.

آن موقع بود که فهمیدم جریان از چه قرار بود، بله! مادر قضیه‌ی مهدی را علی رغم آن همه تأکید که من حرفی نزنم، برای پدر گفته بود. به اتاقم برگشتم، حس کردم حامد آن جا ایستاده و منتظر رفتن من است.

همه چیز را برایش تعریف کردم، حتی جای میوه‌هایی را که پرت شده بودند. در نهایت آرام گرفتم و یک ساعت بعد از اتاقم بیرون رفتم تا مادر را ببینم.

روزهای زیادی پدر که از مطب می‌آمد، مادر قلبش تند می‌زد، چون دوباره دعواهای پدر شروع می‌شدند و دست از سرمان برنمی‌داشت.

دائما خودم را نفرین می‌کردم که چرا جلوی خودم را نگرفتم و به مامان گفتم که حالا او هم به پدر بگوید و چند روز دعوا و تنش و استرس در خانه باشد.

هیچ چاره‌ای نداشتم جز اینکه به اتاقم پناهنده شوم و آنجا خودم را آرام کنم.

فصل هشتم

چشمان بازم را می‌بندم و خود را گیج و مبهم در دنیایی می‌بینم که دست و پا زدن در آن، انسان را به تنگنای فلاکت و بدبختی می‌کشاند. دالانی هزارتو که از هر راهش غصه و دلتنگی می‌بارد. می‌هراسم از این همه تاریکی. نمی‌دانم به کدامین جاده پناهنده شوم.

نه...نه... این جا جاده‌ای نیست، این جا آخر دنیاست، این جا همان جایی است که آرزوی نبودن، نیستی و نابود شدن، قشنگ‌ترین تمنای دل می‌شود. چند قدمی جلو رفتم. جاده‌ای نبود. راهی برای طی کردن نبود، فقط وحشت و ترس بود. می‌خواستم دستانم را باز کنم، بروم تا آن جایی که از قید و بند پاسخ دادن و درد کشیدن رهایی یابم. ترس داشتم از ماندن، ترس داشتم از رفتن. بلاتکلیف بودم. نه عقل نه قلب، هیچ کدام پاسخی نداشتند.

برگشتم و پشت سرم را دیدم، آن جا هم تاریک بود. بر خودم لعنت می‌فرستادم با این دنیایی که ایجاد یا انتخاب کردم.

آرزوی من دنیایی پر از تیرگی نبود. آرزویم روشنی بود، عاشقی بود که برای رسیدن به عشق نه تنها هفت مرحله‌ی عاشقی، بلکه هفتاد بلای عاشقی را تجربه کنم.

بهارهای پیاپی زندگی‌ام دیگر تازگی نداشتند. احساس خفگی می‌کردم. بهار با همه‌ی زیبایی‌هایش دیگر برایم رنگی نداشت. می‌خواستم پرواز کنم به جایی بهتر از این جا، حتی بهتر از بهشت نادیده. پرواز کردم و به امید دنیای نادیده، بهار زیبایی‌های زندگی‌ام را پرپر کردم. گذشتم از خودم، از احساسم، از وجودم و از همه‌ی زندگی‌ام. سردی این سرزمین تازه، استخوان‌هایم را به شکستن عادت داده بود. از شکستن لذت می‌بردم و احساس می‌کردم خوشبخت‌ترینم...

روزگار گذشت و سرمای سوزان به قلبم رسیده بود. باز هم نفهمیدم مثل درختی بی جان و خشکیده، از شدت سرما توان رفتن ندارم. دستانی آمدند و مرا به سوی خود خواندند، آن‌ها را دیدم، اما میان تاریکی‌های مبهم و بی انتها گریختم. آن‌جا همه چیز برعکس بود. به جای هفت خان عاشقی، هفت خان بدبختی موج می‌زد. چشمان بازی که داشتم، بسته بودم و اینک با چشمان بسته‌تری به روبه‌رویم خیره شدم. بی اختیار قدم برداشتم، پله‌ی اول...

پله‌ی اول: ترس

ناگهان بر سرم بارید تمام آن شومی‌هایی که روزگاری می‌پنداشتم، در دستان سرنوشت اسیر هستند تا مبادا به زندگی کسی گره بخورند.

تمامی دلهره‌ها و نگرانی‌هایی که داشتم، مانند ابری بزرگ و مه آلود بر سرم باریدند و تمام آسمان زندگی‌ام را فرا گرفتند، از زندگی کردن، از حضور داشتن، از ابراز وجود کردن ترس داشتم.

خودم را پشت تمام اتفاقات شیرین زندگی‌ام مخفی کرده بودم و به تکرار هزار باره‌ی آن‌ها نشسته بودم. نمی‌دانم خودم را گول می‌زدم یا فقط می‌خواستم خوشحال باشم. افکارم مرا پناه دادند و در لذتی عمیق غرق شدم....

✳✳✳✳✳✳✳✳✳✳✳✳✳✳✳✳✳✳✳✳✳✳✳✳✳✳✳✳✳✳✳✳✳✳

" سپهر کجایی؟ سپهر می‌ترسم. هر کجا هستی بیا.

سپهر برق‌ها قطع شدن، خونه تاریکه من از تاریکی می‌ترسم بیا، کنارم بنشین، باهام حرف بزن. حتی اگه شمعی واسه روشن کردن نیست، فقط بیا که دستات آرومم می‌کنه.

سپهر تویی که اومدی؟ چقدر خوشحالم کنارم نشستی.

سپهر خیلی دوست دارم. تو واسه من بهترینی. نمی‌دونی وقتی کنارمی حست می‌کنم، با چشای خودم می‌بینمت، چقدر آرامش دارم. سپهر دوست دارم.

سپهر هرگز تنهام نذار، آرامشت، عشقت، حضورت منو نسبت به زندگی امیدوارتر می‌کنه. کنارم بمون. سپهر خوابم میاد. می‌خوام تو آغوشت بخوابم. بهم قول بده تا وقتی بیدار می‌شم کنارم بمونی "

****

ترس، مرا از زندگی کردن خسته کرده بود. ترس از حضور، ترس از بودن، ترس از نفس کشیدن، ترس از حرکت کردن. این ترس‌های مکرر و تمام نشدنی‌ام، اسیرم کرده بودند.

می‌خواستم بمیرم، رها شوم از همه‌ی ترس‌هایی که عمری در وجودم ریشه کرده بودند. بزرگ‌تر شده‌ام، اما حس می‌کنم کالبدم، این جسم خاکی‌ام، دیگر شور و حرارت جوانی کردن ندارد.

یعنی تا جایی که یادم هست، اصلا جوانی نکردم و جوانی کردن را به خاطر ندارم. تمام عمرم را در اضطراب و دلهره گذراندم. تمام عمرم میان چهار دیواری گذشته است.

۱۸۵

گاه این چهار دیواری آن قدر کوچک می‌شود که با تمام وجود به رختخوابم هجوم می‌آورم و آن‌جا هم چهاردیواری می‌شود برای اشک ریختن و غصه خوردن و آه کشیدن. گاه آن قدر آه می‌کشیدم که زیر پتویم عرق می‌کردم و مثل کسی که در آب دست و پا می‌زند و نمی‌تواند شنا کند و هنگامی که می‌خواهد خفه شود، سرش را از آب بیرون می‌آورد و آخرین نفس‌هایش را با زندگی گره می‌زند، سرم را از زیر پتو بیرون می‌آوردم و نفس عمیقی می‌کشیدم و با همان یک نفس می‌توانستم به اندازه‌ی تمام دنیا آه بکشم.

قلبم تندتر می‌زد. دلم برای خودم می‌سوخت. برای همه‌ی اشک‌هایی که ریختم و هیچ دست و شانه‌ای نبود که آرامشم دهد. در تمام ثانیه‌هایی که اشک می‌ریختم ترس داشتم که نکند کسی اشک‌هایم را ببیند و با دیدن‌شان غصه‌دار شود.

با غصه و ترس اشک می‌ریختم و با نفرت اشک‌هایم را از روی گونه‌ام پاک می‌کردم. نفرت از دنیایی که در آن بودم، نفرت از خودم که کسی را نداشتم که با او یکی شوم.

❀❀❀❀❀❀❀❀❀❀❀❀❀❀❀❀❀❀❀❀❀❀❀❀❀❀❀❀

" سپهر عزیزم کجایی؟ خیلی بهت زنگ زدم. زودتر بیا خونه، منتظرت هستم. "

" سپهر اومدی عزیزم؟ اومدی نفسم، اومدی عشقم. خواب بدی دیدم. خواب دیدم رفته بودی. کنارم نیستی، دیگه دستاتو نداشتم. اولش دیدم مرده بودی، اما بعدش دیدم، زنده شدی و با همدیگه قایم باشک بازی کردیم. تو چشم گذاشتی و من قایم شدم، اما تو منو پیدا نکردی. رفتی پشت یه دیوار یکی دیگه رو پیدا کردی و من تنها موندم تو یه جنگل تاریک.

ترسیده بودم، دنبالتون اومدم، اما تو حتی پشت سرتو نگاه نکردی. دوتاتون رفتین توی یه کلبه‌ی جنگلی. خیلی ناراحت شدم. دنبالت اومدم توی کلبه، اما دیدم روی زمین دراز کشیده بودی و از شدت سرما یخ زده بودی، انگار که سال‌هاست مردی. "

" سپهر بگو همه‌ی اینا دروغه. بگو فقط خواب دیدم و چیزی نیست، نگران نباش. "

" سپهر تو چه قدر خوبی. همیشه آرومم می‌کنی. تو واسم مثل یه فرشته هستی، همیشه کنارمی همیشه بهم اعتماد بنفس میدی. خیلی دوست دارم. "

❀❀❀❀❀❀❀❀❀❀❀❀❀❀❀❀❀❀❀❀❀❀❀❀❀❀❀❀❀❀

پله‌ی دوم: نا امیدی

تمام روزم را میان چهار دیوار اتاقم می‌گذراندم. چهار دیواری که مثل دهان مکنده‌ی یک خون آشام بر سرم می‌ریخت و با اشتهایی سیری ناپذیر مرا می‌بلعید...

از ترس و وحشت این فضای نازیبا، به این چهار گوشه‌ی اتاقم که هر گوشه‌اش مثل هزار ضلعی بد نظمی است و از هر ضلعش غصه و غم با ترسی دو چندان بر سرم می‌ریزد، پناه می‌برم و سرم را میان دستان تهی‌ام می‌گیرم و با تمام قدرت سرم را بر زانوهایم فشار می‌دهم و با دستانم، این ذهن کوچک و بی چاره‌ام را از آوار وحشت‌ها نگه می‌دارم. درست مثل مادری که کودک وحشت زده‌اش را از فریادهای پدر دور می‌کند و او را در دامان مهرش پناه می‌دهد.

چشمانم را بسته‌ام. قلبم به این هزاره‌های وحشت انگیز نفرین می‌کند. دلم گرفته از هرچه چهار دیواری است، دلم گرفته از ترس‌ها، وحشت‌ها و بی پناهی‌ها.

پناهم دهید ای دیوارهای سرد و نمناک اتاقم، این جمله‌ی هراس انگیز را آن قدر تکرار کرده‌ام که دیگر تاب و توانی برای تکرار کردنش ندارم. میان پستوهای ذهنم، تمام مویرگ‌ها و سلول‌های خاکستری را مو به

مو گشته‌ام، ذره به ذره، با دست تمنا به سوی شان رفتم تا شاید جمله‌ای جدید، حرفی تازه و بویی از امید بیابم، اما نبود که نبود.

تمام چهار ستون بدنم را بوی نا امیدی، این سم مهلک، این یگانه‌ی بی همتا که زندگی را جهنم می‌کند، زمستان می‌کند، بی آب و علف می‌کند، فرا گرفته است. نا امیدم از همه چیز و همه کس...

دستانم می‌لرزند. از بس که چشمانم باریده اند، دیگر سویی ندارند به دیدن. میلی ندارند به نظاره کردن این دنیای مصنوعی. شانه‌هایم درد گرفته‌اند از بس که کوله بار غصه‌هایم را به دوش کشیده‌اند. پاهایم تاول زده‌اند، اما سوزش پاهایم از راه رفتن زیاد نیست، سوزش پاهایم از قدم برداشتن در سرزمین قلبم است. سرزمینی که در هر لحظه‌ی آن آتش می‌زاید، می‌خندد و می‌بالد به گُر گرفتن. به امید ذره‌ای زمین خاکی و آرام، تمام زمین آتشین قلبم را پیموده‌ام. راضیم به نشستن و نفس کشیدن در مشتی خاک که از آن آتش نبارد. حاضرم بنشینم زیر گرد و غبار، زیر فریادهای آتش، اما آرام باشم، آرام بمانم، آرام بمیرم.

عادت کرده‌ام که هر روز با اشک های چشمم، این سم مهلک را از جای جای بدنم بیرون کنم. خیلی تلاش کردم، تقلا کردم، اما هیچ دارویی برای درمان نا امیدی نبود. هیچ مکانی و هیچ رفاهی، اصلا هیچ چیزی آرامشم نمی‌داد؛ اما همین که چشمان نالانم شروع به باریدن می‌کنند،

قلبم آرام می‌گیرد، زخم‌هایش بسته می‌شود. پنجه‌های درد و غصه با آن ناخن‌های بلند و چرک آلودش، دیگر عذابم نمی‌دادند و دیگر ناخن‌هایش درد را تا قلبم جاری نمی‌کنند تا وقتی که چشمانم معجزه می‌کنند، هیچ چیزی را حس نمی‌کنم و هیچ چیزی آزارم نمی‌دهد.

چشمانم می‌بارند و این جسم خاکی و ناچیزم، شفا می‌یابد. نمی‌دانم چرا هیچ کس به این موضوع پی نبرده است که اشک‌ها معجزه می‌کنند، آرام می‌کنند و جالب‌تر از همه این است که بعد از این اشک‌ها، لبخندی ناگهانی و کوچک بر لب‌ها جاری می‌شود و پادزهری می‌شود که روی غصه‌ها پاشیده می‌شود و برای لحظاتی طعم شیرینی را روی دردهایت حس می‌کنی.

شاید لبخندی مصنوعی باشد، من اما دوستش دارم چون وقتی که می‌بارم و در مقابل آینه‌ی اتاقم می‌ایستم با خودم زمزمه می‌کنم، چه قدر خوب است این دو گوهر را دارم که با دردهایم آشنا هستند و با آن‌ها یکی می‌شوند و در آن‌ها غرق می‌شوند. گاه دوست دارم با آن‌ها سخن بگویم و از ته قلبم بگویم چه قدر خوب است که کنارم هستید و چه قدر خوب است که با همه‌ی غصه‌ها و شادی‌هایم، شما هنوز هم صبورانه برای آرامش دادنم ایستاده‌اید و می‌بارید. به این چهره‌ی سرخ

شده که ردپای اشک را هویدا می‌کند، لبخند می‌زنم و چه قدر دلم می‌گیرد برای این همه بی کسی، چه قدر دلم می‌سوزد برای خودم.

به سمت کمدم می‌روم. سرمه‌ام را برمی‌دارم و میان چشمانم می‌کشم، میان این دو طفلک بی پناه که باریدن هر روزه، کارشان شده است. لحظه‌ای نمی‌گذرد که چشمان سرخم، به سان دو مروارید سیاه میان دو صدف سفید که نه، میان خون‌آب صدف‌هایی شعله کشیده، می‌درخشند و جذبه‌ای فوق العاده با جادوی سرمه می‌گیرند. بعد از اشک‌هایم، سرمه می‌کشم تا کسی نفهمد چه قدر تنها هستم. من، این من تنها، حتی در اوج بی کسی و غصه، دلم برای تمام کسان نا کس با دلم، می‌سوزد و حتی لحظه‌ای اندوه‌شان را نمی‌توانم تحمل کنم. نمی‌خواهم غصه خوردن کسی را ببینم، چون می‌دانم غصه خوردن چه قدر درد دارد.

می‌خواهم همه فکر کنند اطرافم پر است از عشق و نور و امید. می‌خواهم حس کنند که من خوشبختم، اما نمی‌خواهم بدانند میان چهار دیوار اتاقم اسیر شده‌ام و در بسته‌ی اتاقم مرا از دنیای‌شان جدا کرده است.

آری این در بسته، مرا به جشن ظالمانه‌ی تنهایی می‌کشاند و می‌خندد تا آن جا که غصه از حدقه‌ی چشمانم بیرون بزند و لبخند بر روی لبان خشکم، دکه‌ی ماتم کده‌ای بگشاید.

✳✳✳✳✳✳✳✳✳✳✳✳✳✳✳✳✳✳✳✳✳✳✳✳✳✳✳✳✳✳✳✳

امروز به عشق دیدن سپهر، مقابل آینه ایستاده‌ام. زیباترین لباس‌هایم را بر تن کرده‌ام. صورتم را زیبایی بخشیده‌ام و تمام بدنم را عطرپاشی کرده‌ام، درست مثل نو رسیده‌های آلو. من هم امشب مثل آلوی بخارایی که خیلی وقت است خشکش زده است، وجودم را عطر پاشی کرده‌ام تا روحم را بوی تصنعی عطر از شیرینی دیدار پر کند.

آن قدر عطر زده‌ام که می‌توانم خودم را میان آن همه بو و لطافت حس کنم. چشمانم را با شوقی فراوان زیبایی بخشیدم. دو بال از آسمان زندگی قرض گرفته‌ام تا به سوی سپهرم، این آسمان بی نهایتم، پر بکشم.

تمام راه را با خود، آیه‌های عشق و امید خوانده‌ام. تمام آن آیه‌های پاک و مقدسی را که از بچگی آموخته‌ام، زمزمه می‌کردم و حمد خواندنم

بود که آرامشم می‌بخشید. توحید خواندم و کوثر را هزار بار بر دلم وصله کردم تا قلبم از شدت شوق دیدن سپهرم آرام گیرد.

هر قدمم توأم شده بود با دمیدن نور و عشق، با حلول قدرت امید، به سمتش پرواز کردم. منتظر ماندم تا سپهرم را ببینم، او را دیدم. از شدت خوشحالی نفس در سینه‌ام حبس شده بود. دوست داشتم در بین آن همه جمعیت خود را میان بازوهایش ببینم و با تبسمی مرا به آغوش بکشد و با لبخندی شیرین‌تر از عسل‌های وعده داده شده، در گوشم نجوا کند که " چه زیبا شده‌ای، دوستت دارم. "

او را دیدم، اما ناگهان تمام دنیا با همه‌ی زیبایی و زشتی‌هایش بر سرم خراب شد. دنیایم تمام شد. قلبم در مقابلم و میان مردمک خشک شده‌ی چشمانم، شکسته شد. به احترام قلب شکسته‌ام، کلاه ایستادگی و لبخندی زهردار، برداشتم و به قلبم خیره شدم. این قلب کوچک که مثل کودکی وحشت زده و گرسنه به گوشه‌ای زل زده است.

عشق من، عشقی یک طرفه بود. سپهرم، مال من نبود. او سال هاست که زندگی را میان دستان زنی دیگر آغاز کرده است. شاید هم ثمره‌ی این آغاز فرزندانی باشد.

هیچ نگفتم و سکوت کردم. فقط به او خیره شدم. چه قدر دوست داشتم خود را به آغوشش بیندازم و مست از بوی تنش، گریه کنم، طوفانی شوم و به سان آسمانی خشمناک از روزگار بنالم و ببارم. فریاد بزنم و ضجه‌های قلبم را به او نشان دهم که چه قدر دوستش دارم.

برای دیدنش، جانم را به سان رقاصه‌های هندی که با ناز و عشوه‌گری می‌رقصند و می‌کوبند، آراستم تا لبخند او را ببینم و پرواز کنم به سویش، اما هر چه بود، تمام آن احساسات و آراستن‌های وحشیانه‌ی سرزده از دل، به یک باره بر سرم خراب شد. بال و پرم سوخت. قلبم شکست.

❋❋❋❋❋❋❋❋❋❋❋❋❋❋❋❋❋❋❋❋❋❋❋❋❋❋❋❋❋❋❋❋❋❋

حال، تنهای تنها حتی تنها تر از شب آویز و تنهاتر از همه‌ی تنهایی‌هایم، میان چهار دیوار اتاقم، این غرنده‌ی غضبناک که با چشمان خونینش به روی تنهایی‌هایم می‌خندد، میان این اسارت نشسته‌ام، آن هم تک و تنها.

با لبخند به تمام غصه‌هایم خیره می‌شوم، نگاهی ماتم زده و خشک شده از لبخندی حیران. دست نوازش بر سر قلب کوچکم می‌کشم.

دنیایم را سر و سامان می‌دهم تا وقتی از اتاق که نه، این خندق تنهایی بیرون می‌روم هیچ کسی نتواند بفهمد مرز تنهایی که دارم، چه قدر بزرگ است. کسی نفهمد میان این هزار ضلعی شوم، این خط باریک و برنده که بر تمام اعضای بدنم تیغ می‌کشد و می‌برد و روح بی پناهم را اسیر می‌کند، چه قدر مرا گرفتار و مفلوک خویش کرده است.

با جسارت بر سر قلب کوچکم فریاد می‌کشم، او مال تو نیست، از اول هم مال تو نبوده است. تو اسیر شدی، اسیر لبخندی ساده، اسیر احساسی کوچک. تو گرفتار شدی، گرفتار تنهایی خودت و فقط به او پناه بردی، به دیواری شکسته. بلند شو، از این چهار دیوار بیرون بیا. اگر نمی‌خواهی مرز تنهایی‌ات را بشکنی و از این چهار دیواری رهایی یابی، حداقل از چهار ستون خم شده‌ات دست بکش، این چهار ستون خم شده‌ی بدنت که مثل زه کمان تا آخرین حد خم شده و در خود فرو رفته و حال می‌خواهد با شدت، تیرش را به قلب زندگی‌ات بزند.

آرام بگیر و از تیررس این پرتاب دور شو. بخواب تا شاید دیگر درد را حس نکنی فقط آرام بگیر...

فصل نهم

تقریبا تمام وعده‌های غذایی ما توأم شده بود با فریادها و ناراحتی‌هایی
که پدر به وجود می‌آورد. نمی‌دانم چرا وقت غذا خوردن یادش می‌آمد
که حرف‌هایش در دلش سنگینی کرده‌اند و باید همه را هنگام جویدن
غذا بیرون بریزد! خودش را آرام می‌کرد و ما را متلاطم، اصلا به آرامش
حاکم در خانه فکر نمی‌کرد و جمله‌ی معروف دکترها که " با دهن پر
حرف نزنید! " را به خاطر نداشت.

تمام دوران بچگی می‌شنیدم که موقع خوردن غذا ساکت بمانید و
حرف نزنید، اما چرا همین بزرگ‌ترها همه‌ی حرف‌هایشان موقع صرف
کردن غذا یادشان می‌افتد. شاید به پدرم موقع غذا خوردن احساس
خوبی دست می‌داد که غذای دیگران را کوفتشان می‌کرد.

- معلومه مهدی رفته یه دختر جلف پیدا کرده، اونم رفته رو مخ
  مهدی پرش کرده که پسره‌ی الدنگ قید ما رو به خاطر اون
  دختره زده. مطمئنم دختر به درد نخوریه، اگه خوب بود با
  پسر مردم تو خیابون دوست نمی‌شد.

کم کم از رفتن بر سر سفره بیزار و خسته بودم. قبل از صرف غذا، بشقاب به دست به اتاقم می‌رفتم و برای خودم مهمانی می‌گرفتم، گاه حامد هم با من شریک می‌شد. به او می‌گفتم:

-   حامد شنیدی بابام چی گفت؟ خوب اگه ما هم به هم دل ببندیم به من هم میگن جلف! بهتره بی خیال همدیگه بشیم. باشه؟

گاه برای این جدایی و دوری گریه می‌کردم و اصلا نمی‌توانستم تاب بیاورم که به حامد فکر نکنم. برایم حس عجیبی بود، نه خواستنی بود و نه فراموش کردنی، نه می‌خواستم کنارم باشد نه می‌خواستم از من دور باشد. این دوگانگی مرا اذیت می‌کرد و اصلا نمی‌توانستم خودم را آرام کنم و اجازه ندهم این امواج خشن به روحم چنگ بزنند و کلافه‌ام کنند. از خود بی خود می‌شدم و هیچ اراده‌ای در مقابل خود نداشتم. از دل دادن ترس داشتم و چهره‌ی پدر از مقابل چشمانم دور نمی‌شد.

غذایم را در اتاق می‌خوردم و به آشپزخانه می‌رفتم، بشقابم را در ظرفشویی می‌گذاشتم و سریع به اتاقم برمی‌گشتم، یعنی فرار می‌کردم از جهنمی که پدرم کلیددارش بود. نمی‌دانم درست است این همه از بداخلاقی پدرم می‌نویسم؟ پدرم آن قدرها هم بد نبود، از خودش می‌گذشت و دوست داشت بهترین امکانات را به خانواده‌اش بدهد و

۱۹۸

اجازه ندهد هیچ کم و کسری داشته باشند. همیشه بهترین‌ها مال ما بود و هیچ امکان نداشت کسی از ما بهتر و وضع مناسب‌تری داشته باشد.

پدر و مادرم اجازه نمی‌دادند حسرت چیزی به دل ما بماند، گاهی اوقات با خودم فکر می‌کنم امکانات بیش از حد ما را تا این حد پرتوقع، لوس و بی منطق کرده بود که حتی حال و حوصله‌ی زندگی کردن هم نداشتیم و جویدن لقمه‌ی غذا هم برایمان سخت بود. شاید اگر ما هم مثل تمام کسانی که با محدودیت بزرگ شده بودند، با نبودن‌ها بزرگ می‌شدیم، حداقل قدر زندگی را بیش‌تر می‌دانستیم، اما آن قدر امکانات داشتیم که قدر زندگی کردن را نمی‌دانستیم.

به خودم این حق را می‌دادم که از دست پدر فراری باشم و نخواهم کنارش بایستم و هنگام غذا خوردن از او دوری کنم. غذا برایم کوفت می‌شد، البته کوفت کم است و باید بگویم زهرمار می‌شد و به زور پایین می‌رفت، چون باید هم زهر می‌خوردم، هم فریادهای پدر را تحمل می‌کردم که این کار آسانی نبود.

رنگ پریده‌ی مادر بیش تر عذابم می‌داد، به خدا نمی‌توانستم تحمل کنم چهره‌ی غم زده‌ی مادر را وقتی که غذا با گره خوردن از گلویش پایین می‌رفت و با نگاهی عاجزانه و چهره‌ای ملتمسانه به پدرم خیره

می‌شد، آن هم با عجزی غیرقابل توصیف که هرگز فراموشش نمی‌کنم. این دلایل محکمی بود که از رفتن بر سر سفره‌ی غذا فراری باشم. سعی می‌کرد به من لبخند بزند و با آن لبخند مصنوعی همه چیز را خوب و آرام جلوه دهد که من ناراحت نشوم و با آرامشی که او می‌خواست، غذا برایم دلپذیر باشد.

گاه این نگاه‌های مادر به سمت من با التماس همراه می‌شد تا اعتراضی نسبت به پدر نداشته باشم و از وضع موجود شکایتی نکنم. هر چه بزرگ‌تر می‌شدم سرکش‌تر می‌شدم و آستانه‌ی صبر و تحملم پایین می‌آمد، گاه با بی حرمتی آن کلماتی را که نباید هیچ فرزندی بر روی زبان بیاورد و در مقابل پدر بایستد بر زبان می‌راندم و او به جای فکر کردن درباره‌ی رفتار زشتش، حرکات زشت‌تری انجام می‌داد و غذا را بر روی سفره می‌ریخت، یا قهر می‌کرد و خانه را ترک می‌کرد یا آخر شب می‌آمد، یا بعد از چند روز با التماس‌های پی در پی مادر به خانه می‌آمد، آن هم چه آمدنی، تا روزها با کسی حرف نمی‌زد و خانه را جهنم می‌کرد. اگر حرفی یا حرکتی بر خلاف میلش انجام می‌دادیم، دوباره ساک لباس به دست می‌رفت و مادر باید التماس می‌کرد، نرو و آبرویمان را نبر، نگذار مردم بفهمند در خانه‌ی ما چه اتفاقاتی پیش

می‌آید، بگذار بین خودمان مسئله را حل کنیم. مردم می‌فهمند که تو شب را در مطب می‌گذرانی و حرف پشت سرمان تمامی ندارد.

این التماس‌های مادر و غرور بی جای پدر یا شاید حماقت و رفتارهای نادرست پدر، هر روز مرا عصبی‌تر می‌کرد و هر روز از زندگی بیزارتر می‌شدم و دایره‌ی تنهایی‌ام را تنگ‌تر می‌کردم و اتاق خاموشم بود که مرا نجات می‌داد و تنهایی‌ام را پر می‌کرد، به اندازه‌ی تمام دنیا در آن هم صحبت داشتم و خیالم، این پرنده‌ی افسانه‌ای، مرا به هر جایی که می‌خواستم می‌برد.

هر روز از زندگی‌ام دورتر می‌شدم، به موازات این دور شدن‌ها، عددهای شناسنامه‌ام با عجله جلو می‌رفت و بزرگ‌تر می‌شدم. کم کم با مادر هم غریبه شده بودم و تنها چیزی که هرگز برایم دور و تکراری و عادی نشد، اشک‌های مادر و غصه‌هایش بود که مثل خنجر هزار سر بر قلب و روحم چنگ می‌زد. نمی‌دانم چه طور می‌توانستم به لبخندهای مصنوعی مادر دل خوش کنم، به این خنده‌های شکننده و بی روح و به خودم بگویم چیزی نیست.

نمی‌دانم چطور باید از مادرم، از این اعجوبه‌ی آفرینش، این بی نهایت عشق، سخن به میان بیاورم! او که همه‌ی خوبی‌ها در او خلاصه شده بود.

نه! نمی‌توانستم برای او غصه نخورم. بغض در گلویم خیمه می‌بست و چنگ بر چشمانم می‌زد. با زور و توانی بی حد و اندازه، جلوی اشک ریختنم را می‌گرفتم که مادر یا پدر متوجه ناراحت شدن من نشود و با خودشان بگویند دخترمان در مسائل ما زن و شوهر دخالت نمی‌کند. نمی‌توانستم چهره‌ی گُر گرفته‌ام را از چشمان نگران مادر پنهان کنم. اکثر مواقع مادرم می‌فهمید برای او ناراحت شدم و نزدیک بود همان جا جلوی پدر گریه کنم. جالب بود وقتی پدر از خانه بیرون می‌رفت، مادر مرا می‌بوسید و می‌گفت:

- من بهش عادت کردم و زیاد ازش ناراحت نمی‌شم، تو خودتو ناراحت نکن. می‌دونی چند ساله زنشم؟

در جواب این جملات تکراری که مثل نفس‌هایم برایم تکراری و عادی شده بودند، می‌گفتم:

- مامان چرا ازش طلاق نگرفتی؟ آخه چه طور تحملش می‌کنی؟ به خدا من که نمی‌تونم.

- طلاق می‌گرفتم و شما دو تا رو هم می‌نداختم زیر دست نامادری؟ نه خیلی بابای خوش اخلاقی دارین؟ یه عجوزه هم می‌اومد بالا سرتون. حالا فهمیدی چرا موندم و طلاق نگرفتم؟

وقتی این حرف ها را می‌شنیدم، مادر را می‌بوسیدم و گریه می‌کردم. هیچ وقت نشد که من هم مثل مادر به توهین‌ها و فریادهایی که پدر بر سرش می‌زد عادت کنم و ناراحت نشوم و خونسرد باشم.

مطمئنم مادر هیچ وقت به این حرکت‌ها و بی احترامی‌ها عادت نکرده بود، اما چاره‌ای نداشت، به قول خودش باید تحمل می‌کرد. همیشه با خودم فکر می‌کردم تا این حد مدارا همه چیز را بدتر می‌کند، گاهی اوقات باید با فریادی متقابل به طرفت بفهمانی که رفتارش زشت است، اما اگر هیچ وقت با او مخالفت نکنی و همیشه نجابت و حیا را به همه چیز ترجیح بدهی و فقط سکوت کنی، اطرافیانت به روح بزرگ و مدارا کردن‌هایت پی نخواهند برد و همیشه با خود فکر می‌کنند که ضعفی داری یا این که نمی‌توانی از خودت دفاع کنی، درست مثل سکوت‌های فراوان مادر در مقابل آقای دکتر. کاش مادرم یک بار فریاد سکوتش را از قفس حنجره‌اش بیرون می‌کرد و با خشم فریاد می‌زد، اما هیچ گاه فریاد نزد.

به خاطر عشق مهدی که نمی‌دانم درست بود یا نه جهنمی در خانه‌ی ما بود. نمی‌دانم صادقانه بود یا هوسی بود و شعله گرفته و به جای سوختن مهدی و شیما، ما در این آتش سوختیم و هر روز فشار قبر

خانگی را، با ذره ذره‌ی وجودمان حس می‌کردیم، با این تجربه‌ی تلخ و دردناک نفس می‌کشیدیم و محکوم به سکوت بودیم.

مادر با تمام دوستان مهدی هم کلام شده بود و حس خانم مارپل بودن در او هزاربرابر شده بود، اصلا کوتاه نمی‌آمد و تا تمام داستان را نمی‌فهمید، آرام نمی‌گرفت.

فصل دهم

پله‌ی سوم: نفرت

قلبم از این همه تیرگی، از این همه سکوت درد آور و زجردهنده که با ناخن‌های خونین و سوهان کشیده‌اش، درست به سان الماس، روحم را می‌خراشد، می‌شکافد و شکنجه می‌دهد، می‌هراسد.

صدای ضجه‌های قلبم شبیه جغدی تنها با چشم‌هایی براق میان جنگلی تاریک شده، نمی‌دانم چشم‌هایش از سر تنهایی سوسو می‌زند یا از سر ترس، با ذره ذره‌ی وجودم ضجه‌هایش را حس می‌کنم.

چه فضای سردی است. کسی نیست دستانم را بگیرد. کسی نیست گونه‌های گرمش را بر روی گونه‌هایم بگذارد و گرمای نفس‌هایش بر روی لب‌هایم مرا مست کند، او شراب شود و من جام هستی، او گر بگیرد و من خاکستر شوم میان آن همه شراب و مستی.

کسی نیست میان این همه مستی لب‌هایش را با صدایی دل نواز به گوشم نزدیک کند و در اوج سکوت، درست آن جایی که هیچ صدایی درک نمی‌شود و فقط تنهایی موج می‌زند، آرام آرام، نجوا کنان بگوید.

آرام باش، گریان نباش، تو در امانی. خوب نگاه کن به سان ققنوسی افسانه‌ای برایت می‌سوزم، تو از من متولد می‌شوی، بخند به روی تمام غصه‌ها که امشب ققنوست خواهم شد و تو جام هستی را از سوختنم بنوش.

نفس‌هایم در همان لحظه‌ای که از گلوگاهم شعله می‌کشند، فواره‌ی آه‌شان در یک چشم به هم زدن، به قندیل‌هایی سرد و سوزنده‌ی جهنمی تبدیل می‌شوند، سوزش این همه آه، آسمان‌ها را هم می‌سوزاند چه رسد به این زمین یخ زده از ماتم...

✳✳✳✳✳✳✳✳✳✳✳✳✳✳✳✳✳✳✳✳✳✳✳✳✳✳✳✳✳✳✳✳✳✳

" واقعا دوستم داشتی و الان هم دوستم داری؟ بهم قول میدی تا ابد دوستم داشته باشی؟ ممنونم که بهم قول میدی.

کنارت چقدر آرامش دارم. الان یک ساله که من تو رو دارم و از بودنت خوشحالم، اما بهم نگفتی اون دختر کی بود که باهاش حرف می‌زدی؟ چی؟ دوسش داری؟ آخه چطور ممکنه! تو که می‌گفتی فقط منو دوست داری نه کسی دیگه. تو که می‌گفتی تا ابد ترکت نمی‌کنم! سپهر نمی‌بخشمت. ازت متنفرم به خاطر یک سال عاشقی من، برو بیرون

نمی‌خوام ببینمت، می‌خوام تنها باشم، اصلا از جلو چشام گم شو برو پیش اون یکی. تو که خوب بلدی زاپاس جور کنی. برو!"

****

میان زندان‌های قلبم، این استخوان‌های شکننده که قلبم را به اسارت در آورده‌اند، میان این دنده‌های موازی که قلبم را از لحظه‌ای که یادم نمی‌آید، از همان لحظه‌ای که در شکم مادرم بودم، به اسارت کشیدند تا تپش‌های قلبم میان این میله‌های موازی آرام آرام خفه شود و ریتم تکراری زندگی را تکرار کند، احساس سرما می‌کنم، انگار تمام عمرم را عصری یخبندان و نفرین شده درگیر کرده است.

صدای لرزیدن این استخوان‌های ضعیف و رنجور که گاه دلم برای صبر و تحمل‌شان برای حفظ این تلمبه‌ی زندگی‌ام، که اگر نکوبد و نباشد از زندگی ساقط خواهم شد، می‌سوزد.

به فکر فرو می‌روم که چگونه قلبی به این کوچکی، میان این همه حصار، تا این حد تاب می‌آورد و تحمل می‌کند. درد می‌گیرد و می‌رنجد! مثل پرنده‌ای سر کنده به در و دیوار حصارش می‌زند. این رنجیدن، سرزمین زندگی را به سان گورستانی خاموش با اندک نوری

ملایم می‌کند و مرگ خاموش فانوس‌های زندگی، زنده بودن را در تنگنای نا باوری مقابل چشمانت دفن می‌کند.

قلب، این کوچک نامفهوم، این سوال همیشه بی جواب، چه قدر گناه دارد! چه قدر تنهاست و چه قدر با غصه خوردن آشناست! هر لحظه جشنی شاهانه می‌گیرد، آن هم به افتخار این همه درد سرسام آور...

میان دنیایم با مزراع اطرافم حصار کشیدم، دستانم را دور زانوهایم گره زده‌ام. گیج و مبهم، پریشان و سردرگم، میان این تاریکی‌ها گم شده‌ام. می‌ترسم از همه‌ی سکوت‌ها، همه‌ی تاریکی‌ها. میان تاریکی‌ها خندقی کشنده است که این خندق باتلاق درد و رنج است.

می‌ترسم و انتظار نوری کوچک را می‌کشم و از طرفی از هر چه نور و روشنایی است، گریزانم. همه‌ی این نورها و روشنایی‌ها، چشمان مرا، دستان مرا و قلب مرا با تمام دردها و رنج‌های این دنیای پست آشنا کرده است و این همان چیزی است که رنجم می‌دهد.

کاش می‌شد تمام روشنایی‌ها را از میان برداشت. کاش می‌شد زندگی تا ابد میان چهار دیوار تاریکی می‌گذشت و آن وقت زندگی چه قدر شیرین می‌شد، کور و گنگ و مبهم، اما بیگانه با هرچه درد و رنج و بدبختی و غصه و فلاکت.

میان تاریکی، فقط ترس از تاریکی است که می‌رنجاند، اما میان روشنایی باید انتظار همه چیز را داشت، باید مثل جغد گردنت را بچرخانی تا بهتر و بیش‌تر این وحشی عصیان‌گر را ببینی، این زندگی و سرنوشت بی رحم را.

طوفان بلا، گرد باد حادثه و تمام ناکامی‌ها و هر چه تلخی است میان روشنایی، به سان چراغ راهنما میان هزار راهی بزرگ و عظیم، برایت چشمک و لبخند می‌زند و هر بار راهی تازه را به سویت می‌نمایاند.

اما تاریکی این موهبت بزرگ، این بی انتهای غیر قابل توصیف، فقط روح را گره می‌زند به تاریکی‌ها. تاریکی همه‌ی دردها و بدبختی‌ها را به یادت می‌آورد. میان تاریکی‌ها برای فرار از ترس، هیچ گاه نمی‌شود به آینده اندیشید، می‌توان چشمان کم سوی خود را میان هجاهای گذشته درگیر کرد. آن جاست که می‌توان قلب را تسکین داد و گریه کرد، آرام شد و هر قطره اشک را التیامی برای دردها دید.

میان تاریکی هیچ چیز برای دل خوش کردن نیست، فقط به روبه رو زل می‌زنی و به ناکجا آبادهای ذهنت فکر می‌کنی تا شاید خود را از ترس ذاتی که درونت مثل چشمه‌ای از برف‌های یخ زده زبانه کشیده و جاری شده رهایی یابی.

میان تاریکی‌ها، پست بودن روشنایی‌ها بیش تر به چشم می‌آید و قلب را زجر می‌دهد. قلبم می‌رنجد، انگار میان دیوارهای سرد و نمناکی گیر افتاده است و هر چه دست و پا می‌زند، بیش تر فرو می‌رود و خونین‌تر می‌شود. تیزی خنجر ترس قلبم را آزار می‌دهد و بر روی قلبم کشیده می‌شود، چقدر برایم سخت است تحمل این لحظات.

از تمام دنیایی که دیگران دوستش دارند دور شده‌ام. من به رفتن از این دنیا قانع نیستم، می‌خواهم نابودش کنم. می‌خواهم که دیگر نباشد و هیچ قلبی در آستانه‌ی شکستن نباشد که زجر بکشد. نفس‌هایم بوی خون می‌دهند، از دستانم خون می‌چکد. از دستانم خون دلی می‌چکد که یک عمر آرزوی دست در دست شدن با آرامش را می‌کرده است.

دستانم لرزان بر روی گونه‌ام کشیده می‌شوند. هیچ کدام از حرکاتم دست خودم نیست، انگار که بی اراده‌ام و در فضای نا معینی، بی وزن و بی اراده شده‌ام. احساس عجیبی دارم، انگشتانم میان نرمی صورتم کشیده می‌شوند و ناگهان فرو می‌روند و سوزشی عجیب، همه‌ی آن نقاط را به وجد می‌آورد و هلهله‌ای خونین درون‌شان جاری می‌شود.

نمی‌دانم از چه رنج می‌کشم، نمی‌دانم چه بر سر من آمده یا دارد می‌آید که احساس دیوانگی می‌کنم. چرا تنم را، این تن نالان را، زجر می‌دهم؟

چرا ناخن بر زخم‌های تنم می‌کشم؟ چرا زیر لاشه‌های ناخن‌هایم، بذر نمک پاشیده‌ام تا بر روی زخم‌هایم جوانه بزنند؟

بیش‌تر فکر می‌کنم و بیش تر به رو به‌رویم خیره می‌شوم. چه قدر تحمل این روبه‌روها و پشت سرها برایم سخت شده است. چه قدر احساس بی رمقی می‌کنم. انگار دلم ضعف می کند و میل به شیرین شدن دارد. آری دلم شیرینی غم را کم دارد. باید شیرینی غم را به روح نالان و تن خسته‌ام تزریق کنم.

نفرت دارم از این دنیای مبهم، از این دنیایی که خودم هم نمی‌دانم کجایش ایستاده‌ام. نفرت دارم از همه‌ی تاریکی‌ها و روشنایی‌ها، که هنوز هم نفهمیدم خوب بودند یا بد؟

نفرت دارم از ضد و نقیض‌های زندگی‌ام. نفرت دارم از تمام سؤال‌های بی جوابم، از دروغ و بدی، رنج و درد ...

نفرت دارم از این که هستم، از این همه گیجی، از این همه سردرگمی و تنها گشتن میان امارت غم و دست و پنجه نرم کردن با ستون‌های سرد و دلگیر رنج.

تنها هستم و دستی نیست، شانه‌ای نیست، گونه‌ای نیست و صدایی که در گلو از ابتدا، هنگام ادا کردن نامم خاموش و خفه شده است...

آه...نفرت دارم از سنگینی این همه درد و رنج...

فصل یازدهم

بخش اول

میز شام چیده شد. عطر کشک بادمجان همه جا پیچیده شده بود. تنگ آب را برداشتم و به طرف میز غذاخوری رفتم. صدای مادرم، نوای آسمانی در گوشم طنین انداز کرد.

- داریوش بیا. شام آمادهاس.

بغض در گلوی مادر خیمه زده بود. چشمانش دریایی متلاطم از اشک بود که خیال طغیان داشت و منتظر رعد کوچکی تا طوفان به پا کند. ترسیده بودم، باز هم دعوا، باز هم ناراحتی و غصه. بی امان صلوات میفرستادم و از خدا تمنا میکردم، امشب غم و غصه را دور کند. دلشوره داشتم. قلبم تند میزد.

منتظر آمدن پدر بودیم. چند دقیقه گذشت. پدر آمد. بدون هیچ حرفی شروع به لقمه گرفتن کرد. با اشاره نمکدان خواست. مادر هول کرد. از این رفتار پدر متنفر بودم. خشمی کوتاه وجودم را فرا گرفت و نتوانستم جلوی خودم را بگیرم.

- چی می‌خوای بابا؟ چرا اشاره می‌دی؟

- نمک دون کو؟

- بابا غذا نمک داره، عمدا سر سفره نمی‌زارم. نمک واسه بدن خیلی ضرر داره. اگه خیلی مصرف کنی، دیابت می‌گیری.

- چرت و پرت نگو، نمک و دیابت؟ پاشو برو بیار.

حرفش دلم را شکست...

تمام عمر با حرف‌های تلخ و بی رحمش نفس کشیدم، ولی هرگز به زهری که از حرف‌ها و حرکاتش می‌بارید، عادت نکردم.

با تمام بداخلاقی‌های پدر، عاشقش بودم. گاه که خسته و عرق کرده به خانه می‌آمد، در دلم او را ستایش می‌کردم و با عشق به او خیره می‌شدم. در دلم حرف‌های نگفته‌ام را از دریچه‌ی چشمانم به او می‌گفتم:

- دردت به جونم بابایی. الهی فدات بشم که خسته‌ای. کاش می‌شد بغلت کنم و ببوسمت.

بغل کردنش برایم افسانه شده بود. کاش می‌توانستم هر روز او را ببوسم و عطرش را استشمام کنم. عطر دل‌نشین پدری که در وجودش بود،

عطری که گسستگی فراوانی با آقای دکتر بودنش داشت. عطری که بوی خواستنی از عشق و خشونت داشت و من دوستش داشتم.

از جایم بلند شدم و نمکدان را برای آقای دکتر آوردم. به غذا خوردن ادامه دادم. به سفره نگاه می‌کردم و از خدا به خاطر تمام نعمت‌هایش تشکر می‌کردم. عاشق بادمجان بودم و هنوز هم دست از عشقم نکشیده‌ام. هیچ غذایی به اندازه‌ی بادمجان مرا هیجان زده نمی‌کند. هر خوراکی که با بادمجان آماده شود، مرا به وجد می‌آورد.

با حرص و ولع لقمه می‌گرفتم، سعی می‌کردم همه چیز را برای خودم خوب جلوه دهم، لبخند می‌زدم و از همه چیز راضی بودم. حواس خودم را پرت می‌کردم و با خودم می‌گفتم:

-     بابا حرف بدی نزد، فقط با لحن کمی متفاوت خواسته‌شو گفت.
      ناراحت نشو و از غذا خوردن لذت ببر.

همه چیز در سکوت و آرامش جلو می‌رفت. پدر سرش پایین بود و به شدت تند غذا می‌خورد. تند لقمه می‌ گرفت، فوت می‌کرد و تند می‌جوید و قورت می‌داد. گاهی اوقات حس می‌کردم، معده‌ی پدر شبیه تانکر است که تنها هدفش پر کردنش است. مادر با بی میلی لقمه می‌گرفت.

پدر گاه گاهی به صورت مادر نگاهی می‌انداخت و دوباره به غذا خوردنش ادامه می‌داد. چهره‌ی مادر مرا می‌ترساند، انگار که نوید بخش طوفان بود. چشم‌هایش سرخ بودند، با غذایش بازی می‌کرد، یک کلمه صحبت نمی‌کرد، بدون این که بالا را نگاه کند، سرش را پایین انداخت، نگاهش را از ما دزدید و قفل سکوت را شکست.

- میدونی حامد فلاح دانشگاه قبول شده؟

پدر حرف نزد، حتی نگاهی به صورت مادر نکرد. نمی‌دانم شاید با این طرز رفتارش می‌خواست بی نیاز بودنش را به همه نشان دهد. چهره‌ی مادر منقلب شد. کاملا مشخص بود از بی تفاوتی پدر ناراحت شده است. بعد از چند لحظه با غصه‌ی فراوان گفت:

" داروسازی قبول شده، اونم دانشگاه سراسری. چرا نباید قبول شه! تو خونه‌ش آرامش داشته، نشسته درس خونده، چه طور میشه تو جنگ و دعوا باشی و چنین رشته‌ای قبول شی؟ خدا آقای فلاح رو خیر بده، این قدر با بچه‌هاش خوب رفتار می‌کنه و بهشون احترام میزاره که هیچ مشکلی تو خونه‌ش نیست. بچه‌هاش هم با خیال راحت درس می‌خونن. درس خوندن هوش و استعداد بالا نمی‌خواد، درس خوندن فقط دو چیز میخواد، آرامش و اعصاب راحت.

پدر متوجه معنی حرف‌های مادر شد، اما ترجیح داد حرفی نزند و به غذا خوردنش ادامه دهد. تنگ آب را به دست گرفت که آب درون لیوان بریزد. مادر از بی‌تفاوتی پدر خیلی ناراحت شده بود به طوری که لرزش دست‌هایش دیده می‌شد.

- اگه مهدی زبون بسته‌ی من، محیط آرام داشت و از خونه‌ش فراری نبود که بخواد بره سربازی، الان یه رشته‌ی خوب قبول شده بود، نه این که بره سربازی و معلوم نباشه آینده‌ش چی می‌شه.

پدر برافروخته شد. قلبم تند می‌زد. سریعا بشقاب غذایم را به همراه یک تکه نان برداشتم و به اتاقم رفتم. در اتاق را بستم و رو به قبله ایستادم و دعا می‌کردم دوباره دعوا نکنند. پدر حنجره‌اش را صاف کرد و ساز فریادش را کوک کرد و با تمام توانی که در بدن داشت، فریاد زد.

- نزاشتی غذام رو کوفت کنم، یک سره حرف حرف. دست از سرم بردار. چی از جونم می‌خوای؟ پسر خودت بی عرضه‌س به من چه ربطی داره؟ اون اگه بخواد درس بخونه و موفق شه، کاری به کار من و تو نداره، خودش می‌شینه تو اتاق از صبح تا شب درس می‌خونه که قبول شه. واسه من از محیط آرام و

۲۱۷

آرامش حرف نزن، خودم این حرف‌ها رو خوب بلدم. صبح تا شب این حرف‌ها رو به مردم می‌زنم، حالا تو می‌خوای به من یادشون بدی؟ من چطوری دکتر شدم؟ هان؟ با توام جواب بده. خودم اراده کردم. نشستم درس خوندم و کاری به کار کسی نداشتم. پسر بی شعور توام اگه می‌خواست به جایی برسه، نمی‌رفت دنبال باشگاه و دختر بازی، می‌رفت دنبال درس تا الان تو پادگان نباشه و به جاش روی صندلی‌های دانشگاه بشینه.

اشک از چشم‌های مادر سرازیر شد، به لکنت زبان افتاده بود. کلمات را بریده بریده ادا می‌کرد.

- چرا همیشه به مهدی توهین می‌کنی؟ چرا هر بار جای اسمش یه فحش میزاری؟ مگه چیکارت کرده؟ همین که بدبختش کردی بس نیست؟ می‌خوای از این بدبخت ترش کنی؟ دست از سرش بردار. به خاطر خود خواهی‌ها و بد اخلاقی‌های تو آینده‌ش نابود شد، اما دوستاش چی؟ چون اعصابشون راحت بوده، درس خوندن و به جاهای خوب می‌رسن.

دستانم می‌لرزید. لای در اتاقم مشغول پاییدن پدر و مادر بودم. غذایم زهر شد، دیگر نتوانستم بخورم. تمام بدنم می‌لرزید. یخ کرده بودم. از

۲۱۸

صدای بلند پدر می‌ترسیدم و هر بار که بیش تر فریاد می‌زد، دست و دلم بیش‌تر می‌لرزید.

" بس کن زن! خفه شو! من چه طوری به این جا رسیدم؟ خودم خواستم. "

مادر کلافه شده بود. گریه می کرد و هر بار که پدر اسم مهدی را می‌آورد و به او بی احترامی می‌کرد، گریه‌اش بیش‌تر می‌شد. عصبی شده بودم. سعی می‌کردم خود را آرام کنم. با خودم حرف می‌زدم. سپهر کنارم بود، احساس ترس نمی‌کردم. مرا به آغوش کشیده بود و موهایم را نوازش می‌کرد. صدای پدر بلند و ترسناک بود.

بالاخره مادر حرفی را که سالیان طولانی در دلش سنگینی می کرد به زبان آورد:

- من نمی‌دونم تو چه طوری درس خوندی و دانشگاه قبول شدی. لابد بابات یکی مث خودت بوده که پوست کفلت بودی و واست مهم نبوده چی کار می‌کنه.

حرف مادر تمام نشده بود که پدر سیلی محکمی به صورتش زد. آن قدر با حرص و عقده زد که مادر به زمین افتاد.

لامپ اتاق را خاموش کردم و گوشه‌ی اتاق کز کردم. زانوهایم را جمع کردم و گریه کردم. خیلی عطش داشتم، قندیل اشک‌هایم آب شد و جویبار اشک جاری شد، کمی خنک‌تر شدم. هر دانه‌ی اشک، التیامی می‌شد بر قلب متلاطم و پر عطشم. چشم‌هایم آن قدر باریده بودند که راه شان را خوب بلد بودند و هر بار همان مسیر را طی می‌کردند، چنگ می‌زدند به ریشه‌هایم و در قلبم دفن می‌شدند. حالم دست خودم نبود، با خودم حرف می‌زدم.

- سپهر ولم کن، می‌خوام گریه کنم. حرف‌های قشنگ هم نزن. مگه نمی‌بینی بابام چطور آدمیه؟ ببین کسی جرأت نداره حرفی بزنه. همیشه همین بوده. از وقتی یادم میاد عوض نشده. همیشه دعوا و داد و هوار...

سپهر! میگم دست از سرم بردار. لامپ رو هم نمی‌خوام روشن کنم، می‌خوام تو

تاریکی باشم.

مادر با صدای بغض کرده گفت:

- بچه‌م رو نابود کردی، تو رو مقصر تمام اتفاقات می‌دونم.

۲۲۰

پدر عصبانی شده بود، بر عکس چهره‌ی آرام و انتقادپذیر و مظلومی که در محیط کاری‌اش داشت، هیچ وقت جنبه‌ی انتقاد نداشت.

تنگ آب را برداشت و محکم به زمین زد و با فریاد گفت:

- خفه می‌شی یا خونه رو آتیش بزنم.

در خندق تنها و تاریکم بودم. تمام هدفم آرام کردن خودم بود. سپهر کنارم ایستاده بود و نوازشم می‌کرد، اشک‌هایم را پاک می‌کرد و به تمام درد دل‌هایم گوش می‌داد. در خلوت خودم بودم، گریه می‌کردم و با خودم حرف می‌زدم. هرچه با خودم حرف می‌زدم آرام نمی‌شدم. سر درد بدی گرفته بودم، قرآن آوردم و روی سرم گذاشتم تا شاید سر دردم آرام گیرد. به معجزه کردن قرآن ایمان داشتم. چشم‌هایم را بسته بودم. آرام آرام اشک می‌ریختم، سکوت کرده بودم.

در خلوتم بودم و در باتلاقم دست و پا می‌زدم که در با شدت زیادی باز شد. پدر بود، لامپ را روشن کرد.

- با کی حرف می‌زدی پست فطرت؟ کی رو آوردی تو اتاقت؟

ترسیده بودم. از تهمتی که پدر به من زد، آزرده شدم. آخر در آن موقع شب چه کسی می‌توانست در اتاقم باشد؟ نمی‌توانستم حرفی بزنم.

شوکه شده بودم. مادر به سرعت پشت پدر ظاهر شد، انگار او هم باور کرده بود که کسی در اتاقم هست.

- بابا کسی تو اتاق نیست. داشتم دعا می‌کردم این دعواهای همیشگی تموم شه. دارم روانی می‌شم. تو هفته حداقل چهار شب دعوا راه می‌ندازی.

پدر فریاد زد:

- خفه شو. داریوش نیستم اگه الان پیداش نکنم. اون وقت هر دو تاتون رو تیکه تیکه می‌کنم.

مادر تحت تاثیر حرف‌های پدر قرار گرفته بود و تصور می‌کرد کسی در اتاق هست.

- مهدیه با کی حرف می‌زدی؟ کی پیشت بود؟ خجالت نمی‌کشی؟

گریه می‌کردم و با التماس و خواهش از هر دو می‌خواستم باور کنند که کسی در اتاق نیست. تحمل این تهمت برایم سخت و غیر ممکن بود.

پدر بداخلاق و شکاک بود و این خصلت پای ثابت شخصیتش بود. او مطمئن بود کسی در اتاقم هست و مخفی‌اش کردم. آقای دکتر

حرف‌های دختر ۱۵ ساله‌اش را که با التماس و گریه از او تمنا می‌کند حرف‌هایش را گوش کند، باور نکرد.

به سمت تخت‌خوابم رفت، نمی‌دانستم چه می‌خواهد. خم شد و زیر تخت را نگاهی انداخت. وقتی این حرکت را کرد، معنی‌اش را فهمیدم.

- فکر کردی من یکی رو زیر تخت قایم کردم؟ بابا چرا نگام نمی‌کنی؟ به کی قسم بخورم کسی تو اتاق نیست، داشتم با صدای بلند دعا می‌کردم.

پدر! نه همان آقای دکتر، گوش شنوایی نداشت. کمد را باز کرد و آن جا را هم گشت. هیچ جایی نمانده بود که ببیند، کم مانده بود کیفم را باز کند و آن جا را هم بگردد. نزدیکم آمد، از او ترسیدم، قرآنی که در دستم بود را سر جایش گذاشتم و به دیوار تکیه زدم. نفس‌هایش به پوست صورتم می‌خورد، حرارت زبانه‌های خشمش به صورتم سیلی می‌زد. دو دستش را در دو طرف سرم گذاشت. با دست راستش چنان به دیوار مشت محکمی زد که صدایش دلم را لرزاند. اخم کرده بود. از اخم‌هایش می‌ترسیدم. چشم‌هایش سیاه و شیطانی شده بود.

- ازت یه سؤال پرسیدم، کجاست؟

نفس تنگی گرفته بودم. آن قدر اشک ریخته بودم که پدر را واضح نمی‌دیدم. لبانم می‌لرزید.

- به خدا کسی نیست، مگه اتاق رو نگشتی؟

نمی‌توانستم بیش تر از این حرف بزنم. کلمات در ذهنم تمام شده بودند، جملاتم به مرگ ناگهانی مبتلا شده بودند، زبانم بلاتکلیف مانده بود، ورم کرده بود و نای ادا کردن نداشت. آخر چه می‌گفتم، وقتی هیچ حرفی برای گفتن نداشتم! گیریم حرفی برای گفتن داشتم، وقتی پدر! نه همان آقای دکتر خودمان، گوشی برای شنیدن حرف‌هایم نداشت و حرف‌هایم را باور نمی‌کرد، چه طور میان دالان های ذهنم سراغ جملات قانع کننده بگردم؟ مگر چه کرده بودم که باید جواب می‌دادم؟ برای کار نکرده چه بگویم!

پدر دور شد و به سمت میز تحریرم رفت. کیفم روی میز بود تمام وسایلش را خالی کرد، تمام جیب‌هایش را گشت. نمی‌فهمیدم دنبال چه می‌گشت؟ از کیفم نا امید شد. سراغ قفسه‌ی کتاب‌هایم رفت. لای کتاب‌ها را می‌دید، ورق می‌زد و روی زمین پرت می‌کرد و حرف‌های تلخی می‌زد.

- دختره‌ی سبک، این همه خرج واست کردم، این همه کتاب خریدم به امید این که دبیرستان تیزهوشان قبول شی. دیدی تو هم مث برادر عوضیت، قبول نشدی. دیدی توأم پولمو حروم کردی. تف به روی هر دوتاتون. حیف اون برنامه ریزی، حیف اون همه کلاس خصوصی و تقویتی. آخرش چه دسته گلی به آب دادی؟ قبول نشدی. هرچی با خودم کنار اومدم که هیچی به روت نیارم، با خودم گفتم شاید کشش نداشته که قبول نشده، شاید نتونسته. بزار خودمو به نفهمی بزنم و فکر کنی واسم مهم نیست که قبول نشدی. آخه احمق! من بیش‌تر واست خرج کردم یا دکتر فرجی که الان دخترش توی دبیرستان تیزهوشان هست و چند سال دیگه بهترین رتبه رو توی دانشگاه میاره؟ اما دختر احمق من چی؟ رفته رشته‌ی فنی و حرفه ای، داره گرافیک می‌خونه. نخواستم باهات دعوا کنم، گفتم شاید خنگ باشی و بهتره باهات بحث نکنم که بری یه رشته خوب بخونی. گذاشتم هر چی خودت می‌خوای بخونی. از همه چی گذشتم، رفتی گرافیک و حالا فکر می‌کنی هنرمندی که هر غلطی دلت می‌خواد می‌کنی؟

حرف‌های پدر قلبم را شکست. داشتم دیوانه می‌شدم. پدر فریاد می‌زد:

- موبایلی که مخفی کردی رو بهم بده. فکر کردی من خرم؟ میای تو اتاق لامپ رو خاموش می‌کنی و هر غلطی که می‌خوای می‌کنی؟ گفتم موبایلت رو بده.

مادر به نفس نفس زدن افتاده بود. او هم باور کرده بود که موبایل دارم و از آن‌ها مخفی کردم و در این وقت شب، با این همه دعوا و سر و صدا با دوست پسرم صحبت می‌کنم. فشار عصبی زیادی روی من بود. پدر در گوشم فریاد می‌زد و با هر فریادش گوشت تنم می‌ریخت و ته دلم خالی می‌شد.

مادر مشغول گشتن کمد لباس‌هایم شد. از دیدن این همه فریاد، این اتاق دایره‌وار که شبیه باتلاق شده بود و هر چه بیش‌تر تلاش می‌کردم بیش‌تر دور خودم می‌چرخیدم، بیزار بودم. فریادهای پدر و مادر بر سرم خراب شده بودند، چشمانم را بستم و تصور کردم صدای حیوانات جهنمی است که زجرم می‌دهد، صدای جیغ می‌شنیدم، صدای فریاد...

هیچ ماده‌ای و هیچ دوستی نمی‌تواند مرا از این سیاه چال‌های عمیق و از گودال‌هایی که هر بار با وحشت از آن‌ها عبور کردم و از شدت ترس ناخن‌هایم را بر روی صورتم کشیدم و سرما را تا عمیق ترین قسمت‌های وجودم که خودم هم از وجودشان بی‌خبرم، برهاند. ناخن‌هایم را محکم‌تر بر روی صورتم می‌کشیدم تا خون از سرچشمه‌ای

که با ناخن‌هایم ایجاد کرده‌ام، شعله بگیرد و رودخانه‌ای از خون شروع به جوشیدن کند و سرشار شود از خون وجودم و گرما بخش این روح ترسان و کالبد یخ زده‌ام شود.

هنگام عبور از این گودال‌های تاریک و نمناک، همه‌ی حواسم به صدای ضجه‌هایی است که از دوردست‌ها به گوشم می‌رسد. این صداها آن‌قدر سوزناک هستند که می‌خواستم با همه‌ی تیرگی‌هایم به سمت‌شان پر بکشم و آغوش زجر دیده‌ام را مثل مادری پر عطش و سرشار از خوشبختی به روی‌شان باز کنم و آرامش شان دهم. چشمان هراسان و گیجم را به اطرافم قرض می‌دادم و تمام ماهیچه‌ها و مویرگ‌ها را به کار بستم تا بیش‌تر ببینند، بلکه به راز این صداهای سوزناک پی ببرم. تمام گودال‌ها و سیاه چاله‌ها را با همه‌ی حیوانات جهنمی‌اش، بارها طی کرده‌ام و مثل پرگار دور خودم چرخیدم و به نقطه‌ی آغاز یا پایان مبهمم بازگشتم! اما نشانی صداها را نیافتم، صداهایی که خنجرهایشان گوش‌هایم را از شنیدن شان می ترساند.

گیج شده بودم، دستان یخ زده‌ام را بر روی صورت یخی مسخ شده از گرمای خونینم می‌کشیدم و هر بار گیج‌تر می‌شدم.

مادر به سمتم آمد. دو دستی به قفسه‌ی سینه‌ام زد.

- بگو کجا گذاشتیش؟

- مامان چی رو بدم؟ من موبایل ندارم. هیچی ازتون مخفی
نمی‌کنم. اون قدر دعوا و مشکلات داریم که حوصله‌ی این
چیزا رو ندارم. مامان دلت خوشه ها.

پدر وقتی می‌دید جواب می‌دهم، عصبانی شد و به سمتم حمله کرد و
مرا زیر مشت و لگد گرفت.

- واسه من زبون درازی می‌کنی؟ همین مونده تو بگی هر شب
دعوا داریم. خونه‌ی خودمه، هر کاری بخوام می‌کنم تو هم حق
مخالفت کردن نداری.

مچاله شده بودم و گریه می‌کردم. شبیه کرمی شده بودم که در پیله‌ی
تنهایی‌اش مچاله شده و دور خودش حصار می‌کشد، او پروانه می‌شود
و من در پیله‌ی تنهایی‌ام خشک می‌شوم. نمی‌دانم چرا تنهایی تا این
حد زجرم می‌دهد...

نمی‌دانم چگونه از دردهای زندگی سخن به میان آورم! گاه این دردها
آن قدر عمیق می‌شوند که تا دورترین نقاط قلب و روح رسوخ می‌کنند.
آیا راهی برای رهایی از این دردها وجود دارد؟ چگونه می‌توان خود را
به درد کشیدن عادت داد؟ این دردهای دیرینه قلب را می‌شکافند و

زهر غم به سان آبشاری خون آلود از چشم ها جاری می‌شود و سیلاب عظیمی بر روی گونه‌ها جاری می‌کند که گل و لای این باریدن‌ها، جوش های عصبی است که از چشمان آبستن شده از اشک زاییده شده است و تابلویی غم انگیز از سیلی‌های بی رحم دلی پردرد می‌شود.

و اما قلب، این طفلک بی پناه، تمامی مصیبت‌ها را به تنهایی به دوش می‌کشد، خود خوری می‌کند، ذره ذره آب می شود تا روزی که شاید دیگر نکوبد. قلبم درد می‌کرد. توهین‌های پدر تمامی نداشت. با عصبانیت کتاب‌هایم را پاره می‌کرد و تمام نقاشی‌هایم را که تنها دلخوشی‌های من در زندگی‌ام بودند، پاره می‌کرد و با پاره کردن هر ورق، خنجری به قلبم فرو می‌کرد. صدا در گلویم خاموش شده بود. احساس خفگی می‌کردم. نمی‌توانستم از خودم به خاطر کاری که نکرده‌ام، دفاع کنم.

دو دستم را میان موهایم گذاشتم و شروع به کشیدن موهایم کردم. مشت مشت از موهایم می‌کندم. پدر وحشت کرده بود. مادر به سمتم آمد و دست‌هایم را گرفت، او را پرت کردم. از روی زمین بلند شد و دست‌هایم را گرفت. دوباره او را به عقب هل دادم و دستش را پرت کردم. حرکاتم دست خودم نبود. دیوانه شده بودم. چنگ روی صورتم می‌انداختم و موهایم را می‌کشیدم. مادر گریه می‌کرد، التماس می‌کرد

آرام باشم. از جایم بلند شدم، با سیلی به صورت خودم می‌زدم، به پدر خیره شدم و گفتم:

- می‌خوای دبیرستان تیزهوشان قبول شم؟ از خودت نمی‌پرسی چه طوری؟ تو مث آدم با ما رفتار می‌کنی که ما دلمون خوش باشه و درس بخونیم؟ مهدی رو بیچاره کردی، حالا نوبت منه؟ ازت متنفرم که بی دلیل همه‌ی ما رو نابود کردی. با بچه‌های مردم هم مث من رفتار می‌کنی؟ به جرم نکرده تهمت می‌زنی که تو پسر اووردی تو اتاقت؟ اونو پیدا نکردی و حالا گیر میدی موبایل ازم می‌خوای؟ مگه من دلم خوشه که برم سراغ این کارا؟ تنها آرزوی من یه هفته زندگی با آرامشه. می‌خوای کتاب پاره کنی؟ بیا با هم پاره کنیم.

شروع به پاره کردن بقیه کتاب‌هایم کردم. مادر دستم را می‌گرفت و التماس می‌کرد آرام باشم. پدر هیچ حرفی نمی‌زد. صورتم خونی شده بود. موهایی که در آورده بودم روی زمین افتاده بود. به کتاب‌هایم نگاه می کردم و زجر می‌کشیدم. روی زمین نشستم و گریه کردم.

- چرا باور نمی‌کنید کسی تو اتاقم نبود. موبایل ندارم که بهتون بدم. من بدبخت هیچ کار بدی نکردم. چرا باورم نمی‌کنید؟

مادر روی زمین نشست. با گریه التماس می‌کرد آرام باشم و گریه نکنم. بغلم کرد و در آغوشش گریه می‌کردم. پشت سر هم تکرار می‌کردم:

- چرا تهمت می‌زنید؟ من کار بدی نکردم. من دختر بدی نیستم.

مادر مرا می‌بوسید و عذر خواهی می‌کرد.

- مهدیه دخترم ببخش بهت فشار آوردیم. بهمون حق بده، ما پدر و مادریم، یه لحظه نگران شدیم.

- بهتون حق بدم؟ به این می‌گن دلشوره‌های پدر و مادر؟ شما با این کارتون منو زجر دادین. مگه منو نمی‌شناسین؟ تا حالا خطایی از من دیدین؟ مث همه‌ی دوستام موهام رو بیرون انداختم؟ آرایش کردم؟ لباس بد پوشیدم؟ من که کار بدی نکردم.

- می‌دونم دخترم، ببخشید.

پدر با من غریبه بود و من از او دور بودم، آقای دکتر برایم آشناتر بود. آقای دکتر بدون هیچ حرفی از اتاق بیرون رفت، حتی عذر خواهی نکرد. همین که می‌خواست از اتاق خارج شود، گفت:

- من با این حرکات و ادا درآوردن‌ها خر نمی‌شم؟ آخرش حقیقت رو می‌فهمم.

به پدر نگاهی انداختم. اشک بی اختیار سرازیر می‌شد. تصورم اشتباه بود. پدر از چنگ و سیلی زدن‌های من وحشت نکرده بود، بلکه به حالت مسخره به من نگاه می‌کرده و تصور می‌کرده من نقش بازی می‌کنم که او چیزی از موضوع نفهمد. مادر چشم‌هایم را می‌بوسید و التماس می‌کرد گریه نکنم. با صدای بلند طوری که پدر بشنود فریاد زدم:

- ازت متنفرم آقای دکتر. در حق من پدری نکردی، واسه بچه‌های مردم پدر بودی، واسه ما فرشته‌ی عذاب. ازت متنفرم که هیچ وقت بچه‌هات رو باور نکردی و واست مهم نبود داری با بچه هات چیکار می‌کنی!

مادر مدتی کنارم نشست و از اتاق بیرون نرفت. هر لحظه مرا می‌بوسید. بتادین آورد و روی زخم‌های صورتم زد. کمی سوزش داشتند، اما قابل تحمل بودند. اصلا دوست نداشتم به آینه نگاه کنم. چهره و زیبایی‌ام برایم بی اهمیت بود. روی تخت دراز کشیدم و به مادر گفتم:

- مامان تو که کمد لباس‌هام رو گشتی، یک بار دیگه زیر تخت رو ببین، مطمئن شو کسی زیر تخت نباشه.

اشک در چشمان مادر حلقه بست. هیچ حرفی نزد.

- مامان می‌خوام بخوابم، لطفا برو بیرون. لامپ رو هم خاموش کن.

- دخترم تو که از تاریکی می‌ترسی، بزار شب‌خواب رو روشن کنم.

- نمی‌خواد، روشن نکن! ترس مال وقتایی هست که غصه‌دار نباشم. الان دلم خونه، تاریکی تنها چیزیه که آرومم می‌کنه. به تاریکی عادت کردم. خاموش کن. شب بخیر.

نمی‌دانستم خواب بودم یا بیدار!

انگار مرز باریکی بین خواب و بیداری بود که به هیچ شکلی نمی‌شد آن مرز را برهم زد و خود را در دنیای خواب یا بیداری دید. وحشت کرده بودم، همه جا را سیاهی فرا گرفته بود و دامن نکبت بارش بر همه جا گسترده شده بود.

می‌دویدم به طرف سیاهی‌ها و هنوز هم نمی‌دانم از چه فرار می‌کردم که به سمت سیاهی‌ها روان شده بودم. آن قدر ترس داشتم که از صدای نفس‌هایم می‌هراسیدم، اگر دست خودم بود، نفس‌هایم را هنگام تولد

در گلویم خفه می‌کردم تا این حد نهراسم از هر آن چه که در وجودم جاری شده بود. شاید آن قدر بد بودم که جز سیاهی هیچ پناهی نداشتم. از ترس سیاهی‌ها پناه می‌بردم به تاریکی‌هایی که اندازه‌شان از شمار انگشتانم بیش‌تر بود، نمی‌توانستم با انگشتان مرده‌ام، اندازه‌ی این زنده‌ی وحشی را بشمارم.

چشمانم را بسته بودم. سعی می‌کردم خودم را گول بزنم و بخوابم. آن قدر غصه داشتم که نمی‌توانستم خودم را به خواب بزنم. سپهرم را صدا زدم و با صدای آرام با او درد دل کردم.

صبح که بیدار شدم، یادم نمی‌آمد دیشب چه وقت خوابم گرفته بود. چشمان پر دردم را باز کردم. منتظر ماندم پدر خانه را ترک کند و بعد از رفتنش، از اتاق بیرون بروم. اصلا دوست نداشتم او را ببینم.

پدر که رفت، از اتاق بیرون رفتم. مادر داشت آماده می‌شد که برود. به او سلام کردم. حوصله‌ی شنیدن حرف‌هایش را نداشتم. به سمت دستشویی رفتم، هنگامی که خودم را در آینه دیدم، دلم برای مهدیه‌ای که در آینه دیدم، سوخت. دستی بر روی آینه کشیدم و نوازشش کردم، طفلک خیلی بی گناه و دل شکسته بود.

صدای مادر از پشت در دستشویی شنیده می شد.

-   مهدیه مامان فدات، دارم میرم سرکلاس. سعی می‌کنم زود
    برگردم. واسه صورتت پماد میارم. امروز نرو دبیرستان. چند
    روز واست اجازه می‌گیرم، می‌گم میخواییم بریم مسافرت. تا
    صورتت خوب نشده از خونه بیرون نرو. زشته، خوبیت نداره
    مردم تورو اینجور ببینن.

صورتم را شستم، کمی می‌سوخت. بیرون آمدم. به صورت مادر نگاهی
انداختم و با آه گفتم:

-   تمام عمر واسه حرفای مردم زندگی کردیم. لعنت به این مردم
    که اونا از زندگی خودمون مهم‌تر هستن.

مادر هیچ نگفت و از خانه بیرون رفت. صبحانه را آماده کرده بود. آن
قدر تنها بودم که آرزو می‌کردم، مادر منصرف شود و به خانه برگردد،
اما مادر هم رفت و در خانه تنها شدم. روی صندلی نشستم و شروع به
خوردن صبحانه کردم. صندلی کناری‌ام را برای سپهر عقب کشیدم تا
او هم کنارم بنشیند و صبحانه بخورد. با وجود سپهر، احساس تنهایی
نمی‌کردم.

بعد از خوردن صبحانه، تلویزیون را روشن کردم و مشغول دیدن برنامه
شدم. حوصله‌ی هیچ کاری را نداشتم. کانال‌ها را عوض می‌کردم تا

سرگرم شوم. ساعت یک ظهر شد. صدای در به گوشم آمد. مادر آمد. سلام کردم، از جایم تکان نخوردم. لباس‌هایش را عوض کرد و بدون این که حرفی با من بزند، به آشپزخانه رفت و مشغول آماده کردن ناهار شد.

به اتاقم رفتم و سعی کردم چشمانم را ببندم و بخوابم. صدای مادر به گوشم آمد. به پادگان زنگ زده بود و با مهدی صحبت می‌کرد. تمام ماجرا را برایش تعریف کرد...

بخش دوم

ماه‌ها از رفتن مهدی به سربازی گذشته بود و خبری از آمدنش نبود. روزهای نالان و سرشار از پوچی من، آرام آرام و لاک پشت وار سپری می‌شدند تا درد بیش‌تری احساس کنم.

رفتار و حرکات پدر برایم غیر قابل تحمل شده بود. دائما مرا زیر نظر می‌گرفت، تمام مدت احساس می‌کرد ریگی به کفش دارم. وقتی با مادر تنها می‌شد او را سؤال پیچ می‌کرد و با تحت فشار گذاشتنش، او را اذیت می‌کرد. شاید تصور می‌کرد با روش کنترل تحت فشار، می‌تواند افسار اوضاع نا به سامان خانه، این وحشی طغیان‌گر را در دست بگیرد. منتظر شنیدن کوچک‌ترین حرفی از جانب مادر بود که جنجال به پا کند.

هر روز با امید گرفتن مچ من، به خانه می‌آمد و من... هیچ ریگی به کفش نداشتم و پدر وقت خودش را با ایستادن بالای قبر بدون مرده تلف می‌کرد. سنگینی سنگدلی پدر، قلبم را شکسته و دلم را ویران کرده بود.

مادر، مهدی را از تمام اتفاقاتی که در خانه می‌افتاد، خبردار می‌کرد. او هم فهمیده بود که در نبودنش، حضور من جای خالی‌اش را برای پدر پر کرده است و پدر با وجود من، هم چنان بداخلاقی می‌کند و هیچ کدام از اخلاق و عادات زشتش را ترک نکرده است.

با وجود تمام مشکلات و بدرفتاری‌های پدر با من، هم چنان ذهن مادر درگیر شیما بود. هر روز به او فکر می‌کرد و نمی توانست لحظه‌ای از فکرش بیرون بیایید. زمان زیادی از برملا شدن راز شیما گذشته بود و مادر این راز را در سینه‌ی خود نگه داشته بود تا این که مهر سکوت از لب برداشت و موضوع شیما را از مهدی پرسید.

- مهدی، کسی به اسم شیما می‌شناسی؟

مهدی مکث کرد، و از سؤال مادر شوکه شد.

- شیما کیه؟

- خودت رو به اون راه نزن. همه چی رو می‌دونم. عکسش رو هم دیدم.

- خوب به من چه؟ شیما کی هست که از عکسش واسه من تعریف می‌کنی؟

شیما همون کسی هست که تو به خاطرش رفتی سربازی. همون کسی که تمام دوستات ازش خبر دارن جز خانواده‌ت.

- نمی‌دونم از چی صحبت می‌کنی!

- پسرم واقعیت رو به من بگو، من مادرتم. همه‌ی دوستات از موضوع خبر دار هستن جز خانواده‌ت. نگران اینم بابات از دهن کسی حرفی بشنوه و قیامت به پا کنه.

- مگه من چی کار کردم که بخواد قیامت به پا کنه؟ اون همیشه دنیا رو سرمون خراب کرده، قیامت که چیزی نیست.

- پسرم با من صادق باش و حقیقت رو بگو. تو که می‌دونی چه قدر دوست دارم، کاری نمی‌کنم که دلت بشکنه.

- تو از کجا جریان رو فهمیدی؟

- مهم نیست از کجا فهمیدم، مهم اینه می‌خوام کمکت کنم تا اشتباه نکنی.

- منظورت اینه شیما دختر بدیه؟ کی جریان رو واست گفته؟ شیما لنگه نداره، اون بی شرف کی بوده که پشت سرش بدگویی کرده؟ فقط اسمش رو بگو، خودم می‌دونم چی کارش کنم؟

- کسی حرفی پشت سرش نزده.

- پس از کجا فهمیدی؟ حامد گفته؟

- نه اصلا. حامد کاری که تو رو ناراحت کنه انجام نمی‌ده. اصرار نکن کی بهم گفته، مهم اینه که تو واقعیت رو بهم بگی.

- تا نگی کی موضوع رو بهت گفته، حرفی واسه گفتن ندارم.

- چرا این قدر اصرار داری؟ دونستن این موضوع چه سودی به حالت داره؟ می‌خوای چی کار کنی؟

- نمی‌خوام کاری کنم، فقط می‌خوام بدونم از کجا فهمیدی؟

- مهدیه بهم گفته. حالا راحت شدی؟

- مهدیه؟

- آره.

- اون از کجا فهمیده؟ کی بهش گفته؟ حامد؟

- تو چرا به حامد گیر دادی؟ اون طفلک تو رو بیش‌تر از خودش دوست داره، تو رو برادر خودش می‌دونه.

- پس مهدیه از کجا فهمیده؟ بهش الهام که نشده! بالاخره از یه جایی فهمیده.

- نه کسی بهش نگفته، خودش فهمیده.

- مامان گیجم نکن. مهدیه از کجا فهمیده؟ چه جوری فهمیده؟

- داشته تو اتاقت درس می‌خونده، عکس شیما رو لای یه کتاب دیده.

منظورت اینه مهدیه داشته اتاق منو تفتیش می‌کرده؟ سراغ چی می‌گشته؟ به چه حقی به وسایل من دست زده؟ این دختر یاد نگرفته نباید تو وسایل شخصی دیگران فضولی کنه؟

- بیچاره داشته درس می‌خونده، از وقتی رفتی تنها شده.

- بیخود کرده، حق نداشته تو وسایل من سرک بکشه. لابد عکس شیما رو دیده، بدو بدو اومده به تو نشون داده.

- نه بابا، مارمولک بعد از چند وقت که دفتر خاطراتت رو هم خونده بود، یواش یواش به من گفت.

- چی؟ دفتر خاطرات؟ خیلی غلط کرده اونو خونده. به چه حقی به خودش اجازه داده تو مسائل خصوصی من دخالت کنه؟ به اون دختر بی شعورت بگو این کارت رو هرگز فراموش نمی‌کنم.

- مهدی آروم باش. حق نداری به خواهرت توهین کنی. آخرین بارت باشه بهش بی احترامی می‌کنی.

- مامان دست بردار، به من درس اخلاق نده، گوش من به شنیدن بدتر از اینا عادت داره، حالا یکبار شنیده‌هام رو گفتم، این همه از بابا شنیدم، یک بار هم من تکرار کنم و به کسی بگم.

- مهدیه هر کسی نیست، خواهر کوچیکته. دیگه تکرار نمی‌کنم، آخرین بارت میشه، دیگه حق نداری تکرار کنی.

- باشه بابا، ولمون کن. انگار دلت خوشه؟ درس اخلاق میدی؟

- خیلی بی ادب شدی. عادت نداشتی روی حرف من حرف بزنی، حالا داری باهام یکی به دو می‌کنی! فقط مسئله این نیست. بابات هم جریان رو میدونه و به شدت عصبانیه. می‌گه دختر مناسبی نیست.

- یعنی چی مامان؟ مگه شما اونو دیدین؟ باهاش صحبت کردین؟ اصلا می‌دونید چه طور دختریه؟ خانواده‌ش کی هستن؟ همین جوری الکی میگی ازش خوشش نمیاد؟ آخه به چه جرمی؟

- بابات رو که می‌شناسی، حرف حرف خودشه. محاله با ازدواج تو با شیما موافقت کنه. البته اگه قصدت ازدواج باشه.

- منظورت چیه؟

- می‌گم شاید تفریحی با شیما هستی و قصد ازدواج نداری.

- مامان متوجه هستی چی میگی؟ من خواهر و مادر دارم، می‌فهمم ناموس یعنی چی. من عاشق شیما هستم و به خاطرش اومدم سربازی، ایشالا بعد از سربازی کار پیدا می‌کنم و باهاش ازدواج می‌کنم.

- چی؟ ازدواج؟ میگم بابات مخالفه، اون وقت تو به فکر ازدواجی؟

- مگه شیما رو دیده که ساز مخالف می‌زنه؟

- ندیده، ولی معتقده دختری که تو خیابون عاشق کسی بشه به درد همون خیابون می‌خوره.

- مامان شیما دختر نجیب و خانمی هست. من عاشقش شدم و حاضرم واسش جون بدم.

- خوش به حال شیما با این پسری که من تحویلش دادم. تو واسه دختر مردم جون میدی، اما حرف بابات رو ندید می‌گیری؟

- مامان دست بردار، حاضرم بمیرم کسی به شیما توهین نکنه.

- یعنی این قدر دوستش داری؟

- مامان الان تلفن قطع می‌شه، ایشالا میام مرخصی و خودم بابا رو راضی می‌کنم.

- چی؟ اون مخالفه. خواهش می‌کنم شر درست نکن! حوصله‌ی دعوا و بدبختی ندارم.

- مامان حرف خنده دار نزن، ما خیلی وقته به این اتفاقات عادت کردیم. باشه مامان، حالا تا اون موقع. مواظب خودت باش، خودت رو زیاد ناراحت نکن و سعی کن نسبت به بابا و حرفاش خونسرد و بی تفاوت باشی.

- به حرف آسونه، ولی تحمل کردنش سخته.

- مواظب خودت باش مامان. خداحافظ.

به گمانم مهدی از پاسخ دادن به سؤال مادر فرار کرد، دوست داشتن شیما! مهدی خجالتی و سنگین بود و حیا و نجابتش باعث شد جواب سؤال مادر را ندهد.

متأسفانه مهدی به شدت از من ناراحت شده بود...

بخش سوم

روزهای پایانی سال اول دبیرستان را سپری می‌کردم. بی میل و بی ذوق نسبت به آینده زندگی می‌کردم. بر عکس کودکی‌هایم، هیچ علاقه‌ای به درس خواندن نداشتم و از روی ترس درس می‌خواندم، ترس از پدر...

روزهای پوچ و لحظات بلاتکلیف می‌آمدند و می‌رفتند، بی آن که حاصلی داشته باشند. تنهایی‌هایم وسعت یافته بودند. شب‌ها دیر به خواب می‌رفتم و صبح به سختی از خواب بیدار می‌شدم. سر کلاس درس، حوصله‌ی گوش کردن به حرف‌های معلم را نداشتم و بیش تر اوقات چرت می‌زدم. تذکرهای پیاپی معلمان و ضربه‌هایی که به تخته می‌زدند، تأثیری در چرت زدن من نداشت...

بر عکس همه‌ی هم کلاس‌هایم بودم، آن ها به فکر کنکور بودند، درس‌هایشان را با امید و انگیزه‌ی قبولی در کنکور می‌خواندند، در کلاس‌ها و آزمون‌های آزمایشی کنکوری شرکت می‌کردند و طبق برنامه پیش می‌رفتند.

حداقل هفته‌ای سه بار، سپهر با من به دبیرستان می‌آمد. کنار میز معلم می‌ایستاد یا روی صندلی معلم می‌نشست و به من لبخند می‌زد. با وجود سپهر، احساس خوبی داشتم. بعد از دبیرستان با هم به خانه بر می‌گشتیم. کنار من روی صندلی سرویس می‌نشست و سرش را روی شانه‌هایم می‌گذاشت و چشمانش را می‌بست. سکوت شیرینش دلم را شاد می‌کرد که حداقل او را دارم و از تنهایی نمی‌ترسم. همه جا با من بود و تنهایم نمی‌گذاشت.

آن روز از دبیرستان به خانه برگشتم. خوشبختانه کلیدم را فراموش نکرده بودم، قفل در را باز کردم و وارد حیاط شدم. در ذهنم تصور می کردم از میان تعداد زیادی اشخاص غریبه که به من خیره شده‌اند رد می شوم، سعی می‌کردم با کلاس و پرستیژ راه بروم، لبخند مونالیزا را به لب داشتم، لبخندی گنگ و سپهر روی پله‌ها با لبخند خواستنی همیشگی‌اش منتظر من بود.

به پله‌ها که رسیدم متوجه یک جفت پوتین شدم. دلم لرزید، مهدی آمده بود. به سرعت از پله‌ها بالا رفتم. کیفم را پشت در گذاشتم و پاهایم را از قفس کفش‌هایم رها کردم تا درست و حسابی نفس بکشند.

- مامان، مامان کجایی؟

- چی شده؟ آشپز خونه ام.

- سلام. مهدی اومده؟

- سلام. صبح رسیده. تو اتاقشه.

قلبم تند می‌زد و از آمدن مهدی لبریز شادی شده بود. روی ابرها قدم برمی‌داشتم و از دنیای آدم‌ها فاصله گرفته بودم. اشک شوق در چشمانم حلقه زده بود. به طرف اتاقش دویدم. در اتاق بسته بود. آن قدر خوشحال بودم که فراموش کردم در بزنم. وارد اتاق شدم، می‌دانستم که حرکت زشت و بی ادبانه‌ای کرده بودم... مهدی روی تخت دراز کشیده بود.

- سلام داداش. کی اومدی؟

مهدی نگاهی به من انداخت. از جایش بلند شد و از تخت پایین آمد.

- سلام. صبح رسیدم.

به سمتش دویدم و محکم بغلش کردم. پشت سر هم صورتش را می بوسیدم، اما او بی تفاوت بود. مهدی همیشگی من نبود، آرام جانم نبود. مثل همیشه پیشانی‌ام را نبوسید و آغوش پر محبتش را از من دریغ کرد.

- خیلی دلم واست تنگ شده. چرا این قدر دیر اومدی؟

۲۴۸

- مرخصی نمی‌دادن.

- می‌دونی چند ماهه رفتی سربازی؟ الکی نگو، به خاطر بابا مرخصی نگرفتی.

چشمان مهدی پر از سکوت بود. سکوت سردی که سرمایش دلم را خشکاند. هیچ حرفی نزد. روی تخت دراز کشید و چشمانش را بست. این حرکت مهدی فقط یک معنی داشت: برو بیرون.

بغض گلویم را گرفت. خیلی ناراحت شدم. مهدی سرد بود و دور. به طرف آشپزخانه رفتم. مادر مشغول پختن قورمه سبزی بود، غذایی که مهدی عاشقش بود. نگاهی به آشپزخانه انداختم. هنوز لباس‌هایم را عوض نکرده بودم. دستانم را محکم به هم می‌مالیدم، خیلی ناراحت شده بودم و سعی می‌کردم خودم را آرام جلوه دهم.

- مامان مهدی چشه؟

- خسته نباشی.

- مرسی مامان، مهدی چرا ناراحته؟ یه جوریه.

- نه دخترم چیزیش نیست، به خاطر شیما و مخالفت بابات ناراحته. تو هم زیاد پیشش نرو. چیزی به روت نمیاره، اما خیلی ازت ناراحته، تو اتاقش نرو، بزار تو حال خودش باشه.

۲۴۹

- من؟ مگه چی کار کردم؟

- تو عکس شیما رو پیدا کردی، درسته؟

- آره.

- تو دفتر خاطرات رو به منم دادی. درسته؟

- آره.

- خب دیگه، کاملا واضحه ازت خیلی ناراحته. میگه مهدیه فضولی کرده و نباید به وسایل شخصی من دست می‌زده.

- من منظور بدی نداشتم. داشتم تو اتاقش درس می‌خوندم.

- می‌دونم، ولی مهدی باور نمی کنه داشتی درس می‌خوندی. دخترم حرف گوش کن. تو اتاقش نرو. اصلا دوست ندارم به هم بی احترامی کنید.

- من؟ هیچ وقت به مهدی بی احترامی نمی کنم. کاش می‌فهمید چه قدر دوستش دارم.

جمله‌ی آخر را با بغض گفتم. به سختی جلوی اشک ریختنم را گرفتم. دست‌هایم را شستم و در آینه نگاهی به خودم انداختم. دلم برای خودم می‌سوخت که مهدی را هم از دست دادم. حالا تنهای تنها شدم.

به اتاقم رفتم. لباس‌هایم را عوض کردم، خیلی گرسنه بودم، روی تخت دراز کشیدم و به اطرافم خیره شده بودم و ترس تنها شدن، تمام وجودم را تازیانه می زد. در دلم ورد می‌خواندم، دلم را خوش می کردم که شاید اثر کند: " مهدی از من فاصله نگیر، من فقط تو را دارم. " چشمانم سیاهی می‌رفت و حس ترس بدنم را لمس می‌کرد و مرا در خود می‌کشید و هر بار به سطحی ترسناک تر می‌کشاند، سقوط کردم به سطحی پایین‌تر...

ترسم بیش‌تر شده بود. به اطرافم خیره شدم. زیر پاهایم پله بود و اطرافم را دیوار احاطه کرده بود. دنبالم می‌کردند و از در و دیوار، از بالا و پایین بر سرم می‌ریختند. تنها راهی که داشتم، فرار کردن بود. به کدام سمت نمی‌دانم! فقط می‌رفتم، می‌دویدم و گریه می‌کردم. میان آن همه دویدن، آن همه دیوار، کوچه‌ی باریکی دیدم، که شعله‌ی نور کوچکی در آن دمیده شده بود. به امید آن نور، به سمتش حرکت کردم، دویدم و برای مدت کوتاهی هیچ موجودی مرا دنبال نکرد.

نفسم بالا نمی‌آمد. قلبم به سان کودک گریانی تب و تاب داشت و از حرکت نمی‌ایستاد و آرام نمی‌گرفت. دلم به حال خودم سوخت، چه قدر تنها و بی کس بودم. نمی‌دانستم باید به کجا پناهنده شوم. هرچه بیش‌تر می‌رفتم، نور از من دورتر می‌شد.

از فرط خستگی و نا امیدی پای دیواری نشستم و از ته قلب دعا کردم تا شاید رهایی یابم از این ورطه‌ی مهلک و نازیبا. هنگام دعا کردن، افسار وجودم را به قلب هراسانم سپردم و چشمانم را بستم و نبض قلبم را بر وجودم احاطه کردم تا دعا کند، این چشم بستن، مرا از دنیای شوم و تاریکم رهایی می‌بخشید. چشمان وجودم بسته بود و نمی‌دانم چه وقت چشمانم بر سرزمین رویاهایم پلک گشوده بود. به خواب رفته بودم، به یاد ندارم چه خوابی دیده بودم، وقتی بیدارشدم احساس خوبی داشتم، انگار که خواب شیرینی را بلعیده بودم. ساعت ۴:۳۰ عصر از خواب بیدار شدم. به آشپز خانه رفتم و برای خودم غذا کشیدم و مشغول خوردن شدم.

خانه سوت و کور بود. یواشکی پشت در اتاق مهدی ایستادم، تا شاید صدایی بشنوم، اما هیچ صدایی به گوشم نرسید. مادر مشغول مرتب کردن اتاقش بود.

- مامان مهدی خونه نیست؟

- نه رفته بیرون. غذا خوردی؟

- رفت شیما رو ببینه؟

- ساکت شو. جلوی بابات هم از این چرت و پرت ها نگی. شاید رفته پیش دوستاش.

- مهدی به خاطر اون تا کردستان رفته، به نظرت الان میره پیش دوستاش؟ یا میره شیما رو ببینه؟

- اصلا به تو چه؟ تو این موضوع دخالت نکن. همین مونده تو هم از این کارها بکنی.

- من؟ واسه کار نکرده کتک خوردم. خیالت راحت، از من بخاری بر نمیاد، نگران نشو.

- وای از دست بچه‌های من. شما دو تا چرا یکی به دو می‌کنید؟ برو تو اتاقت.

به اتاقم رفتم و روی تخت دراز کشیدم، به سقف اتاق خیره شدم. بعد از مدتی به سمت کیفم رفتم و کتاب‌هایم را بیرون آوردم. مشغول خواندن و نوشتن درس‌های آن روز شدم. بعد از انجام دادن آن‌ها، تخته شاسی‌ام را برداشتم و رو به روی پنجره نشستم و شروع به طراحی کردم. هر وقت قلم به دست می‌گرفتم، شمارش ثانیه‌ها و ساعت‌ها از دستم در می‌رفت و متوجه سپری شدن ساعت نمی‌شدم. دلم گرفته بود، منظره‌ی غروب خورشید را کشیدم و هر آن چه را که از پنجره

می‌دیدم، در سایه‌ای از غروب قلم می‌زدم. همه جای نقاشی‌ام سیاه بود، تاریک و روشن داشت، اما باز هم سیاهی موج می‌زد.

ساعت ۸ شب شده بود، پدر آمد. برای لحظات اول که مهدی را دیده بود، ذوق زده شده بود و احساس خوشحالی می‌کرد و از او، از پادگان و مقررات حاکم بر آن و دوستانش می‌پرسید. هر دو گرم صحبت بودند. پدر از خاطرات سربازی‌اش می‌گفت و سعی می‌کرد ثابت کند سربازی کردن آن‌ها سخت تر از سربازی کردن نسل جدید است.

به هر دو خیره شده بودم و حرفی برای گفتن نداشتم. مادر نزدیک مهدی نشسته بود و پدر روی مبل لم داده بود . کنترل به دست داشت و شبکه‌ها را بالا پایین می‌کرد.

خیلی ناراحت بودم، مهدی اصلا به من توجه نمی‌کرد و حتی کوچک‌ترین نگاهی به من نمی‌انداخت. عصبی شده بودم و از شدت ناراحتی، سیب درون بشقاب را بر می‌داشتم و با نفس عمیقی آن را بو می‌کردم و دوباره این کار را تکرار می‌کردم. بعد از مدتی سیب را پوست کندم، نصف آن را خوردم و بقیه‌اش را درون بشقاب گذاشتم. بشقاب را روی عسلی گذاشتم و به اتاقم رفتم. قبل از وارد شدن به اتاق، شب بخیر گفتم. باز هم مهدی نگاهش را از من دزدید.

چند روز به همین منوال گذشت. مهدی تا ظهر می‌خوابید، ناهار می خورد، عصر بیرون می‌رفت و قبل از شام به خانه برمی‌گشت. تا این که چهار روز بعد از آمدن مهدی، پدر با عصبانیت و خشمی فراوان به خانه آمد. با کسی حرفی نزد، به اتاقش رفت و برای شام نیامد. کنجکاو شدم که علت ناراحتی پدر را بفهمم. سفره چیده شد. مادر به اتاق رفت، اما پدر برای شام نمی‌آمد. هر سه نشستیم . مشغول خوردن شام شدیم. مادر گفت:

- نمی‌دونم چی شده که این قدر ناراحته و نمیاد شام بخوره.

مهدی لبخندی زد و گفت:

- این جوری می‌خواد اعتراضش رو نشون بده.

مادر گفت:

- منظورت چیه؟ تو از موضوع خبر داری؟

- آره مامان. من امروز رفتم دفترش و درباره‌ی شیما باهاش صحبت کردم. امیدوارم قبول کنه واسه یک بار هم که شده، بچه‌شو باور کنه.

چهره ی مادر گُر گرفت.

- تو به چه عقلی رفتی اون جا؟ نترسیدی جلو همه داد و هوار کنه و آبرومون رو ببره؟

- نترس مامان، اون جا بهترین مکان واسه صحبت کردن با باباست. امکان نداره حرکتی کنه که چهره‌شو جلو همکاراش، دوستاش و بیماراش خراب کنه. باور کن امروز اولین بار تو عمرم بود که سرم داد نزد. از این موضوع خیلی خوشحالم.

- امان از دست تو مهدی!

مادر میز شامش را رها کرد و به اتاق پدر رفت.

- داریوش نمیای شام بخوری؟

پدر نگاهی به مادر انداخت و جواب سؤالش را نداد. انگار مشغول مرتب کردن کاغذها و مدارکش بود. از این رفتار پدر متنفر بودم، بی اعتنایی می‌کرد و جواب نمی‌داد و اگر سؤالت را دوباره تکرار می‌کردی یا فریاد می‌زد، یا حرف نیش داری می‌زد که از سوزش حرفش قلبت درد بگیرد. او این بار هم اخم کرد و مادر از اتاق بیرون آمد و برای آمدنش التماس بیشتری نکرد و با ناراحتی به طرف میز آمد. عصبی شده بود. انگار پدر از این التماس کردن‌ها لذت می برد.

نمی‌دانم مادر او را دوست داشت یا از سر عادت و یا ترس به او توجه می‌کرد. هیچ وقت نفهمیدم، نفهمیدم آیا این دو عاشق هم هستند؟ اصلا علاقه‌ای وجود داشت؟ آیا پدری که از شعله‌های عشق برای همگان صحبت می‌کرد، خودش هم عاشق همسرش بود تا به او شخصیت بدهد و فرزندانش هم دارای شخصیت شوند و احساس امنیت کنند؟ آه پدر الهه‌ی شعار بود و فرشته‌ی عذاب.

- مهدی می‌بینی چی کار کردی؟ خدا آخر و عاقبت ما رو به خیر کنه.

مهدی هیچ پاسخی نداد. چند ماه از سربازی‌اش می‌گذشت، اخلاقش عوض شده بود، حس می‌کنم مرد شده بود و عاقل‌تر از گذشته. قبل از رفتنش به شدت تند مزاج بود، اما حالا فقط سکوت می‌کرد و نگاه‌هایش معنا دار بود. از تغییر رفتارش خوشحال بودم و کمی خیالم راحت شده که دیگر در خانه دعوا نخواهیم داشت.

چند روزی گذشت و پدر هم چنان از آمدن بر سر سفره امتناع می‌کرد. شام را در خلوت و ترس از اتفاقات ناگهانی می‌خوردیم. عصر روز ششم، پدر با عصبانیت به خانه آمد. حالش اصلا خوب نبود. خشم از پوست صورتش شعله می‌کشید و چشم‌هایش فواره‌های فریادهای خاموش

شده بود. بالاخره آتش فشان لبهایش دست از خاکستر نشینی برداشت و شروع به فریاد زدن کرد.

- کجایی زن؟ تو خبر داری این روزها مهدی سرگرم چه کاریه؟

پدر کیفش را روی میز غذاخوری گذاشت. دکمههای کتش را باز کرد. انگار احساس خفگی میکرد، ساعت گرانش را درآورد و روی میز گذاشت. با ظرافت با ساعتش برخورد میکرد و همیشه میگفت: کسی مثل من شیک پوش و گران پوش نیست. مثل برگ در باد، به این و آن طرف میرفت. دستهایش را روی صورت و موهایش ادامه میکشید، شاید خودش هم از حرارت خشمش میسوخت.

قلبم تکانی خورد. دستانم میلرزید. هنوز هیچ اتفاقی نیفتاده بود که من احساس ضعف میکردم و دلم پیچ میآورد. سردم شده بود. مادر هراسان به سمت پدر شتافت، طفلک نماز میخواند که با تأخیر آمد. چادرش هنوز بر سرش بود و تسبیح در دست، ذکر کنان به سمت پدر رفت. شاید او هم مثل من، زیر لب از خدا طلب کمک میکرد که امروز را به خیر کند.

- سلام عزیزم. خسته نباشی.

- بس کن زن، چرت و پرت نگو، عزیزم دیگه چه صیغه‌ای هست! تو می‌دونی پسر احمقت داره چی کار می‌کنه؟

- به خاطر موضوع شیما ناراحتی؟

- اسم اون دختر رو جلوی من نیار. یعنی تو نمی‌دونی می‌خواد مغازه بزنه؟

- چی؟ مغازه؟ اصلا حرفی به من نزده.

- خفه شو. بس کن. کم به خاطرش دروغ بگو. این قدر ازش دفاع نکن.

- می گم خبر ندارم. حرفی به من نزده. مهدیه به تو چیزی گفته؟

به دیوار تکیه زده بودم و سپهر دستم را گرفته بود. در گوشم نجوا می‌کرد: آرام باش. چیزی نیست، قرار نیست دعوا راه بیفتد. سپهر آن چه را که من می‌خواستم می‌گفت. سر درد گرفته بودم. منظره ی دلخراش وسایل شکسته مقابل چشمانم پرواز می‌کرد. وحشت کرده بودم که امشب هم دعوا داریم.

- نه بابا. به هیچ کدوم ما حرفی نزده. چی شده؟

- تو هم ازش دفاع کن! تو هم گندکاری‌هاشو جمع کن! گم شو از جلو چشمام!

به مادر نگاهی انداختم. نتوانستم از جایم تکان بخورم. انگار دیوار مرا در آغوش کشیده بود و اجازه نمی‌داد حرکت کنم. پدر فریاد زد:

- گفتم گم شو برو تو اتاقت! این جا نمون! نمی‌خوام ببینمت.

- چرا سر من داد می‌زنی؟ مگه من کار بدی کردم؟

- با من بحث نکن! تف به شانس من با این بچه‌های بی شعوری که دارم.

فریاد می‌زد و به سمتم می‌آمد. عصبانی بود، می‌خواست خشمش را روی کسی خالی کند. چانه‌ام را محکم در دستش گرفت و با تمام توان سرم را تکان داد، طوری که سرم به دیوار خورد. حرارت خشمش، پوست تنم را سوخت و دلم زبانه کشید.

- وقتی می‌گم گم شو، یعنی زود گمشو نه این که وایسی جلوم زبون درازی کنی.

ترسیده بودم. اشک از چشمانم سرازیر شد. مادر به سمتمان آمد.

- تو با این بیچاره چی کار داری؟ ولش کن. دستتو بردار. مهدیه زود برو تو اتاقت.

گریه کنان به خندق تنهایی‌ام رفتم. در را بستم و پشت در، روی زمین نشستم و گریه کردم. آن قدر ناراحت بودم که حوصله‌ی سپهر را نداشتم. فکم درد گرفته بود.

- داریوش حالا می‌گی چی شده؟ چرا این قدر عصبانی؟

- یعنی باور کنم تو خبر نداری؟ باشه باور می‌کنم. پسر تنه لش تو، می‌خواد مغازه بزنه و بره سراغ کسب و کار.

- واقعا؟ این که خیلی خوبه. تو چرا این قدر ناراحتی؟!

- می‌فهمی چی می‌گم؟ پسر من بره مغازه دار بشه؟ توقع داشتم بعد از سربازی بشینه و درس بخونه و دوباره تو کنکور شرکت کنه و بره دانشگاه. همین مونده بین مردم بپیچه پسر آقای دکتر مغازه دار شده و عرضه نداشت بره دانشگاه.

- سخت نگیر داریوش! بزرگ شده، بزار خودش واسه آینده‌ش تصمیم بگیره، این همون چیزی نیست که خودت به دیگران میگی؟

- من اینا رو واسه مردم میگم، نه بچه‌ی خودم. مهدی غلط کرده به حرف نباشه و مغازه بزنه.

- مرد کوتاه بیا. این قدر زورگو نباش. ایشالا سر به راه بشه، کارش بگیره و درآمد خوبی داشته باشه، زن بگیره بره سر زندگیش.

همین که مادر این حرف را به آقای دکتر گفت، فریاد زد:

- منظورت همون دختره‌ی سبکه؟

- گناهش رو نشور. بس کن. تو خودت دختر داری. به دختر مردم تهمت نزن. شاید دختر خوبی باشه، یعنی حتما هست که مهدی قصد ازدواج داره.

- دختر منم لنگه‌ی اون دختر سبکه. یادت رفته دو ماه قبل داشت تو اتاقش یه غلطایی می‌کرد؟

این حرف را که شنیدم، اشک ریختنم بیش تر شد. من کار بدی نکرده بودم. هق هق می‌زدم. پدر ادامه داد:

- فعلا اسم دخترت رو نیار، بعدا باهاش کار دارم. سر فرصت به خدمتش می‌رسم.

از ترسش جرأت نکردم از اتاق بیرون بروم و از خودم دفاع کنم و از او بپرسم به چه جرمی می‌خواهد به خدمتم برسد؟ مگر چه کرده‌ام؟ متأسفانه پدر فکر می‌کرد من با شخصی در ارتباط هستم. نمی‌دانم بعد

از گذشت این همه سال می‌توانم او را حلال کنم یا نه! تهمتی که به من زد، دلم را سوخت. هر چه باشد پدرم است، نمی‌توانم کینه‌ای از او به دل بگیرم.

- داریوش کافیه. به این بدبخت گیر نده. صبح تا شب تو خونه‌اس. چند بار تو خیابون مچ این بیچاره رو گرفتی؟ این که همش جلو چشم خودته. کافیه دیگه، حرفت رو تکرار نکن.

- من حرفم رو زدم، فعلا کاریش ندارم.

چند لحظه سکوت بر همه جا حاکم شد...

صدای پدر پرده‌ی سکوت را درید.

- من حوصله‌ی بحث کردن با پسرتو ندارم. بهش بگو فکر مغازه داری رو از سرش بیرون کنه. نمیزارم کاری کنه که مردم مسخره م کنن و به ریشم بخندن.

این را گفت و به اتاقش رفت. مادر به اتاقم آمد. روی زمین نشسته بودم. برای این که بتواند در را باز کند، از جایم برخاستم. بغلم کرد و چشمانم را بوسید.

- گریه نکن. من بهت ایمان دارم. بابات رو که می‌شناسی، بدگمانه. ناراحت نشو. کاش همه‌ی دخترها مث تو پاک و نجیب بودن. به حرفاش اهمیت نده.

زبانم قفل شده بود، دروازه‌ی حنجره‌ام بسته شده بود. نمی‌توانستم حرف بزنم، فقط اشک می‌ریختم، مادر اشک‌هایم را پاک می‌کرد. مدتی کنارم نماند که پدر فریاد زد:

- یه چایی بیار کوفت کنم.

مادر با عجله از اتاق بیرون رفت. دلم گرفته بود. تمام حواسم به تاریکی‌ها و ابهامی بود که سرتا سر وجودم را فرا گرفته بود و با تمام توجهی که به اطرافم می‌کردم، حواسم سرجایش نبود. ترسیده بودم، از سیاهی‌ها و به سیاهی‌هایی دردناک‌تر پناهنده می‌شدم. فرار می‌کردم به سمت همه‌ی نقاط تیره و تاریکی که در مقابلم بود. برایم فرقی نمی‌کرد میان آن تیرگی‌ها چه چیزی در انتظارم است، همین قدر برایم کافی بود که فرار کنم و پناهنده شوم به تاریکی‌های مبهمی که آرامشم دهند. آن تاریکی‌های مبهمی که پیش رویم بود، چشمانم را مثل گور نمناکی کور کرده بودند و برایم آرامشی افراطی را فراهم می‌کردند که از چنگال این اشکال جهنمی مرا می‌رهاند و در ازای تمام آرامشی که

تیرگی‌ها به من می‌داد، ترسی عظیم بود که وجود هراسانم را در پنجه‌هایش خرد می‌کرد و به دیوار تاریک قلبم می‌چسباند.

قبل از شام، مهدی به خانه برگشت. استرس داشتم، دلم می‌لرزید، با آن خشمی که پدر داشت، امشب حتما اتفاقی می‌افتاد. مهدی به اتاقش رفت و بیرون نیامد. مادر شام را به اتاقش برد و پدر هم در اتاقش شام خورد. پدر که متوجه آمدن مهدی شده بود، بد اخلاقی می‌کرد و دلش برای دعوا تنگ شده بود. با صدای بلند گفت:

- بهش گفتی حق نداره بره سراغ مغازه داری؟

آن قدر بلند گفت که تک تک آجرهای خانه هم شنیدند. مادر سعی می‌کرد او را آرام کند تا شاید شعله‌ی سرکش دعوا را خاموش کند. مهدی غذایش را خورد، به آشپزخانه رفت که ظرف‌ها را آن جا بگذارد. پدر او را دید:

- مهدی حق نداری بری سراغ مغازه داری.

برگشت و به پدر نگاهی انداخت. منتظر بودم ظرف‌ها بشکند، یا او هم فریاد بزند، اما برعکس گذشته، نگاه سردی به او انداخت، به اتاقش رفت و در را بست.

خدا را شکر تمام اتفاقات آن شب، فقط فریاد پدر و استرس فراوان من بود و اتفاق دیگری نیفتاد. مهدی واقعا عوض شده بود. نمی‌دانم عشق معجزه کرده بود یا سربازی از او یک مرد ساخته بود و او را آدم کرده بود!

صبح که شد، مهدی مشغول جمع کردن ساکش شد. مادر از رفتن او ناراحت بود و دلش می‌خواست بیش تر بماند. قبل از رفتنم به مدرسه با او خداحافظی کردم و ساعت هفت صبح از خانه بیرون رفتم. خداحافظی سردی بود. مهدی هم چنان نگاهش را از من می‌دزدید، حتی بغلم نکرد و محبتش را از من دریغ کرد.

پدر ساک مهدی را دید، ولی از او سؤالی نپرسید. مادر آب و قرآن آورد که مهدی را راهی کند. قبل از رفتن به پدر گفت:

- بابا روی حرفایی که زدم فکر کن. سربازی تموم شه مغازه رو افتتاح می‌کنم، البته با دوستم شریک شدم. سرمایه از او، کار از من. این جوری بهتره. بیست سالم شده و می‌خوام روی پای خودم باشم. ضمنا بهم حق انتخاب بده که همسر آینده‌م رو خودم انتخاب کنم. اگه اونو دیدی و از رفتارش و خانواده‌ش خوشت نیومد، روی حرفت حرفی نمی‌زنم و هر کاری گفتی انجام میدم.

۲۶۶

پدر با او صحبت نکرد و جواب حرف‌هایش را نداد. هیچ وقت نفهمیدم مهدی به پدر چه گفته بود. خیلی دوست داشتم از موضوعی که درباره‌اش صحبت کرده‌اند چیزی بفهمم، اما هیچ وقت هیچ کدامشان حرفی نزدند.

بخش چهارم

هفت ماه به پایان سربازی مهدی مانده بود که ناگهانی و بدون خبر آمد. همه تعجب کردیم. خیلی پریشان و عصبی بود. حالش اصلا خوب نبود. به محض رسیدن و گذاشتن ساکش، خانه را ترک کرد و تا ساعت یازده شب نیامد. وقتی برگشت با پدر سلام و احوالپرسی سردی کرد و دوباره به اتاقش رفت. کسی جرأت نمی‌کرد چیزی از او بپرسد. مادر به اتاقش رفت، تا جریان پریشانی‌اش را جویا شود، اما مهدی عصبانی شد و گفت:

- خواهش می‌کنم از اتاق برو بیرون. می‌خوام تنها باشم. نمی‌خوام با کسی صحبت کنم.

صبح که شد، لباس شلخته‌ای به تن کرد و از خانه بیرون رفت. انگار دیوانه شده بود. با کسی حرف نمی‌زد. خود خوری می‌کرد. همه نگران او شده بودیم، حتی پدر!

مهدی، آن روز برای ناهار به خانه برنگشت و تا عصر بیرون ماند. وقتی برگشت چشم‌هایش سرخ شده بود و صدایش کمی گرفته بود. مادر نگران به اتاقش رفت و از او خواهش می‌کرد علت

ناراحتی‌اش را بگوید. مهدی هراسان از خانه بیرون رفت و قبل از پدر به خانه بازگشت. وقتی پدر آمد عصبانی بود و آتش خشم از نفس‌هایش بیرون می‌آمد. کیفش را روی زمین پرت کرد. هیچ سلامی نکرد و مستقیما به اتاق مهدی رفت.

- ببین مهدی، چند ساعت پیش اومدی مطب، یه سری چرت و پرت تحویلم دادی. تو گوشت فرو کن، نمیزارم با آبروم بازی کنی و یه دختر بی سرو پا رو عروسم کنی. همین که گفتم. دیگه‌م باهام صحبت نکن، این موضوع تموم شده‌س.

قلب من و مادر تند می‌زد، مثل جوجه‌ی زرد رنگی شده بودیم که از شدت ترس بالا و پایین رفتن استخوان‌هایش دیده می‌شد. نگران شدیم و خودمان را به اتاق رساندیم. مادر با صدایی لرزان پرسید:

- چی شده داریوش؟

- می‌پرسی چی شده؟ پسرت امرزو اومده و می‌گه اجازه بدین برم خواستگاری شیما و شما هم همراهم بیاین. تصمیم گرفته آخر همین هفته بره خواستگاری.

- آره مهدی؟ بابات درست میگه؟

مهدی نگاه سردی به پدر انداخت و با تلخی جواب داد:

۲۶۹

- من به خاطر اون رفتم سربازی، حالا میخوام نشونش کنم تا بعد از سربازی باهاش ازدواج کنم. اگه نمی‌پرسیدن خانواده‌ت کجان، تنهایی می‌رفتم خواستگاری که بابا هم زحمت نیفته.

پدر گفت:

- بفرما برو. راه بازه. کسی جلوتو نمی‌گیره، ولی وقتی رسیدی بگو من خانواده ندارم، دختر به خودم بدین.

مادر گفت:

- پسرم بارها درباره‌ی این موضوع صحبت کردیم، ازدواج یه مسئله نیست که خودت به تنهایی تصمیم بگیری. از اول راهش رو اشتباه رفتی. کاش به جای این که باهاش دوست بشی، موضوع رو به ما می‌گفتی تا ما بریم درباره خودش و خانواده‌ش تحقیق کنیم و اگه همه چی مناسب بود، می‌رفتیم خواستگاری. آرزوی هر پدر و مادری خوشبختی بچه‌هاشه، ولی قبول کن کاری که شما دو تا کردین جلوه‌ی مناسب و قشنگی نداره و بابات خوشش نیومد.

مهدی با تعجب پرسید:

- یعنی شما دو تا این قدر منطقی بودین و من نمی‌دونستم؟

پدر از لحن تمسخرآمیز مهدی ناراحت شد و فریاد زد:

- زن! تحویل بگیر. پسرت ما رو بی غیرت حساب کرده. به این
بی عقل و نفهم بفهمون زشته، تمام مردم پشت سرمون حرف
می‌زنن که چی، صبح تا شب تو خیابون بودن و آخرش ازدواج
کردن. نمیزارم یه دختر خیابونی رو بگیری.

جمله‌ی آخر ش مهدی را دل شکسته کرد و اشک از چشمانش سرازیر
شد.

- بابا بهش توهین نکن. دختر خوبیه. فقط به خاطر این که شما
مخالف هستین و اجازه نمیدین با هم ازدواج کنیم، شیما بهم
جواب منفی داد و قرار شده با یه نفر دیگه ازدواج کنه که من
از فکرش دربیام.

به طرف ساکش رفت و هم چنان اشک می‌ریخت. پدر هاج و واج مانده
بود و به مهدی زل زده بود، به سمتش رفت، شاید می‌خواست او را
بغل کند! انگار اشک‌های مهدی دژ نفوذ ناپذیر قلب پدر را زیر و رو
کرده بود که صدایش را پایین آورد.

- پسرم من دوستت دارم. خودت فکراتو بکن. اگه اون قدری که
تو میگی عاشقت بود تا لحظه‌ای که من موافقت می‌کردم به

پای تو می‌نشست نه این که بگه به خاطر این که خانواده ت مخالف هستن، دلم نمیاد باهاشون دعوا کنی و حالا من با اجازه ت می‌خوام ازدواج کنم. باور کن فکراشو کرده، دیده حالا که خواستگار داره بهتره ازدواج کنه و الکی پای تو نشینه.

مهدی عقب رفت و اجازه نداد دست پدر به او بخورد.

- تنهام بزارید. اون شما رو کاملا می شناسه. بهش گفتم مخالفت کردن شما یعنی دعوا کردن، وسیله شکستن و قهر کردن و اعصاب همه مخصوصا مامان رو خرد کردن. به خاطر همین چیزا می‌خواد ازدواج کنه که من با شما درگیر نشم. کاش می‌فهمیدین چه دختر خوبیه.

پدر عصبانی شد. دستش را لای موهایش کشید و گفت:

- احمق رفتی سیر تا پیاز زندگیت رو واسش گفتی؟

اشک مهدی بیش تر شد.

- شیما همه چیز منه و تو داری ازم می گیریش.

ساکش را به دست گرفت و از اتاقش بیرون آمد، که چشمانش به من خورد.

- از جلو چشمام گم شو، نمی‌خوام قیافه‌تو ببینم. اگه تو فضولی نمی کردی الان این اتفاقات نمی‌افتاد. دیگه حق نداری پا توی اتاقم بزاری.

قلبم از حرکت ایستاد و نتوانستم سکوت کنم.

- به من چه؟ به قول بابا اون اگه خوب بود ولت نمی کرد و نمی رفت سراغ شوهر کردن.

این حرف من مهدی را آتشین کرد. ساک اش را روی زمین گذاشت و فریاد زد:

- اون دختر خوبیه، خفه شو احمق!

پدر عصبانی شد و مهدی را هول داد.

- بی شعور به خاطر یه دختر خیابونی سر خواهرت داد نزن.

- خیابونی؟ حرف دهنت رو بفهم.

پدر بهت زده شد.

- بی ادب، بی شخصیت این چه طرز صحبت کردنه؟ از خونه‌ی من گم شو بیرون.

پدر و مهدی سمفونی را شروع کردند، البته مهدی شروع کننده بود. وسایل خانه را به همدیگر پرتاب می‌کردند و فریاد می‌زدند. مادر، پدر را گرفته بود که مهدی را کتک نزند. بیچاره مثل اسپند روی آتش شده بود. اولین چیزی که شکسته شد، گلدان تزیینی بزرگ واقع در پذیرایی بود که مهدی با لگد آن را هل داد و شکست و پدر در جوابش به سمتش حمله‌ور شد و سیلی محکمی به او زد. مهدی وسایل بیش‌تری را شکست و پدر هم هر چه دم دستش بود به سویش پرتاب می‌کرد.

با صدای اولین وسیله‌ای که شکسته شد، به باتلاق تنهایی‌ام(اتاقم) پناهنده شدم. از شدت ترس موهایم را می‌کشیدم و جیغ می‌زدم. با این که لامپ‌های اتاق روشن بودند می‌ترسیدم. از حضور سپهر می‌ترسیدم و تصاویر وحشتناکی مقابل چشمانم می‌آمد. همه‌ی حواسم به روشنایی‌های ترسناکی بود که در اطرافم پرسه می‌زدند. در میان تاریکی می‌ترسیدم، چشمانم هیچ جایی را نمی‌دید و اگر می‌دید، خیلی کم رنگ و مبهم بودند، اما این جا میان این همه رنگ و نور، ترسم بیش‌تر شده بود، چون باید منتظر هر اتفاقی می نشستم و چشمانم را مثل گرگ گرسنه‌ای به این طرف و آن طرف چرخ بدهم و چشمان هرزه گردم را به دنبال راهی برای فرار یا چاهی که قرار است در آن بیفتم بگردانم.

۲۷۴

بی قرار بودم وترس را با تمام وجود، با زور و پا فشاری به کالبد متعجبم می‌خوراندم. در هر نفس به خودم می‌گفتم: " خوب نگاه کن تو پیش نمی‌روی، فرو می‌روی، در تمام این تاریک و روشن ها، منتظر باش و آن لحظه‌ای را تداعی کن که مرگت را میان تاریک‌ها و روشن‌ها گدایی کنی، چون مرگ از این همه سردرگمی بهتر است. "

چشمانم از چرخیدن خسته شده بودند، می‌خواستم لحظاتی بخوابانم شان، اما می‌ترسیدم که اتفاقی بیفتد و چشمانم از دیدنش جا بمانند.

ناگهان همه جا را سکوت فرا گرفت. مهدی خانه را ترک کرد و به پادگان رفت.

دوشنبه صبح روز بعد، مهدی با مادرم تماس گرفت و با التماس از او می‌خواست به دیدن شیما برود و اگر دختر نامناسبی بود، می‌پذیرد که از فکرش بیرون بیاید. مهدی نگران آخر هفته بود که خواستگارهای شیما به خانه‌شان می‌روند، ممکن بود برای همیشه او را از دست بدهد.

بعد از تماس مهدی، مادر موضوع درخواست او را با پدر در میان گذاشت، ولی پدرم هم چنان پافشاری می‌کرد که چنین عروسی در شأن من نیست و اجازه نمی‌دهم مهدی با او ازدواج کند.

مهدی تا عصر پنجشنبه، هر روز با مادر تماس می‌گرفت. در آخرین تماسش گریه کرد و گفت نمی‌توانم از فکر شیما بیرون بیایم، کاری کن که برای همیشه از دستش ندهم.

شب جمعه که آمد، مادر به پدر اصرار می‌کرد که اجازه بدهد شیما را ببیند، اما پدر مخالفتش را با بی احترامی نشان داد و وقتی اصرار مادر را دید، از جایش بلند شد و برای ساکت کردنش، سیلی محکمی به صورتش زد.

صحنه‌های آن شب را نمی‌توانم از دالان‌های تو در توی ذهنم پاک کنم. صورت اشک بار مادر و چهره‌ی عصبانی، اما بی تفاوت پدر نسبت به اشک‌های مادر. عجب توقع بزرگی بود که اشک‌های مادر برایش مهم باشد، اگر برایش مهم بود به او سیلی نمی‌زد.

مادر به اتاقش رفت. از ترس توهین‌های پدر یک کلمه صحبت نکردم و فقط شاهد ماجرا بودم. پشت در اتاقشان ایستاده بودم و به مادر خیره شده بودم. تمام حرکات مادر را به یاد می‌آورم. به سمت کمدش رفت. ساک لباسش را آورد. یکی یکی لباس‌هایش را درون ساک گذاشت. از شدت ترس نفسم بند آمده بود. ترس رفتن مادر، ترس بیش‌تر شدن دعوا ویرانم کرده بود، چون پدر با دیدن رفتنش قیامت به پا می‌کرد.

مادر از اتاق بیرون آمد. مانتو و مقنعه‌ای شلخته به سر کرده بود. رو به من کرد و گفت:

- برو لباس هات رو جمع کن. میریم خونه‌ی پدربزرگ.

پدر برگشت و به سمت ما نگاهی انداخت، انگار برایش مهم نبود مادر می‌خواهد قهر کند. گفت:

- خودت هرجا می‌خوای بری، برو. دختره رو کجا می‌خوای دنبال خودت بکشونی؟

- دختره اسم داره. مهدیه گفتم برو لباساتو جمع کن.

- انگار نشنیدی من چی گفتم؟

- می‌خوام طلاق بگیرم، مهدیه رو با خودم می‌برم.

پدر شوکه شد. از جایش برخاست. پشت مادر پنهان شدم. به سمت مادر آمد.

- نشنیدم، می‌خوای چه غلطی کنی؟

- اتفاقا خوبم شنیدی، این کارو خیلی وقت پیش باید می‌کردم. مهدیه اونجا نایست، گفتم برو لباساتو جمع کن.

پدر دیوانه شده بود. توقع چنین چیزی را نداشت، به سمت مادر حمله کرد و او را هل داد. وقتی مادر از روی زمین بلند شد، سیلی دیگری زد و صدایش را بالا برد. اصلا حالم خوب نبود. دیگر صداها را نمی‌شنیدم. بی اختیار جیغ می‌زدم، موهایم را می‌کشیدم و به صورتم سیلی می‌زدم. روی زمین مچاله شده بودم و تکرار می‌کردم:

-   بسه دیگه! نزن! دعوا نکن!

مادر وحشت کرده بود. مرا به آغوش کشید و تا لحظه‌ای که آرام نشدم، مرا از آغوشش رها نکرد. و اما پدر، این قلب سنگ شده، بی تفاوت روی مبل لم داد و لحظه‌ای از دانش روان شناسی‌اش استفاده نکرد و با خودش نگفت چرا دخترم چنین رفتاری می‌کند! این اولین باری نیست که این رفتارها از او سر می‌زند. مادر به اتاقم رفت و لباس‌هایم را درون ساک گذاشت و گفت:

-   مهدیه برو آماده شو. خودم لباساتو جمع می‌کنم.

پدر فریاد زد، خودت برو، اما مهدیه جایی نمی‌آید. آن قدر صدایش بلند بود که استخوان‌هایم لرزید. از ترس این که به مادر حمله‌ور نشود، با گریه گفتم:

-   مامان تو برو، من جایی نمیام. برو تا بدتر نکرده.

مادر خانه را ترک کرد و من تنها شدم، تنها تر از قبل.

پدر لامپ‌ها را خاموش کرد و به اتاقش رفت. من ماندم و تنهایی‌های عمیقی که رهایم نمی‌کردند. خدا را شکر که سپهر کنارم بودم و تنهایم نگذاشت. آن قدر غصه داشتم که خیلی زود به خواب رفتم. خوابی که دمش پر از غم بود و باز دمش تنهایی.

بخش پنجم

دلم آغوش گرمی می‌خواست که با نوک انگشتانش نوازشم کند و با
مهر موهایم را ناز کند و امنیت را به قلب سرگردانم هدیه دهد. آغوش
کسی که می‌توانست پدر باشد، اما او از دنیای من و دنیای دخترانه‌ام
دور بود. روزهای دور از مادر و مهدی به سختی می‌گذشت. درد تنهایی
به گلویم فشار می‌آورد و نفس کشیدن را برایم سخت کرده بود. دیگر
نمی‌توانستم این درد سم آلود را تحمل کنم. انجام دادن کارهای پدر
بر عهده ی من بود. بدون آن‌که به صورتم نگاهی بیندازد و لبخند بزند.
حتی توقع تشکر کردنش را نداشتم، یک نگاه برایم کافی بود.

شستن و اتو کشیدن لباس‌هایش، پختن غذا و مرتب کردن خانه کار
سختی نبود، اما در سکوت قدم برداشتن و هوای تنهایی را نفس
کشیدن کار آسانی نبود. او روزها سرکار بود و شب به خانه می‌آمد.
وقتی دبیرستان نمی‌رفتم، خودم را با نقاشی کشیدن سرگرم می‌کردم.
سپهر کنارم بود، با هم ترانه می‌خواندیم، می‌رقصیدیم، چای
می‌نوشیدیم و به روی دنیا لبخند می‌زدیم.

گاه سراغ تلویزیون می‌رفتم، برمی‌خواستم و نقش بازیگری را که به دلم نشسته بود، بازی می‌کردم و سپهر نقش مقابل من بود. با او دنیای بازیگری را تجربه می‌کردم.

اخبار می‌دیدم و گاه تصور می‌کردم من به جای پزشکی که در اخبار دیده‌ام، جراحی موفقیت آمیزی داشته‌ام و جان بیمارم را نجات داده‌ام و حال در مقابل دوربین ایستاده‌ام و با لبخند می‌گویم، من اولین کسی هستم که چنین عمل سختی را انجام داده‌ام.

بعضی از روزها به سپهر می گفتم: دلم می‌خواهد موسیقی گوش کنم. صدایش را بلند می‌کردم و با صدای بلند همراه خواننده می‌خواندم و آهنگ را به سپهرم تقدیم می‌کردم.

دنیای پر از تنهایی‌ام را حسابی پر کرده بودم. آنقدر پر شده بود که ساعت‌ها با خودم صحبت می‌کردم و سردرد می‌گرفتم، وقتی پدر بازمی‌گشت، سکوت بود که در خانه به جانم چنگ می‌انداخت. برایش شامی که با عجله پخته بودم، می‌آوردم، می‌خورد و ظرف ها را برمی‌داشتم و چای را به اتاقش می‌بردم. تنها دل خوشیم تماس‌های مادر بود. اصرارها و خواهش‌های من برای برگشتنش بی فایده بود. با خودم فکر کردم که چه کسی می‌تواند این وضعیت را سرو سامان دهد.

کسی که مادر برای برگشتنش نتواند جواب رد به او بدهد. تنها کسی که به ذهنم آمد عمو کوروش بود.

عمو کوروش از پدرم بزرگ‌تر بود. مردی بلند قد، گندمگون با شکمی بزرگ و جثه‌ای درشت. صدای دورگه ای داشت و با آن ابروهای پیوندش، خشن به نظر می‌آمد، اما مهربان ترین کسی بود که در تمام عمرم دیده بودم. کسی که آرزو می‌کردم، فقط برای یک روز پدر من باشد و محبتش را به عنوان یک پدر تجربه کنم. عمو کوروش سه پسر داشت. در سن پایین ازدواج کرده بود و مثل پدرم سراغ دکتر شدن نرفته بود. مغازه‌ی فروش لوازم ساختمان داشت. پسر اولش بهزاد، دندان پزشک بود. پسر دومش فرشاد، معلم بود و پسر سومش مهرشاد، دانشجوی حقوق بود. هر کدام از بچه‌هایش، شغل شان را بر اساس آرزوهایشان انتخاب کرده بودند. عمویم کوچک‌ترین دخالتی در انتخاب‌شان نکرده بود. آن قدر مهربان بود که خانوده‌اش در سلامت روحی و روانی به سر می‌بردند و همسرش هر روز جوان‌تر و زیباتر می‌شد. درست برعکس مادرم که هر روز شکسته‌تر می‌شد. از بچگی می‌شنیدم، موضوع انشا: علم بهتر است یا ثروت؟ کاش می‌پرسیدند: علم بهتر است یا امنیت؟ علم بهتر است یا محبت؟ علم بهتر است یا

خوش اخلاقی؟ با تمام علمی که پدرم داشت، ما خوشبخت نبودیم و علم پاسخ گوی دردهای ما نشده بود.

با عمو کوروش تماس گرفتم و تمام ماجرا را برایش تعریف کردم. تعجب نکرد که مادر خانه را ترک کرده است. گفت: من همیشه به داریوش تذکر می‌دادم که صبر همسرت تمام می‌شود و قید زندگی با تو را می‌زند، اما داریوش گوش نمی‌داد.

عصر به خانه‌مان آمد. آن قدر دل تنگش بودم که محکم بغلش کردم. آغوش پر مهرش را از من دریغ نکرد. پای تمام حرف‌هایم نشست و هر چه در دلم بود، به او گفتم. با ناخن‌هایم بازی می‌کردم، تیک عصبی گرفته بودم. عمویم روان شناس نبود، اما متوجه مشکل من شد. در آشپزخانه بودم و آرام با سپهر صحبت می‌کردم که عمویم پشت سرم آمده بود. صدایش در ذهنم پیچید:

- مهدیه با خودت چی میگی؟

قلبم تند زد. برگشتم و با لبخند گفتم:

- صلوات می‌فرستادم.

عمویم مکثی کرد و به سمت مبل رفت. چای بردم و رو به رویش نشستم. قرار شد تا آمدن پدر، منتظر بماند و اگر پدر مشکلی نداشت

و اجازه داد، مادر را به خانه برگرداند. او را قسم دادم که پدر نفهمد من از او خواسته‌ام که چنین کاری را انجام دهد.

وقتی پدر به خانه آمد، از حضور عمو کوروش تعجب کرد. عمو با سیاست موضوع را از پدر پرسید و پدر تمام ماجرا را برایش تعریف کرد. حتی قضیه‌ی شیما را، چیزی که من از آن سخنی به میان نیاورده بودم.

فردا که آمد، عمو به خانه‌ی پدربزرگ رفت و مادر را با خودش به خانه آورد. مادر از تمام بداخلاقی‌های پدر با او صحبت کرده بود. از شکستن وسایل خانه، از زورگویی‌ها و کتک‌هایی که می‌زند. طفلک عمویم باورش نمی‌شد که آقای روان شناس، این دکتر سرشناس، دست بزن هم دارد. وقتی به خانه آمدند، پدر هم رسیده بود. رو به مادر کرد و گفت:

- اگه یک بار دیگه دست داریوش روت بلند شد، نمی‌ری خونه بابات. میای خونه‌ی من. خودم طلاقت رو ازش می‌گیرم.

مادرم لبخندی زد. عمو کوروش رو به پدر کرد و گفت:

- خجالت بکش. تو همون رطب خوری هستی که به مردم میگی نخورین. نبینم با خانواده‌ت بد رفتاری کنی آقای دکتر!

۲۸۴

آقای دکتری که گفت با حالت تمسخر و سرزنش بود. پدر حسابی به هم ریخت، اما نتوانست جوابش را بدهد.

روزها گذشت و مادر هم چنان سعی می‌کرد آرام آرام پدر را به ازدواج با مهدی و شیما راضی کند، اما پدر قبول نکرد که نکرد...

یک روز مادر خانه را ترک کرد و تا دیر وقت به خانه نیامد. وقتی آمد کلافه بود، از او سؤال کردم که کجا رفته است؟ گفت پدرت به هیچ وجه با ازدواج این دو موافقت نمی کند، به سرم زد که شیما را ببینم. به خانه‌شان رفتم. در زدم و گفتم می‌خواهم شیما را ببینم. شیما آمد. مرا شناخت و بغل کرد.

-   سلام خانم غفوری.

آه عمیق مادر، مه سنگینی را در فضای خانه ایجاد کرد. دلم می‌خواست به آغوش بکشمش و ضربان قلبش را بشمارم و ببینم قلبش درست می‌زند؟ نگاهش بریده بریده بود و نفس هایش یکی در میان دود می‌شد و به هوا می‌رفت، با صدایی درد آلود گفت:

-   مهدی حق داشت. شیما واقعا دختر خوبیه. خانواده‌ش که حرف ندارن، اما حیف...

حرف مادر ناتمام ماند و ذهن من بسان کودکی که دستان مادرش را رها کرده و به دنبال سایه‌ی یک زن روی دیوار می‌گردد، به دنبال شنیدن ادامه‌ی حرف های مادر بودم.

- چی حیف؟

- عقد کرده.

- هان؟ عقد کرده؟ این چه عشقیه که زد زیرش و زود عقد کرد؟

- به خاطر مهدی عقد کرده.

- نمی فهمم. منظورت چیه؟

- اون می‌دونه بابات چه اخلاقی داره و این که مهدی باهاش کنار نمیاد. از ترس این که با بابات در گیر نشه، عقد کرده. نبودی ببینی چه طور گریه می‌کرد.

- جلو خانوادش گریه می‌کرد؟

- نه. منو برد تو اتاقش. مامانش از جریان خبر داشت و اجازه داد تنها باهاش صحبت کنم. فقط شیما و مامانش خونه بودن.

- خب بعدش؟

- مهدی رفته بوده باهاشون صحبت کرده، ولی وقتی بابات قبول نمی‌کرده چه فایده داشته اون بره و التماس کنه و مهلت بخواد؟

- مهدی رفته خونشون؟ با کی صحبت کرده؟

- با مامانش و برادرش. طفلک شیما، التماس می‌کرد مواظب مهدی باشم. دستام رو می‌بوسید که هواشو داشته باشم. می‌گفت من خودمو به خاطر مهدی سوزوندم، نزارین باباش اذیتش کنه. اجازه ندین به خاطر موضوع من با پدرش دعوا کنه. اون قدر اشک ریخت که دلم کباب شد. حالا می‌فهمم این همه اصرار مهدی چی بود.

- واقعا عقد کرده؟ شاید دروغ گفته؟

- آره. طفلک مهدی...

شیما دختر محجب و متین و خانمی بود. مادر دلش می‌سوخت که چنین عروسی را از دست داده است. به نظرم مادر دیدار با شیما را خیلی دیر انجام داد و اگر زودتر دست به کار می‌شد، زمان را از دست نمی‌داد.

روزهای سرد و ساکت در خانه‌ی ما می‌آمدند و می‌رفتند، انگار که خفه شده بودند و صدایی از لبخند و شادی در آن روزهای خسته کننده شنیده نمی‌شد...

مهدی به مرخصی آمده بود، مادر بعد از کلی کلنجار رفتن با خودش و دست و پا کردن جملات امیدوار کننده، موضوع عقد کردن شیما را به مهدی گفت. مهدی با شنیدن این حرف شوکه شد، زبانش بند آمد و اشک گویای حالش شد.

سایه‌ی سکوت مهدی بر فضای خانه سنگینی می‌کرد. صدای او مثل سابق شاد نبود، صدایش دورگه شده بود. صدای غم مردی دل شکسته. این صدای زهردار اذیتم می‌کرد.

دلم می‌خواست مثل سابق مهدی را به آغوش بکشم و هوای نفس‌هایش را روی قلب کوچکم حس کنم و ببالم به این عشقی که بینمان جاریست، اما افسوس که مهدی مرا مقصر اصلی از دست دادن شیما می‌دانست. داغ شیمای از دست رفته‌اش را بر سر دل بی پناه من خالی کرده بود و دلش را از وجود و حضور من خالی کرده بود، انگار که مهدیه‌ای نیست...

بخش ششم

هفت ماه گذشت...

مهدی از لحظه‌ای که متوجه رفتن همیشگی شیما شده بود، با خانه هیچ تماسی نگرفت و ماه‌های آخر سربازی‌اش را در انزوا و سکوت سر کرد.

جمعه بود و مادر مشغول آماده کردن جوجه کباب و آقای دکتر مشغول برنامه ریزی برای کنکوری‌هایی که التماس دعا از او داشتند و تصور می‌کردند با برنامه‌ای که برایشان تنظیم می‌کند، حتما قبول می شوند، درست مثل قبولی فرزندان خودش!

صدای زنگ خانه آمد. به حیاط رفتم و در را باز کردم. باورم نمی‌شد، مهدی آمده بود. نگاه مرده‌ای به من انداخت و سرش را پایین گرفت. حس کردم با هر بار دیدن من، غم از دست دادن شیما برایش تازه می‌شود. از من دوری می‌کرد، اما من دلتنگش بودم. خودم را به آغوشش انداختم و بغلش کردم. حتی یک کلمه با من صحبت نکرد و جواب سلامم را با سر داد. آغوشم را رها کرد و به سمت پله‌ها رفت. پشت سرش ایستاده بودم و قدم‌هایش را می‌شمردم و با انگشت از

همین فاصله‌ی دوری که بین‌مان بود، او را لمس می‌کردم و با دست چپم، دست سپهر را محکم‌تر می‌فشردم. آن لحظه میان من و سپهر سخن از سکوت بود و متلاطم بودم از حرف‌های ناگفته...

روی پله‌ی اول نشستم و دست سپهر را محکم‌تر گرفتم. صدای مادر و پدر به گوشم می‌آمد، اما صدایی از مهدی نشنیدم. حیاط، سرد و بی روح بود؛ انگار که زیر پوست زندانی از جنس پاییز، گیر افتاده بودم و سپهر تنها کسی بود که تنهایم نمی‌گذاشت. نمی‌دانم چرا وقتی سپهر کنارم بود، طولی نمی‌کشید که سر درد امانم نمی‌داد و مجبور می‌شدم به اتاقم بروم و استراحت کنم. سر درد امانم را بریده بود، به اتاقم رفتم و بی توجه به همه، روی ابرهای خیالاتم پا گذاشتم و به حریم تنهایی‌ام، این امن خون آشام حریص، سلام کردم. در را بستم، روی تخت دراز کشیدم و استراحت کردم. مدتی با انگشتانم بازی کردم و چشمانم را در پس شان مخفی می‌کردم و از آن میان، دنیای زاویه وارم را که اسیر اتاق متعفن شده از بوی تنهایی بود، مشاهده می‌کردم، نمی‌دانم چه وقت به خواب رفته بودم.

مهدی درهم و ساکت شده بود. با کسی حرف نمی‌زد. روزهای اول آمدنش را در اتاقش سپری کرد و از اتاقش بیرون نمی‌آمد، مگر به قصد

دستشویی یا حمام رفتن. تقریبا چهار روز به همین صورت گذشت، تا این که مهدی از خانه بیرون رفت و تا دیر وقت به خانه برنگشت.

مهدی دنبال اجاره کردن مغازه بود و با کسی حرفی در این باره نمی زد. انگار پدر و مهدی به صلح رسیده بودند و با همدیگر بحثی نداشتند. گاهی اوقات دلم برای آن همه هیاهو تنگ می‌شد، آن همه دعوا و فریاد. خانه سرشار از سکوت مرگ آوری شده بود، هر کسی راهش را به سمت اتاقش می‌گرفت و از زهر این سکوت فرار می‌کرد و به تنهایی پناهنده می‌شد و در خود فرو می‌رفت و از ترس تاریکی‌ها به سیاهی پناهنده می‌شد.

پدر موضوع اجاره کردن مغازه را فهمیده بود و سعی می‌کرد مهدی را منصرف کند، اما او قبول نمی‌کرد و بی‌اعتنا به خواسته‌ی دیگران، سراغ خواسته‌اش می‌رفت. مهدی با یکی از دوستانش شریک شده بود، به این صورت که سرمایه از او باشد و کار از مهدی. یعنی مهدی حکم نگهبان اموال او را داشت و در عوض دوستش به او لطف می‌کرد و سر ماه به او حقوق می‌داد.

با تمام مخالفت‌ها و اصرارهای پدر، مهدی بعد از چند ماه تلاش و سختی به هدفش رسید و روز افتتاح فروشگاه لوازم ورزشی‌شان فرا رسید. مادر با شوق فراوان آماده شد. با این که کسی حرفی به من نزده

بود و از من دعوت نشده بود، خودم را آماده‌ی رفتن کردم و مثل جوجه اردک زشتی پشت سر مادرم راه افتادم.

فروشگاه قشنگی بود. پر از نور و رنگ. همه‌ی وسایل در قفسه‌ها چیده شده بودند. خانواده‌ی کیانی که پسرشان عرشیا با مهدی شریک شده بود در آن جا حضور داشتند. مادر و خواهر مهدی هم آمده بودند، اما جای پدر مهدی خالی بود. با نیامدن پدر، همه مخالفت و اعتراض آقای دکتر نسبت به این کار را فهمیده بودند. کسی چیزی به روی مهدی نمی‌آورد.

خوشحال بودم و درون مغازه قدم برمی‌داشتم. به وسایل دست می‌زدم، یک دست گرم کن سبز توجهم را جلب کرد. سراغ مادر رفتم و گفتم:

- مامان می‌خوام من اولین کسی باشم که از این جا خرید می‌کنه، می‌شه اون گرم‌کن رو واسم بخری؟

مادر با لبخند به سمت پیشخوان رفت و گفت:

- ایشالا واستون بگیره. می‌خوام اون گرم‌کن رو بخرم. دخترم از اون سبز رنگ خوشش اومده.

برق ذوق در چشمان مهدی دیده می‌شد. به سرعت به طرف آن‌ها رفت، درون نایلون گذاشت و برایم آورد و بغلم کرد. از شدت خوشحالی

اشک از چشمانم سرازیر شد. بعد از طی شدن یک سال توانسته بود موضوع از دست دادن شیما را هضم کند و مرا بغل کند و آغوش پر مهرش را به من بازگرداند.

آرامش بر محیط خانه حاکم شده بود، البته منظورم آرمش‌های هراس انگیزی است که ترس طوفان در پس آن‌ها نهفته است. انگار که اژدهایی خونین چشم، پلک‌هایش را بسته و منتظر کوچک‌ترین تحریکی است که سر از خواب زمستانی بر دارد و زندگی را جهنم کند. دیگر مثل سابق دعوا نداشتیم، انگار که مهدی و پدر در دریای سکوت غرق و محو شده بودند. مهدی هر روز به فروشگاه می‌رفت. درگیر حساب و کتاب مغازه شده بود. تقریبا یکسال از افتتاح مغازه گذشته بود و پدر با این شرایط کنار آمده بود و مثل اوایل عکس العمل نشان نمی‌داد. مهدی بیست و دو ساله شده بود و من هفده ساله، سوم دبیرستان بودم و خوشحال بودم که از هر روز رفتن به دبیرستان راحت می‌شوم. دلم می‌خواست خودم را برای کنکور آماده کنم و حتما قبول شوم. آرزوهای زیادی داشتم. آرزوی داشتن گالری هنری که طرح‌ها و نقاشی‌هایم روی دیوار فریاد بزنند و دلم از دیدن شان شاد شود. با عشق و امید درس می‌خواندم، چیزی که سال‌ها فراموشش کرده بودم.

مادر همیشه درگیر شغلش بود و پدر سعی می‌کرد خودش را به مهدی نزدیک کند. اما مهدی عقب می‌رفت و علاقه‌ای به نزدیک شدن نداشت، چون به این فاصله‌ها دل بسته بود. یک شب که همگی سر میز شام بودیم، پدر با لبخند گفت:

- الحمدلله کار مهدی گرفته. اهل زندگی شده، سر به راه شده. امروز دختر دکتر سالار یونسی رو دیدم. خانم باید بودی و می‌دیدی، ماشالا قدبلند، خوش هیکل، چشم عسلی، دماغش یه ذره‌س، اصلا نیاز به عمل نداره. مث ماه می‌مونه. کلی با مارال حرف زدم، واقعا ازش خوشم اومد.

مادر با تعجب پرسید:

- مارال کیه؟

- دختر سالار دیگه. نگو فراموشش کردی. یادت نیست وقتی به دنیا اومده بود، زردی داشت، رفتیم بیمارستان عیادتش. اون موقع مهدی دو سالش بود.

مهدی نگاهی به پدر انداخت و آه کشید. همه منظور پدر را فهمیده بودیم که مارال را برای مهدی در نظر گرفته است. نگاه‌های عمیق و معنادار مهدی اذیتم می‌کرد. یک لقمه می‌خورد، با غذایش بازی

می‌کرد و به من نگاهی می‌انداخت. بالاخره غذایش را ناتمام رها کرد، از پدر و مادر تشکر کرد و به اتاقش رفت.

بعد از رفتن مهدی، پدر به تعریف و تمجید کردن از مارال ادامه داد تا این که مادر قانع شد با مهدی صحبت کند که مارال را ببیند. مادر با مهدی صحبت کرد، اما او مخالفت کرد و نمی‌خواست چیزی در این باره بشنود.

این بحث تا مدت‌ها در خانه‌ی ما ادامه داشت، وقتی که پدر بی تفاوتی مهدی را دید، فکر تازه‌ای به ذهنش خطور کرد، این که دو نفر را با هم رو به رو کند. عصر یک روز آفتابی، به همراه دکتر یونسی و مارال به بهانه‌ی سر زدن به پسر دردانه اش! به فروشگاه سری زد. مهدی متوجه منظور پدر شد و در حد توانش از آن ها استقبال کرد. مارال با دیدن مهدی، هول کرده بود و قند در قلبش آب شد و ضربانش بالا رفت. همان برخورد اول کار خودش را کرد، پسری خوش چهره و خوش تیپ و از همه مهم تر پسر آقای دکتر داریوش غفوری. از نظر آقای دکتر همه چیز برای ازدواج این دو نفر آماده بود، الا رضایت مهدی که مطمئن بود به زودی به زانو در می‌آید و پرچم مخالفتش را به زمین می‌اندازد.

مهدی تا مدت‌ها با این موضوع مخالفت می‌کرد و به هیچ وجه رضایت نمی‌داد. مدت‌ها از پایان سربازی‌اش گذشته بود و سرگرم فروشگاه بود که کم کم اوضاع کار برایش سخت شده بود. عرشیا درصد کمی از فروش را به مهدی می‌داد و از طرف دیگر، مهدی تمام روز یک تنه بار فروشگاه را به دوش می‌کشید و خسته و کوفته به خانه می‌آمد. رفته رفته از این اوضاع عصبانی و خسته شده بود و پدر در جریان تمام این ماجراها بود. از اولین دیدار مهدی و مارال چهار ماه گذشته بود و پدر لحظه شماری می‌کرد که مارال را برای مهدی خواستگاری کند. بنابراین شرطی برای مهدی گذاشت که هم مشکلش حل شود، هم پدر راضی و خشنود. به مهدی پیشنهاد داد که اگر با مارال ازدواج کند یک فروشگاه لوازم ورزشی برایش فراهم کند که مالک تمام و کمال آن خود مهدی باشد و پدر هیچ دخالتی در آن نکند. مهدی به محض شنیدن این پیشنهاد عصبانی شد و مخالفتش را با سکوت نشان داد. پدر از مادر خواست وارد میدان شود و مهدی را راضی کند.

کار و بار مهدی به خوبی پیش نمی‌رفت. مثل اوایل سر ساعت و با شوق فروان به فروشگاه نمی‌رفت. احساس می‌کردم از شغلی که انتخاب کرده، پشیمان شده است. نه راه پس دارد، نه راه پیش. متأسفانه مهدی برای شرکتش با عرشیا سفته امضا کرده بود و نمی‌توانست ناگهانی

کارش را رها کند. وزن کم کرده بود و چشمان پر فروغش مثل سابق زیبا و دلربا نبود. پوست صورتش مثل شمع آب شده بود و از آن همه شکوه و زیبایی که سابق داشت خبری نبود، اما با این همه هنوز هم زیبا و دل فریب بود.

ماه‌ها مادر با مهدی صحبت کرد و سعی می‌کرد او را راضی کند که با مارال ازدواج کند و در عوض صاحب فروشگاه رؤیایی‌اش شود. مهدی مثل قورباغه‌ای شده بود که درون ظرف آب سرد گذاشته شده باشد، به تدریج آب که گرم می‌شد و تا زمانی که آب می‌جوشید همان جا باقی می‌ماند و نای بیرون پریدن ندارد و زانو می‌زند و هلاک می‌شود. مهدی اوایل با این پیشنهاد مخالفت می‌کرد، اما کم کم سکوت می‌کرد تا جایی که از شراکتش با عرشیا به ستوه آمد و با مادر مشورت کرد که شراکتش را با عرشیا به هم بزند. مادر پدر را از تصمیم مهدی با خبر کرد و پدر به محض شنیدن این خبر، پسرش را در لباس دامادی کنار بهترین دختری که می‌شناخت می‌دید.

با واسطه شدن پدر، عرشیا سفته‌ها را به مهدی برگرداند و با او تسویه حساب کرد. پدر مقدمات تأسیس فروشگاه را فراهم کرد. همه‌ی مراحل را طی کرد. مکان فروشگاه انتخاب شد، رنگ آمیزی و قفسه‌ها و میز و

صندلی‌ها هم آماده شدند. شرط پدر برای سفارش دادن اجناس، رفتن به خواستگاری مارال بود. مهدی چاره‌ای نداشت جز نوشیدن جام زهر.

شب خواستگاری رفتن فرا رسید. پدر در پوست خود نمی‌گنجید. مادر از شدت شوق دست می‌زد و کل می‌کشید. بعد از سال‌ها خانه رنگ شادی گرفته بود. چون خانواده‌های عروس و داماد آشنایی قبلی داشتند، قرار شد شب خواستگاری و نامزدی با هم برگزار شود، بدون این که بفهمند مهدی و مارال با هم تفاهم دارند یا ندارند؟

مهدی در اتاقش کلافه بود. سکوتش دیوانه‌ام کرده بود. اقوام نزدیک هم آمده بودند و عمو کوروش با آن اخلاق و رفتار شیرینش مثل ماه می‌درخشید.

مهدی روی تختش نشسته بود و آخرین نفری بود که آماده‌ی رفتن شد. دستانم می‌لرزید. بدنم یخ زده بود. او را می‌دیدم و دانه‌های اشک در چشمانم حلقه می‌بست و دود می‌شد. سعی می‌کردم گریه نکنم که آرایشم خراب نشود. همه در حال و هوای شادی بودند که زنگ در به صدا آمد. به سمت در حیاط رفتم، حامد پشت در بود. به من خیره شد. کلمات را گم کرده بود، زبانش بند آمده بود. نمی‌دانم زیبا شده بودم یا تعجب کرده بود که مرا با آرایش می‌بیند، چون هیچ‌وقت آرایش

نمی‌کردم. سراغ مهدی را گرفت. او را به اتاقش راهنمایی کردم و کنار مهمان‌ها رفتم.

حامد به اتاق مهدی رفت. او را به آغوش کشید و سرش را روی شانه‌هایش گذاشت. مهدی پریشان بود، بغض داشت. در اتاق را بست و روی شانه‌های حامد گریه کرد. همه آماده‌ی رفتن شده بودند. پدر غر می‌زد که دیر شد، آبرویم رفت، مهدی کجاست، حرکت کنیم که دیر نرسیم.

مادر از من خواست مهدی را صدا بزنم که بیرون بیایید. در زدم، اما صدایی نشنیدم. کمی در را باز کردم. مهدی روی زمین نشسته بود و سرش را روی زانوهایش گذاشته بود، انگار با پاهایش پچ پچ می‌کرد. حامد بالای سرش ایستاده بود و گفت:

-   مهدی پاشو. همه رو لنگ کردی. پاشو شادوماد.

مهدی با شنیدن حرف حامد نگاه تلخی به من انداخت و سرش را پایین گرفت. حامد گاهی به من نگاه می‌انداخت و سعی می‌کرد با حرف‌های شیرین و با نمک، هر دوی ما را بخنداند. چند لحظه به مهدی خیره شدم و دروازه‌های سکوت را شکستم:

-   داداش همه آماده شدن، دارن حرکت می‌کنن. بیا دیگه.

مهدی آه عمیقی کشید و گفت:

- تو برو. چند لحظه دیگه میام.

نگاهم به چشمان پر از اشک مهدی و عکس شیما که در مشتش عرق کرده بود، افتاد. از خودم متنفر شدم و احساس کردم من باعث جدایی مهدی و شیما شدم. رو به روی مهدی روی زمین نشستم. به حامد نگاهی انداختم و دستان مهدی را گرفتم و بوسیدم:

- مهدی نمی‌دونستم این جوری می‌شه و گرنه لال می‌شدم و به کسی نمی‌گفتم. من تو اتاقت فضولی نکردم. بعد از رفتنت خیلی تنها شدم. تنها دل‌خوشیم اتاقت شده بود. هر روز میومدم این‌جا. قسم می‌خورم اتفاقی عکس شیما رو دیدم. بمیرم که باعث ناراحتیت شدم. مهدی من جز تو کسی رو ندارم، از من فاصله نگیر. منو ببخش.

اشک از چشمانم سرازیر شده بود که دستان گرم مهدی روی پوست صورتم کشیده شد:

- گریه نکن آبجی گلم. می‌دونم تو بی تقصیری. بابا تحت هیچ شرایطی رضایت نمی‌داد. من نه از مارال خوشم میاد، نه امیدی به این زندگی دارم. اونم به خاطر اسم بابا داره با من ازدواج

۳۰۰

می‌کنه، قد و قیافه منو دیده فکر کرده من همونم که می‌خواد. من حتی نمی‌دونم چه طور دختریه، فقط به خاطر بابا دارم باهاش ازدواج می‌کنم. مارال هیچ وقت عشق من نمی‌شه، فقط قراره زنم بشه و منم متعهد می‌شم، همین.

مهدی از جایش بلند شد. حامد کت مهدی را به دست گرفت تا بر تنش بپوشد. مهدی برای لحظاتی عمیق، به عکس شیما خیره شد و حضور نگاه شیما در عکسش را نفس کشید، به آن خیره شد، اشک از چشمانش جاری شد و با صدایی که از جهنم سوزان قلبش جاری شده بود گفت:

- خداحافظ عشقم.

عکس شیما را پاره کرد و به حامد داد و از اتاق بیرون رفت. من و حامد برای لحظاتی کوتاه تنها ماندیم.

- مهدیه خانم شما مقصر نیستید. خواهش می‌کنم خودتون رو سرزنش نکنید. من از اول به مهدی گفتم بابات قبول نمی کنه، اما اصرار داشت که راضیش می‌کنم.

سکوت کردم و هیچ نگفتم. می‌خواستم از اتاق بیرون بروم که صدای حامد در گوشم موج زد:

- مهدیه خانم، شما خانم‌ترین دختری هستید که من دیدم. تمنا
می‌کنم خودتون رو ناراحت نکنید. شما بی‌تقصیری.

قلبم مکثی کرد. صدای حامد دنیایم را به هم ریخت. حس کردم چیزی
درونم در حال شکل گرفتن است و قرار است بارور شود، مادر شوم و
کودک عشق را در آغوش بگیرم. حامد دستش را به طرفم دراز کرد و
دستمال کاغذی به من داد.

- صورتتون رو پاک کنید. این جوری بیرون نرین، زشته کسی
ببینه گریه کردین.

دستمال را گرفتم. غیر عمد دستش به دستم بر خورد کرد. بابت این
موضوع کلی عذرخواهی کرد و با عجله و دست پاچگی از اتاق بیرون
رفت. گرمای دستش در جانم ریشه کرد و قلبم از کار افتاد.

تمام حواسم به حامد بود و امتداد نگاهم به او می‌رسید. بی اختیار زیر
نظر می‌گرفتمش. هر لحظه دلم در حال و هوای او بود. سپهر را از
خودم رنجاندم و دل به حرارت حضور حامد بستم. آن شب سپهر از
من فاصله گرفت.

نگاه‌های نجیب حامد زلزله در دلم به راه می‌انداخت، دلم می‌لرزید.
واقعا مهربان و مؤدب بود. از همین حالا آقای دکتر بودن شایسته‌اش

بود. دختران مهمانی او را آقای دکتر صدا می‌زدند، سرش را پایین می‌انداخت و زیر چشم به دنبال نگاه من می‌گشت که با نگاهش برخورد کند. گرمای کلمات حامد به همراه عطر حضورش، وجودم را متحول کرده بود. آن قدر درگیرش شده بودم که اصلا به یاد ندارم آن شب چه طور سپری شد. همه‌ی مهمان‌ها شام را در خانه‌ی عروس خوردند. نوبت به پوشیدن حلقه‌ها رسید. مهدی عرق کرده بود و با کف دست عرقش را از روی پیشانی‌اش پاک می‌کرد. بالاخره حلقه‌ها به انگشت هردویشان سلام گفت. صدای جیغ و هورا حال و هوای همه را عوض کرد. با شروع شدن موسیقی هرکسی شروع به رقصیدن کرد.

آن شب با تمام اتفاقات و سر و صداهایش تمام شد. قرار آزمایش خون، عقد و عروسی هم گذاشته شد. وقت بیرون آمدن از خانه‌ی عروس حرف حامد مرا دیوانه کرد:

- مهدیه خانم شما امشب از همه زیباتر بودین، حتی از عروس. واستون صدقه گذاشتم چشم نخورین.

کنار در ایستاده بودیم و کمی از مهمان‌ها فاصله گرفته بودیم که ناگهان مهدی پشت سر هردویمان ظاهر شد و با لبخند گفت:

- تو غلط کردی واسه خواهر من صدقه گذاشتی، یعنی واسه من
  نذاشتی؟

مهدی به حامد ایمان داشت، شک نداشتم هیچ برداشت بدی نکرد.
حامد سرخ شد و به سان شراب مستی بخش، مرا مست خودش کرد و
به سرعت از من دور شد. همه به خانه هایمان بازگشتیم. تا صبح خواب
ستاره‌ها را می‌دیدم...

بخش هفتم: ترس

نتایج کنکور اعلام شدند، قبول نشدم. نالان و پریشان به سمت خانه روان شده بودم. حالم اصلا خوب نبود. از این‌که پدر از موضوع خبردار شود، ترس داشتم. نمی‌دانستم چگونه موضوع را با همه در میان بگذارم. در حال و هوای خودم بودم که صدایی مرا از آن حال و هوا بیرون آورد.

- سلام مهدیه خانم.

به سمت صدا برگشتم. نور آفتاب چشمم را زد. مردی مقابلم ایستاده بود. نزدیک‌تر آمد.

- ببخشید انگار ترسوندمتون.

حامد بود. لبخندی زدم و به سمتش چند قدم برداشتم.

- سلام. ببخشید اصلا متوجه نشدم شما هستین. خانواده خوب هستن؟

احوال‌پرسی کرد. دست پاچه بود، انگار که حرفی در گلویش گیر کرده بود و نمی‌توانست بگوید.

- مهدیه خانم شما خیلی دختر پاک و نجیبی هستین. خودمو تو موقعیتی نمی‌بینم که از شما تعریف کنم. من حد خودمو می‌دونم که پدرم مغازه‌داره و پدر شما سرشناس و با اسم و رسم.

- این چه حرفیه داداش. این‌جور نگین ناراحت می‌شم.

اخم حامد در هم رفت و با ناراحتی گفت:

- می‌شه ازتون خواهش کنم به من نگین داداش. از هیچی به اندازه داداش گفتن شما نفرت ندارم.

این حرف را که زد قند در دلم آب شد. قلبم تندتند می‌زد. او هم فهمیده بود که این کلمه را از سر اجبار می‌گویم. آخر عاشقش بودم و خبر نداشت.

- چشم.

- راستش من به شما علاقه دارم. این موضوع رو هم با مهدی در میون گذاشتم. مهدی خودش خواست که جواب رو از شما بگیرم. حقیقتش از پدرتون می‌ترسم و جرأت نمی‌کنم بیام خواستگاری، اما اگه شما موافق باشین و ته دلتون یه کم به من علاقه داشته باشین من به خاطر به دست آوردن شما

حاضرم هر کاری انجام بدم، حتی مقابله کردن با تحقیرهای پدرتون. هر چند ایشون حق داره، شما دختر دکتر غفوری هستین و من پسر یه مغازه دار.

از این حرفش ناراحت شدم، چون نمی‌دانست چقدر دوستش دارم.

- من از شما بالاترم آقای دکتر؟ شما دانشجوی داروسازی هستین، اما من!

حرفم را قطع کرد و اجازه نداد به او بگویم که حتی نتوانستم در کنکور مجاز شوم.

- خواهش میکنم این حرفارو نزنید. من خودمو در مقابل شما هیچ می‌دونم. کاش می‌دونستید یه نگاه شما رو به تمام دنیا نمی‌دم چه رسد به دکتر شدنم. اگه تو کنکور قبول شدم فقط به عشق شما بود که پدرتون نگه دخترمو بهت نمیدم و می‌خوام به دکتر بدمش. من به خاطر شما قبول شدم که پدرتون بهانه نیاره که دکتر نیستی. حالام تصمیم با شماست. اگه به من هیچ علاقه‌ای ندارین دیگه مزاحمتون نمی‌شم و به این امید که روزی موافقت کنید، زندگی می‌کنم.

حرف‌هایش دلم را لرزاند، یعنی او هم عاشق من بوده و چیزی نمی‌دانستم؟ کاش زوتر از این‌ها عشقش را به من می‌گفت تا به عشق حامد همه‌ی تلخی‌ها را تحمل می‌کردم. حرف‌هایش را گفت و بدون معطلی رفت. حتی منتظر شنیدن جوابم نشد. هول کرده بود. نمی‌خواستم از کنارم دور شود. صدایش زدم:

- آقا حامد! من نمی‌تونم این موضوع رو به پدر مادرم بگم. لطف کنید به مهدی بگین خودش اونا رو در جریان بزاره.

- ممنونم که نگفتین داداش. لبخند شما منو واسه هر چیزی آماده می‌کنه. شما نگران هیچی نباشین. خداحافظ.

چشمانم را بستم و به سوی کرانه‌های آبی آسمان پرواز کردم. بال‌های شوقم را گشودم و الماس‌های ناب هوا را نوازش کردم و با عشق به ریه‌هایم فرستادم تا درگیر حس ناب من شوند. چقدر دنیایم قشنگ شده بود. انوار طلایی و نقره‌ای عشق بر همه جا سایه افکنده بود و مرا به بزم جنون‌شان فرا می‌خواندند. پوست صورتم از فرط نوشیدن شراب عشق سرخ شده بود. انگشتانم در این هوای دونفره چنگ زده بودند و با خیال حضور پر عطر عشقم

درآمیخته بودم. تا رسیدن به خانه در حال و هوایی غرق بودم که تا آن لحظه هیچ‌وقت حسش نکرده بودم.

به خانه رسیدم. خوشحال بودم. سلام جانانه‌ای به مادر کردم. بعد از عوض کردن لباس‌هایم و شستن دستانم، خبر قبول نشدنم را به مادر گفتم. مادر شوکه شده بود که چرا تا این حد بی‌تفاوت هستم و در عوض خوشحالم.

پدر قبل از مهدی به خانه آمد. مهدی تا دیروقت در فروشگاه می‌ماند و نزدیک ده شب به خانه می‌آمد. نمی‌دانستم مهدی برای دور ماندن از پدر دیر می‌آمد یا می‌خواست سخت کار کند.

در اتاقم بودم که پدر آمد. برای سلام کردن بیرون نرفتم. از خوشحالی در پوست خودم نمی‌گنجیدم. در اتاقم راه می‌رفتم و یواشکی شادی می‌کردم.

❊❊❊❊❊❊❊❊❊❊❊❊❊❊❊❊❊❊❊❊❊❊❊❊❊❊❊❊❊❊

" سپهر نمی‌دونم چی کار کنم. حامد منو دوست داره، بهتره بگم عاشقمه و به خاطر من تو دانشگاه قبول شده. منم دوستش دارم،

دیگه باید از هم جدا شیم. من حامد رو انتخاب می‌کنم. ازت می‌خوام از دنیام بری بیرون.

سپهر ناراحت نشو، اخم هم نکن، تو که می‌دونی من چقدر دوستش دارم. حامد هم منو دوست داره. اگه بدونی امروز چه حرفایی بهم زد. می‌گفت به عشق من قبول شده و به عشق من درس می‌خونه که دکتر بشه و بابام مخالفت نکنه. "

❋❋❋❋❋❋❋❋❋❋❋❋❋❋❋❋❋❋❋❋❋❋❋❋❋❋❋❋❋❋❋❋

ناگهان در اتاق باز شد. پدر صدایم را شنیده بود و پشت در گوش داده بود. می‌خواست ناگهانی وارد شود تا به قول خودش بالاخره مچ مرا بگیرد، اما با صحنه‌ی عجیبی که برایش آشنا بود روبه‌رو شد. من در وسط اتاقم ایستاده بودم و با کسی حرف می‌زدم که هرگز وجود خارجی نداشت. پدر به اتاق نگاهی انداخت. نه کسی را می‌دید و نه موبایلی در دستم بود. شوکه شد. به طرفم آمد و برای اولین بار بغلم کرد.

- مهدیه دخترم خوبی؟ داشتی با خودت چی تمرین می‌کردی؟ امروز حامد رو دیدی؟ هر چی شده به من بگو، نترس من باباتم و تحت هر شرایطی حمایتت می‌کنم.

وحشت کرده بودم. می‌ترسیدم پدر با ازدواج من و حامد مخالفت کند.

- نه بابا اصلا حامد رو ندیدم. راستش کنکور قبول نشدم داشتم

    با خودم تمرین می‌کردم چطور بهتون بگم.

پدر به سمتم آمد و مرا بغل کرد.

- فدای سرت که قبول نشدی. بیا بریم شام بخوریم.

- شما برین منم میام. یه خرده کار دارم.

پدر برای لحظاتی به چشمانم خیره شد و از اتاقم بیرون رفت. توقع داشتم در را باز بگذارد تا مراقب تمام حرکات من باشد و ناگهانی بیاید موبایل را از دستم بگیرد و دعواهایش را شروع کند و لابه‌لای آن ها چند تا کتک هم بخورم، اما در را بست و برخلاف تصوراتم پشت در منتظر شنیدن صدایم مانده بود.

❊❊❊❊❊❊❊❊❊❊❊❊❊❊❊❊❊❊❊❊❊❊❊❊❊❊❊❊❊❊❊

" سپهر خدا به خیر کرد وگرنه می‌فهمید تو دوست خیالی منی. من برم شام بخورم تا شک بابام بیشتر نشده.

راستی سپهر خودتو ناراحت نکن. دعا کن بابام موافقت کنه حامد بیاد خواستگاریم، تو که می‌دونی چقدر دوستش دارم."

❊❊❊❊❊❊❊❊❊❊❊❊❊❊❊❊❊❊❊❊❊❊❊❊❊❊❊❊❊❊❊❊

هنگام شام خوردن، پدر مراقب تمام حرکاتم بود. آن شب برای اولین بار باور کرده بود که دخترش به دردی گرفتار شده که باعثش خودش بوده و با علمش نتوانسته زودتر به آن پی ببرد.

وقتی شام تمام شد، سفره را جمع کردم و ظرف‌ها را شستم. می‌خواستم به اتاقم بروم که مهدی صدایم زد.

- مهدیه تعریف کن امروز چی کارا کردی؟ کجاها رفتی؟امروز کسی رو ندیدی؟

وقتی گفت کسی را ندیدی، چشمک زد و لبخند بر لب داشت. خجالت کشیدم.

- نه کسی رو ندیدم، رفته بودم نتیجه کنکور رو ببینم که قبول نشدم.

۳۱۲

- دخترم فدا سرت. سال دیگه شرکت کن. اصلا بشین تو خونه یه مدت استراحت کن. تازه دیپلم گرفتی و هیچ عجله‌ای واسه قبول شدنت نیست.

من، مادر و مهدی از لحن پدر متعجب بودیم. آخر چه شده که آقای دکتر قید دانشگاه رفتن دخترش را زده؟ یعنی برایش مهم نبود دختر همکارش که در تیزهوشان بوده چه قبول می‌شود و دخترش باعث سرشکستگی او شده. گیج بودم و تغییر رفتار ناگهانی پدر را نمی‌فهمیدم. شب بخیر گفتم و به اتاقم رفتم.

از آن شب به بعد رفتار پدر فرق کرده بود. دایم مرا زیر نظر می‌گرفت. مهربان شده بود و اجازه نمی‌داد کسی در خانه صدایش را بالا ببرد، اما متاسفانه مشکلات مهدی با مارال شروع شده بود، انگار با هم تفاهم نداشتند. خیلی وقت‌ها عصبانی بود و ناخودآگاه همه درگیر مشکلاتش می‌شدیم.

رفتار پدر فقط با من فرق کرده بود و هم چنان لج بازی‌هایش را نسبت به مهدی ادامه می‌داد. معتقد بود که مارال دختر خوبیست، اگر ایرادی باشد از پسرش است و مهدی باید خودش را اصلاح کند و آبرویش را مقابل همکار و دوستش نبرد، پدر دیگر دعوا نمی‌کرد و چیزی نمی‌شکست. با شنیدن مشکلات مهدی و مارال به شدت ناراحت

۳۱۳

می‌شدم و ترجیح می‌دادم در اتاقم تنها باشم. تنهایی‌هایم را با سپهر تقسیم می‌کردم و گاهی اوقات گریه می‌کردم و حس می‌کردم با صحبت کردن با سپهر، به عشق حامد خیانت می‌کنم. سعی می‌کردم از سپهر جدا شوم و فقط به حامد فکر کنم.

در رؤیاهایم حامد را جایگزین سپهر کردم، هر لحظه تصور می‌کردم کنارم ایستاده. تقریبا هر روز گریه می‌کردم و ترس از اینکه پدر مخالفت کند مرا از پای انداخته بود. دست خودم نبود گریه کردن تنها چیزی بود که آرامم می‌کرد. چشمانم را می‌بستم و اشک می‌ریختم و حامد اشک‌هایم را پاک می‌کرد.

یک روز پدر به اتاقم آمد. مدتی کنارم ماند، سعی می‌کرد نقش یک پدر خوب را بازی کند. از حال و احوالم می‌پرسید. از این که کل روز را چه می‌کنم و از من می‌خواست به کلاس‌های هنری بروم و در کمال تعجب می‌گفت تو هنرمندی و اجازه نده ذوق هنری‌ات کور شود. آرام آرام طعم حرف‌هایش تغییر کرد.

- مهدیه جان تازگی‌ها متوجه شدم شرایط روحیت یه مقدار به هم ریخته شده. شاید به خاطر استرس امتحانات پایان ترم وکنکور و ترس اعلام نتیجه بوده. به نظرم بد نیست یه سری

کلاس‌های هنری بری تا سرگرم شی و از طرفی چند جلسه بری مشاوره تا حس بهتری داشته باشی.

- بابا من حالم خوبه. اون روز داشتم با خودم تمرین می‌کردم چطور بگم قبول نشدم. مشکلی ندارم که بخوام برم مشاوره.

- منم می‌دونم مشکل نداری، فقط حس کردم اگه با کسی جز خانوادت مثلا یه مشاور حرف بزنی استرس‌هات کم تر می‌شه.

- مرسی بابا که به فکرمی، من حالم خوبه.

ترسیده بودم. حس می‌کردم پدر موضوع حامد را فهمیده و می‌خواهد به نحوی این موضوع را فراموش کنم و با مشاوره رفتن تحمل نرسیدن به عشقم برایم سخت نباشد. پدر از اتاقم بیرون رفت. از شنیدن مخالفت پدر ترسیده بودم. روی تختم دراز کشیدم، چشمان سپهر در چشمانم گره خورده بود و مثل همیشه آرامشم می‌داد. انگار که نسبت به عشق حامد مخالفتی نداشت و فقط می‌خواست من آرام باشم، غصه نخورم و حرف‌های دلم را با او در میان بگذارم. از ترس از دست دادن حامد اشک می‌ریختم و سپهر دانه دانه اشک‌هایم را پاک می‌کرد.

خودم را در حجم تاریک اتاقم رها کردم. چشمان بازم را می‌بندم و خود را گیج و مبهم در دنیایی می‌بینم که دست و پا زدن در آن، انسان

را به تنگنای فلاکت و بدبختی می‌کشاند. دالانی هزار تو که از هر راهش غصه و دلتنگی می‌بارد. می‌هراسم از این همه تاریکی. نمی‌دانم به کدامین جاده پناهنده شوم.

نه... نه... این جا جاده‌ای نیست، این جا آخر دنیاست، این جا همان جایی است که آرزوی نبودن، نیستی و نابود شدن، قشنگ‌ترین تمنای دل می‌شود. چند قدمی جلو رفتم. جاده‌ای نبود. راهی برای طی کردن نبود، فقط وحشت و ترس بود. می‌خواستم دستانم را باز کنم، بروم تا آن جایی که از قید و بند پاسخ دادن و درد کشیدن رهایی یابم. ترس داشتم از ماندن، ترس داشتم از رفتن. بلاتکلیف بودم. نه عقل نه قلب، هیچ کدام پاسخی نداشتند.

برگشتم و پشت سرم را دیدم، آن جا هم تاریک بود. بر خودم لعنت می‌فرستادم، با این دنیایی که ایجاد یا انتخاب کردم.

بخش هشتم: نا امیدی

چند روزی بود که خانه‌مان شلوغ بود و رفت و آمد فامیل در آن شدت گرفته بود. روز عروسی مهدی تعیین شده بود. نیمه شعبان، همان روزی بود که مارال به تمام آرزوهایش می‌رسید و من چه قدر حسادت می‌کردم به سپیدپوش شدنش.

۳۱۶

مهدی علی رغم میل باطنی‌اش تن به این ازدواج داده بود و بارها می‌گفت که با مارال تفاهم ندارد و هنوز هیچی نشده سر هر موضوعی با هم اختلاف نظر دارند، اما پدر نمی‌پذیرفت و معتقد بود که تازه با هم آشنا شده‌اند و از دو فرهنگ متفاوت هستند و زمان می‌برد تا به هم عادت کنند، همان طور که پدر و مادرم یک عمر به دعوا عادت کردند. این هم همان تفاهمی بود که پدر از آن دم می‌زد.

حال و روز مهدی اصلا خوش نبود. هیچ نشانی از خوشحالی در چهره‌اش پیدا نمی‌شد. حال و روز من از او بدتر بود؛ چرا که پدر را می‌شناختم و محال بود حامد را به دامادی قبول کند. نا امیدی تمام وجودم را فرا گرفته بود. تمام روزم را میان چهار دیوار اتاقم می‌گذراندم. چهار دیواری که مثل دهان مکنده‌ی یک خون آشام، بر سرم می‌ریخت و با اشتهایی سیری ناپذیر مرا می‌بلعید...

از ترس و وحشت این فضای نازیبا، به چهار گوشه‌ی اتاقم که هر گوشه‌اش مثل هزار ضلعی بد نظمی است و از هر ضلعش غصه و غم با ترسی دو چندان بر سرم می‌ریزد، پناه می‌برم و سرم را میان دستان تهی‌ام می‌گیرم و با تمام قدرت سرم را بر زانوهایم فشار می‌دهم و با دستانم، این ذهن کوچک و بی چاره‌ام را از آوار وحشت‌ها نگه می‌دارم؛

درست مثل مادری که کودک وحشت زده‌اش را از فریادهای پدر دور می‌کند و او را در دامان مهرش پناه می‌دهد.

چشمانم را بسته‌ام. قلبم به این هزاره‌های وحشت انگیز نفرین می‌کند. دلم گرفته از هرچه چهار دیواری است، دلم گرفته از ترس‌ها، وحشت‌ها و بی پناهی‌ها.

پدر را مانعی برای رسیدن من و حامد به همدیگر می‌دانستم. از مخالفت کردنش ترس داشتم و نمی‌توانستم این ترس را هضم کنم. تنها درمانم اتاقم بود، اتاقی که سرشار از تنهایی بود و مرهمی می‌شد برای غصه‌هایم. هیچ میل و ذوقی برای عروسی برادرم نداشتم؛ چرا که دلی پر از نا امیدی داشتم.

پدر هر روز به من نزدیک می‌شد و سعی می‌کرد با من با محبت رفتار کند. اصرار داشت که پیش مشاور بروم، اما من قبول نمی‌کردم و هم چنان پافشاری می‌کردم که مشکلی ندارم.

شکم به یقین مبدل شده بود که پدر از مشکل باخبر شده است، چون قبلا عمو کوروش به او گفته بود که مهدیه با خودش پچ پچ می‌کند، اما او جدی نگرفت و هرگز تصور نمی‌کرد دختر یک روان شناس دچار مشکل روحی و روانی شود.

ترجیح می‌دادم بیش‌تر اوقات در اتاقم باشم، از هم صحبت شدن با هر کسی حتی مادرم فراری بودم. همه سعی می‌کردند خودشان را به من نزدیک کنند، اما من مثل اسبی سرکش از همه دور بودم و فراری. قدرت تمرکزم به شدت پایین آمده بود و آغوش فراموشی به رویم گشوده شده بود. بیش‌تر حرف‌ها و اتفاقات را فراموش می‌کردم. درست یادم نمی‌آمد وسایلم را کجا می‌گذارم و مجبور می‌شدم دنبالشان بگردم. سر دردی پی‌درپی امانم را بریده بود. قرص مسکن جزئی جدایی ناپذیر از زندگی‌ام شده بود.

خیلی دوست داشتم به پدرم بگویم دیر آمدی پدر، خیلی دیر...

بخش نهم: نفرت

بالاخره روز عروسی مهدی فرا رسید. از شب قبل، بی حوصله و کسل بودم. دلم گریه می‌خواست. از اینکه خانه‌مان پر از مهمان بود، کلافه بودم. لبخندی مصنوعی به لب داشتم، درست مثل لبخند دلقکی که زیر ماسکش پر از غصه است.

حامد و خانوده‌اش در خانه‌مان حضور داشتند. فکر می‌کردم پدر با ازدواج ما مخالف است. سعی می‌کردم از حامد دوری کنم و قلبم را از وجودش تهی.

بیش‌تر از قبل به سپهر محتاج شده بودم. مهمان‌ها را رها می‌کردم و برای دقایقی به اتاقم می‌رفتم و با سپهر هم صحبت می‌شدم. حامد از این رفتار من کلافه شده بود و منتظر فرصتی بود که مرا در خلوتی پیدا کند و دلیل غم پنهانی پشت لبخند مصنوعی‌ام را جویا شود.

- مهدیه خانم چیزی شده؟ چرا این قدر ناراحتین؟ کسی حرفی بهتون زده؟

- حالم اصلا خوب نیست. شک ندارم بابام با ازدواج ما مخالفه. کاش بهم نمی‌گفتین منو دوست دارین و منم فکر می‌کردم حس من یه حس یک طرفه‌ست.

- شمام منو دوست داشتین؟

- همیشه فکر می‌کردم راز منو می‌دونید.

- کاش می‌دونستم. حالا که می‌دونم این عشق دوطرفه‌ست، واسه با هم بودنمون هرکاری می‌کنم. هر شرطی پدرتون بزاره قبول می‌کنم.

- معلومه بابام رو هنوز نشناختین، محاله قبول کنه.

- نمی‌دونم ولی مهدی به من گفت پدرتون تقریبا موافقه و مخالفتی نکرده.

- جدی؟ امیدوارم همین باشه که شما می‌گین. با اجازتون برم، زشته کسی ما رو ببینه.

از شنیدن حرفش خوشحال شدم و دریچه‌ای از امید در دلم گشوده شد. حامد را بیش‌تر از جانم دوست داشتم.

وقتی مهمان‌ها رفتند به اتاقم رفتم. آن قدر خسته بودم که توان عوض کردن لباس‌هایم را نداشتم. روی تخت دراز کشیدم،

۳۲۱

می‌خواستم بخوابم که افکار شوم رهایم نمی‌کرد، ترس مخالفت پدر باعث شد با چشمانی اشک آلود به خواب بروم.

صبح با سر و صدای مهمان‌ها از خواب بیدار شدم. هرکسی مشغول انجام دادن کاری بود. حوصله‌ی کسی را نداشتم. از شنیدن آن همه سر و صدا کلافه شده بودم. بی دلیل عصبی بودم. قلبم از این همه تیرگی، از این همه سکوت درد آور و زجردهنده که با ناخن‌های خونین و سوهان کشیده‌اش، درست به سان الماس، روحم را می‌خراشد، می هراسد. صدای ضجه‌های قلبم شبیه جغدی تنها با چشم‌هایی براق میان جنگلی تاریک شده، نمی‌دانم چشم‌هایش از سر تنهایی سوسو می‌زند یا از سر ترس، با ذره ذره‌ی وجودم ضجه‌هایش را حس می‌کنم.

از مارال متنفر بودم که امروز روز اوست و با تمام وجودش خوشحال است. دوست نداشتم از اتاق بیرون بروم. مدتی روی تختم نشستم تا این که مادر در زد و وارد شد.

- سلام. صبح به خیر تنبل. پاشو امروز عروسی داداشته. میخوایم بریم آرایشگاه. بدو برو یه دوش بگیر تا با هم بریم.

- سلام. ولم کن، مامان حوصله ندارم. نمیام.

- مگه میشه! پاشو بریم. عروسی داداشته زشته به خودت نرسی. این جور همه فکر می‌کنن تو مخالفی.

- مامان نری بیرون جیغ می‌زنم.

مادر ناراحت شد و از اتاق بیرون رفت. عمو کوروش دلیل ناراحتی مادر را پرسید و به اتاقم آمد.

- مهدیه جان دخترم. می دونم چقدر اذیت شدی و اختلافات بابات و مهدی تورو خسته کرده. حالا به خاطر خودت هم شده بزار یه امروز حسابی بهت خوش بگذره و تمام غصه‌ها رو از وجودت بیرون کن.

- عمو دلم گرفته حوصله ندارم.

- پاشو دیگه دل منو نشکن.

- خواهش می‌کنم اذیتم نکنین می‌خوام تنها باشم.

عمویم به شدت ترسیده بود و نگرانم شده بود. مهدی را صدا زده بود و تمام ماجرا را برایش گفته بود. این بار مهدی بود که قدم به حریم تنهایی من گذاشت.

- مهدیه ازت خواهش می‌کنم از اتاق بیای بیرون و بخندی. درسته به خاطر موضوع شیما ازت ناراحت شدم، اما خودت می‌دونی چقدر دوست دارم و حاضرم جونم رو بهت بدم.

- می‌دونم. معذرت می‌خوام بابت شیما.

- اون دیگه تموم شد. من شیما رو فراموش کردم، شاید به مارال علاقه نداشته باشم، اما جسم و روحم بهش وفاداره و به جز مارال به هیچ دختری فکر نمی‌کنم. شیما یه عشق سوخته‌ست که تا ابد تو قلبم دفن شده. ازت خواهش می‌کنم به خاطر من بیا و تا می‌تونی خوش بگذرون. من که خوشحال نیستم، ولی اگه تو خوشحال باشی منم خوشحال می‌شم. نور چشمام، خواهر گلم پاشو به خودت برس، شوهر آینده‌ت هم میاد زشته تو رو اینجور ببینه.

- شوهر آینده‌م کیه؟

- حامد بهم گفت باهات صحبت کرده و یه جورایی موافقی. از بابت بابا هم خیال هر دو تاتون راحت باشه من راضیش می‌کنم.

از ته دل خوشحال شدم و نتوانستم این خوشحالی را پنهان کنم. مهدی را بغل کردم و با او از اتاق بیرون رفتم.

عروسی با شکوه برگزار شد. دکتر غفوری برای حفظ اعتبارش چنان مراسمی گرفته بود که تا مدت‌ها از ذهن‌ها فراموش نشود. حامد ساقدوش مهدی بود و لحظه‌ای از او جدا نمی‌شد.

کم کم مهمان‌ها می‌رفتند و به پایان عروسی نزدیک می‌شدیم. آن شب تمام غصه‌هایم را فراموش کردم و خودم را مدتی بعد در لباس سپید می‌دیدم. دیگر به مارال حسادت نمی‌کردم.

لحظه‌ی خداحافظی عروس و داماد فرا رسید. مهدی کلافه بود. برای لحظاتی در جمع مهمانان حضور نداشت. کنجکاو شدم به حیاط رفتم و دیدم مهدی حامد را بغل کرده و گریه می‌کند. می‌ترسیدم نزدیک شوم و صدای اشک‌هایش را بشنوم. نمی‌توانستم خودم را به خاطر ظلمی که در حقش کرده بودم، ببخشم. من با حماقتم باعث شدم زندگی مهدی را تا ابد جهنم کنم. دوران مجردی اش در جهنم بود و حال باید در جهنمی دیگر نفس می‌کشید.

- حامد امروز روز مرگ من بود. نمی‌تونم عاشق مارال باشم به خاطر بابام مجبورم. تو دیگه مث من اشتباه نکن. می‌دونم

عاشق خواهرمی، بهت ایمان دارم خوشبختش می‌کنی. هیچ آرزویی جز خوشبختی مهدیه ندارم، طفلک خیلی اذیت شد.

با دیدن حس و حال مهدی اشک از چشمانم سرازیر شد و از آن جا دور شدم...

بخش دهم: دل شکستگی

دلهره داشتم. دستانم می‌لرزید. شب خواستگاری‌ام بود. حامد، عشق پاک و خواستنی‌ام سوار بر اسب رؤیاهایم به سویم می‌آمد. هر کاری از دستم بر می‌آمد انجام می‌دادم تا همه چیز خوب و مرتب باشد.

خوشبختانه با پا درمیانی مهدی، پدر با ازدواج ما موافقت کرده بود. ماه‌ها از ازدواج مهدی می‌گذشت و منتظر به دنیا آمدن دوقلوهایشان آرش و آریا بودند. رابطه‌شان بهتر شده بود، اما آن رابطه‌ی عاشقانه‌ای که در ذهن من بود، نداشتند. درآمد مهدی عالی بود، فروش بالایی داشت و پدر از شرایط راضی بود.

شب خواستگاری حس کردم پدر، جام زهر را به سلامتی من می‌نوشد و تن دادن به این ازدواج برایش حکم خودکشی داشت.

مهمان‌ها رسیدند. استرس داشتم. حتی نمی‌توانستم سینی چای را در دست بگیرم. قلبم از حس حضور گرم حامد در این فاصله‌ی کم تند می‌زد، دوست داشتم در آغوشش بکشم و تمام سال‌های پر از تنهایی‌ام را با بودنش پر کنم.

ماрال با تمام اختلافاتش با مهدی، کوچک‌ترین بی احترامی نسبت به ما نکرده بود و همه دوستش داشتیم. خوشحالم آن شب کنارم بود و تمام دخترانه‌هایی را که هیچ وقت کسی به من نگفته بود، برایم گفت...

به من یاد داد چه بگویم و چه طور چای تعارف کنم و چگونه دخترانه رفتار کنم. شاید این ها چیزهایی پیش پا افتاده باشد، اما برای منی که تمام عمر تنها بودم و پدر و مادرم سرگرم شغل شان بودند، همان چیزهایی بود که هیچ وقت یاد نگرفته بودم.

جرئیات شب خواستگاری را درست به یاد نمی‌آورم. آن زمان در مرحله‌ای از زندگی بودم که خاطرات اندکی در ذهنم می‌ماند و مابقی بر باد می‌رفتند.

تمام قرارها گذاشته شد. در عرض دو هفته مراحل عقد انجام شد و تاریخ عروسی برای سه ماه بعد تعیین شد، چون مارال قبل از آن زمان زایمان می‌کرد و به احترام او سه ماه عقب انداختیم.

بالاخره روز عروسی فرا رسید. آن قدر خوشحال بودم که نمی‌توانم آن همه شوق را با کلمات بیان کنم. طراوت و احساس را می‌شود از گوشه گوشه‌ی این دنیای پر زرق و برق، این دنیای معطر و نورانی احساس کرد. می شود صدای نور را دید، طراوت گل‌ها را لمس کرد. می‌شود

صدای خنده‌ی عشق و محبت را از اعماق وجود، حتی آن جا که بدی‌ها دفن شده‌اند، احساس کرد. می‌توان بوی متعفن بدی را با گل‌های عشق پر کرد. چه قدر زیباست نفس کشیدن در سرزمینی که عشق تنها راه نفس کشیدن است.

از آرایشگاه بیرون آمدم. حامد مرا با لباس سپید در ازدحام انوار عشق دید. اشک شوق از چشمان هر دوی ما جاری شده بود. بی اختیار حامد را در آغوش کشیدم و اشک شوق بر گونه‌هایم- گونه‌هایی که عمری با غصه‌ها تر می‌شد- جاری شد.

- حامد قول بده هیچ وقت تنهام نزاری. نمی دونی چقدر دوستت دارم. تو تنها کسی هستی که می‌خوام تمام عمرم کنارش باشم. قول بده هیچ وقت دوست داشتنت کم نشه و تحت هر شرایطی عشقت به من پایدار باشه.

- مهدیه تو عشق پاک منی. بهت قول میدم تحت هر شرایطی عاشقت باشم و تا لحظه‌ای‌که نفس می‌کشم، عشقت تو وجودم باشه. خانمم گریه نکن، آرایشت خراب می‌شه. بزار همه مهمونا ببینن چه فرشته‌ی زیبایی اومده تو زندگیم.

همه چیز عالی بود، جشنی با شکوه و عاشقانه. از بچگی عاشق رز سفید بودم، حامد بخاطر علاقه‌ی من گفته بود تمام تالار را با رز های سفید تزیین کنند. ماشین عروس هم پر از رز سفید بود...

ماه‌ها از ازدواجمان گذشته بود. حامد مشغول درس و دانشگاه بود و بعد از آن در مغازه‌ی پدرش مشغول کار می‌شد. ساعات زیادی در خانه تنها می‌ماندم. تصور می‌کردم اگر با عشقم ازدواج کنم؛ مرگ تنهایی هاست، اما تنهایی‌ام بیش‌تر شده بود.

حامد با بداخلاقی‌های من مواجه شده بود. مدام گریه می‌کردم...

اگر حامد نسبت به اشک‌های بی دلیل من معترض می‌شد، وسایل خانه را به سمتش پرت می‌کردم و هر چه دم دستم بود، می‌شکستم.

درست به خاطر ندارم، اما یکی از آن روزهای پر از تنهایی، دلم گرفته بود. با حامد تماس گرفتم که زودتر بیاید، اما نمی‌توانست بیاید. با مادر تماس گرفتم که بیاید و او هم گفت سرش شلوغ است و من به خانه‌شان بروم. به هر گوشه‌ی خانه نگاه می‌کردم، پر بود از حجم‌های تیره‌ای که تنم را می‌لرزاند. بی اختیار گریه می‌کردم و موهایم را می‌کشیدم. تیغ برداشتم و رگ دستم را زدم. در آن حال می‌خواستم صدای حامد را برای آخرین بار بشنوم.

- حامد عشقم، نفسم من مزاحم زندگیتم، مجبوری کارت رو ول کنی بیای پیش من. واسه همین برای همیشه از زندگیت میرم.

تلفن را قطع کردم و هیچی یادم نمی‌آید چه طور سر از بیمارستان درآوردم. حامد بعدها تعریف کرد که با شنیدن حرف‌هایم نگران شده و خودش را به سرعت به خانه رسانده است.

از خانواده‌ی حامد خجالت می‌کشیدم. پدر حامد مردی مهربان و صبور بود. برای این که من تحقیر نشوم، حامد را سرزنش کرد به همسرت توجه کن و بعد از دانشگاه و بیمارستان به مغازه نیا و مستقیما به خانه برو.

وقتی پدرم این شرایط را دید به حامد گفت تمام هزینه‌های زندگی‌تان را پرداخت می‌کنم، ولی به مهدیه توجه بیش‌تری داشته باش. حامد پیشنهاد پدر را نپذیرفت و از این که او را مردی بی تعهد تصور کرده، ناراحت شد، اما پدر جور دیگری مسئله را عنوان کرد که من حساب مهدیه را پر می‌کنم تا دخترم نگران هیچ چیزی نباشد.

با حامد بداخلاقی می‌کردم، اما این بی همتا در زندگی‌ام هرگز صدایش را برایم بالا نیاورد و همیشه عاشقم بود. پدر و مادرم به حامد گفته بودند که اگر مهدیه بچه‌دار شود تمام مشکلاتش حل می شود. حامد تحت تاثیر حرف‌های آن ها قرار گرفت و برای خوب شدنم دست به هر کاری می‌زد.

بدم نمی‌آمد مادر شوم و این حس دوست داشتنی را تجربه کنم. چند ماه اول همه چیز خوب بود. روحیه‌ام بهتر شده بود و همه از این موضوع خوشحال بودند. هر ماه که می‌گذشت و دخترم بزرگ می‌شد، وحشتم بیش‌تر می‌شد. با هر لگدی که به شکمم می‌زد، خودم را میان دایره‌های شومی می‌دیدم که هر چه می‌دویدم به انتهایش نمی‌رسیدم.

نمی‌توانستم حضور دیگری را در وجودم بپذیرم. با هر تکانی که می‌خورد، جیغ می‌زدم و گریه می‌کردم. طفلک حامد روزگارش سیاه شده بود، اما از عشقش دست نمی‌کشید و هم چنان عاشقم بود.

پدر و مادرم از دیدن حال و روز من خیلی ناراحت بودند، اما کاری از دستشان بر نمی‌آمد. تقریبا اکثر اقوام نزدیک را فراموش کرده بودم و اتفاقات را به سختی به یاد می‌آوردم.

پدر هر روز به دیدنم می‌آمد و سعی می‌کرد با علمش مرا درمان کند، اما نمی‌توانست. من از زندگی‌ای که در درونم شکل می‌گرفت می‌ترسیدم. هیچ وقت نتوانستم به پدر بگویم خیلی دیر آمدی، خیلی دیر.

مهدی هر شب قبل از رفتنش به خانه به دیدنم می‌آمد. سرم را روی پاهایش می‌گذاشت و موهایم را نوازش می‌کرد.

حامد دست از درس و کارش کشیده بود و تمام روز در کنارم بود. در آن مدت به اندازه‌ی تمام عمرم در خیابان‌ها قدم می‌زدم و دستان حامد تکیه گاهی امن برای نفس کشیدنم بود.

تمام محیط پر از عشقی که حامد برایم فراهم کرده بود، تاثیری در حال من نداشت، با هر حرکت دخترم، جیغ می‌زدم و با وحشت گریه می‌کردم. دلم شکسته بود از این که مهدیه‌ای دیگر به این دنیا اضافه می‌شود. دخترکی پاک و معصوم که مادرش از او می‌ترسید و نمی‌خواستش. نمی‌دانستم وقتی دل می‌شکند، چشم می‌بارد، قلب می‌گیرد، سر درد می‌گیرد و دست‌هایی که دل را به آغوش می‌کشند، خون می‌بارند. دل شکسته‌ام با دو بال کوچک و خونین مثل فرشته‌ها شده بود. لبانم را به دل کوچکم نزدیک می‌کنم تا شاید با بوسه‌ای از او، از هرچه درد که آزارش می‌دهد، برهانمش.

بخش یازدهم: دوری

گاهی اوقات آن قدر احساس ترس می‌کردم که دلتنگ بچگی‌هایم می‌شدم. همان زمانی که در دنیایی دیگر نبودم، فقط من بودم و خانواده‌ام، بدون هیچ حصاری.

دنیایی دیگر در من شکل می‌گرفت و من از آن می‌ترسیدم. نمی‌توانستم با دنیای دخترم

کنار بیایم. نمی‌توانستم با دنیای مبهم خودم کنار بیایم. سر درد می‌گرفتم و دلم روزهایی را می‌خواست که در هیچ دنیایی نبودم.

هر روزی که به زایمان نزدیک می‌شدم، تکان‌های دخترم بیش‌تر می‌شد. آن قدر حالم بد شده بود که پدر دو پرستار برای من گرفته بود که تمام روز کنارم بودند و سعی می‌کردند با حرف‌هایشان آرامم کنند.

وقتی که حالم بد می‌شد و می‌ترسیدم، آغوش هیچ کسی به اندازه‌ی حامد مرا آرام نمی‌کرد. ذهن بیچاره‌ام خسته بود و در حال استراحت. حافظه‌ام ضعیف و کوتاه مدت شده بود. حامد تنها کسی بود که از دیدنش خسته نمی‌شدم. دلم می‌خواست کل روز به آغوشم بکشد و

۳۳۵

لحظه‌ای از خودش جدایم نکند. طفلک قید همه چیز را زده بود و مردانه پای عشقش مانده بود.

حالم بد بود و نمی‌توانستم تا لحظه‌ی زایمان تحمل کنم به همین دلیل وقت سزارین برایم تعیین شد. دو روز مانده به سزارین، پدر برای دیدنم آمد. نمی‌دانم چه شد، اما به محض ورودش جیغ زدم و به گوشه‌ی اتاق پناهنده شدم و گریه می‌کردم، موهایم را می‌کشیدم. پدر ترسیده بود. نمی‌توانستم به او نگاه کنم. با دیدنش تمام آن صداهای جهنمی که سال‌های مکرر با آن‌ها زندگی کرده بودم برایم تکرار شدند، حیوانات جهنمی به رویم لبخند زدند و مرا به بزم خویش می‌خواندند.

پرستار در اتاق را بست که پدر را نبینم. حامد مرا بغل کرده بود و سرم را روی سینه‌اش فشار می‌داد. حرف‌هایش هیچ وقت از ذهن بیمارم پاک نشد.

- عشقم خانمم عزیزم زندگیم، نترس من کنارتم. تنهات نمیزارم. جون و عمرم، بهانه‌ی نفس کشیدنم آروم باش من تا ابد کنارتم و نمیزارم کسی اذیتت کنه.

تمام بدنم می‌لرزید و پشت سر هم عرق می‌کردم. پدر سر جایش خشک شده بود. وقتی که خوابم گرفت، حامد با چهره‌ای پر خشم و

دلی شکسته او را از خانه بیرون برد تا تمام حرف های نا گفته‌ای که کسی به او نگفته بود، به او بگوید.

- دیگه به دیدن مهدیه نیاین. هر چی سرش اومده به خاطر شما بوده. اگه پدر مهربونی بودین، اگه به خانواده‌تون اهمیت می دادین و با خودخواهی و داد و فریاد کردن بچه‌هاتونو نابود نمی‌کردین، الان این حال و روز مهدیه نبود.

فکر کردین مهدی با مارال خوشبخته؟ تا حالا یکبار پای حرف‌هاش نشستین؟ اصلا می‌دونین هر روز مشکل دارن و این زندگی رو به خاطر بچه‌هاشون تحمل می‌کنن. شیما چه ایرادی داشت که حاضر نشدین یکبار ببینینش و درباره‌ش فکر کنید؟

مهدیه رو دیدین! من هر روز کنارشم و این حال و احوالش تغییری تو عشقم به وجود نیاورده، چون می‌دونم مهدیه یه دختر پاک و معصوم بود که شما نابودش کردین. وقتی شما رو می بینه حالش بدتر می‌شه، لطفا دیگه به دیدنش نیاین! اگه خواستین حالش رو بدونید هر روز که مامان به دیدنش میاد، حالش رو از اون بپرسید.

پدر بدون گفتن یک کلمه با چشم‌هایی گریان به خانه رفته بود. وقتی مادر و مهدی خبردار شدند، به دیدنم آمدند. بوی تن مادرم مرا آرام می‌کرد و نوازش‌های مهدی مرا مست می‌کرد.

با چشمان خودم می‌دیدم مهدی با هر بار دیدنم یکسال پیرتر می‌شود. موهایش سفید شده بود. سیگار می‌کشید و با چشمانی بغض کرده به من خیره می‌شد و در آغوش حامد ابهت مردانه‌اش را می‌شکست و برای من گریه می‌کرد. یکبار که حرف‌هایش را می‌شنیدم دلم برای هردویمان سوخت.

- حامد داغونم مهدیه رو تو این حال می‌بینم. خیلی مظلومه. اگه بابام اونقدر بدرفتار و عصبی نبود و رفتاری که بیرون از خونه داشت رو تو خونه هم با ما داشت، من اونقدر عصبی نمی‌شدم و مجبور نمی‌شدم عصبانیتم رو با شکستن وسایل خونه خالی کنم. همه اون وسط یه جورایی خودمونو خالی کردیم و مهدیه تمام اونا رو تو خودش جا داد و هر روز داغون تر شد.

حامد اگه تو نباشی، مهدیه رو چی کار کنم؟

- منظورت چیه؟ تو فکر کردی با این چیزا عشق من به مهدیه کم شده؟ مهدیه زندگی منه، مادر دخترمه. با این چیزا عشق من ذره‌ای کم نمی شه. تا لحظه‌ای که زنده هستم از عشق مهدیه دست نمی‌کشم. ناراحت می‌شم اگه با خودت فکر کنی یه روزی خسته می‌شم و رهاش می‌کنم. تا آخرین نفسی که می‌کشم به عشق مهدیه زنده‌ام.

روز زایمان فرار رسید. دلم نمی‌خواست پدر همراهی‌ام کند. از خانواده‌ی حامد خجالت می‌کشیدم و حامد به خاطر من اجازه نداد کسی بیاید. دستان حامد تا پشت در اتاق عمل همراهم بود و مادر و مهدی با لبخند کنارم ایستادند. هیچ کدامشان قطره‌ای اشک نریختند، مبادا روحیه‌ی من خراب شود.

وارد اتاق عمل شدم. همه جا سبز و ترسناک بود. جنگلی شوم مقابلم بود. تنم به لرزه افتاد. وقتی که خیلی می‌ترسیدم، طفلک پاک و معصومم، دختر بی‌گناهم به لرزه می‌افتاد و من با هر تکانش وحشت می‌کردم. پرستارها نمی‌توانستند آرامم کنند. جیغ می‌زدم و سپهر را صدا می‌زدم. ناگهان تمام حافظه‌ام را از دست دادم. تصویرهای ترسناکی به سراغم می‌آمد. اصلا به یاد نداشتم قبلا در اتاق عمل بودم

و تجربه‌ی آن را داشته‌ام. فکر می‌کردم آن جا جهنمی سبز است. به گوشه‌ای پناهنده شدم و گریه می‌کردم که حامد وارد اتاق شد.

- سپهر اومدی؟ بغلم کن خیلی می ترسم.

حامد بغلم کرد و سعی می کرد آرامم کند.

- آره عشقم اومدم از هیچی نترس. من کنارتم.

- سپهر هیچ جا نرو.

- باشه. آروم باش و نفس عمیق بکش.

- سپهر خوشحالم تو رو دارم. ممنونم کنارمی.

حامد با دیدنم اشک می ریخت و بوسه های خیسش مرا آرام می کرد. هنوز هم نمی‌دانم چه شد که حامد اجازه‌ی ورود به اتاق عمل را پیدا کرده بود. شاید دوستان پدرم که همه جا حضور داشتند، باعث شدند حامد کنارم باشد. بیهوش شدم و هیچ به خاطر ندارم. وقتی چشمانم را باز کردم، ته دریاچه‌ای بودم که نور خورشید را از زیر امواج آب می‌دیدم. دستانم را به سمت آسمان بالا بردم و خود را بیرون کشیدم.

روی سطح آب آمدم، همه جا نور بود و روشنی. شفافیت عجیب و خیره کننده‌ای تمام آن فضا را در آغوش کشیده بود. از آب بیرون آمدم و کنار یک ساحل زیبا، زندگی از حرکت ایستاده‌ام را از سر گرفتم. پاهایم

۳۴۰

روی سنگ ریزه‌های ساحل بود، براق بودند و گرم. خبری از شن‌های ساحلی نبود، بلکه سنگ ریزه‌های سفید و کوچک الماس نشانی زیر پاهایم بودند که هر کدامشان خورشید پنهانی برای درخشیدن در سینه داشتند و آن فضای زیبا را پر نور کرده بودند.

لبخند زدم و چشمانم را برای دیدن اطرافم باز کردم. اتاقی پر از نور بود و حامد با چشمان پر عشقش کنارم ایستاده بود. دستش را گرفتم. دستانم را می‌بوسید و حرف‌های جادویی‌اش مرا آرام می‌کرد.

- سلام خانم خوشگلم. بالاخره چشمای نازت رو باز کردی تا بتونم این همه زیبایی رو ببینم.

- سپهر تمام مدت که خواب بودم کنارم بودی؟

با شنیدن این حرف اشک از چشمانش جاری شد.

- آره عزیزم هیچ جا نرفتم تمام مدت کنارت نشسته بودم.

نمی‌دانم جنس عشقش از چه بود که تمام دردها را تحمل می‌کرد و از این که شخصی خیالی را در وجود او می‌دیدم و او را به نامی دیگر صدا می‌زدم، ناراحت نمی‌شد.

آرام‌تر شده بودم که پرستار آمد و دختری زیبا و معصوم را در آغوشم گذاشت. اصلا به یاد نداشتم دختری دارم. با اولین تکان و صدای

گریه‌اش، وحشت کردم. جیغ زدم. دستانم می‌لرزید. حامد او را از آغوشم دور کرد و به پرستار داد.

- بچه رو ببر دیگه هم نیارش.

حامد بغلم کرده بود و آرامم می‌کرد. اشک می‌ریختم و نفس‌های حامد را به تنم التیام می‌کردم.

وقتی به خواب می‌رفتم، پدر می‌آمد و مرا در خواب می‌دید، اشک می‌ریخت و حاصل رفتارش را با تمام وجود مشاهده می‌کرد. هماهنگی‌های لازم را کرده بود. اتاقی خوب و خوش منظره در تیمارستان برایم فراهم کرده بود. بعد از بیمارستان راهی تیمارستان شدم و از همه چیز دور شدم.

دور شده‌ام، آن قدر دور که حتی پیدا شدنم خیالی شده است، خیالی‌تر از همه‌ی سراب‌های جاری بر لحظات مسموم زندگی‌ام...

گم شده‌ام، ناپیدا و ناتمامی من هنوز ادامه دارد. رفتنم به سمت دوری‌های باور نکردنی مسلم‌تر شده است. می‌روم و حرکت می‌کنم تا دیگر اثری از غصه‌هایم بر جای نماند، حتی برای لحظه‌ای، این ثانیه‌های بی نصیب از خنده را، بر خاطرات بر جای مانده حرام نکنم.

چه قدر دلتنگ شده‌ام، دلتنگ همان خنده‌های کودکانه. همان شیطنت‌های بچگانه. دلتنگ لبخندی از سر بچگی برای تنبیه نشدن. دلتنگ صدای مادرم، ابهت پدرم و عشق برادرم و چه قدر دور شده‌ام از تمام خواستنی‌هایم. چه قدر حس دستان‌شان، حضورشان و حتی به یاد آوردن خاطره‌های خوبی‌هایشان برایم دور شده است. این جا تک و تنها میان اتاقی پر از بیابان و سراب ایستاده‌ام.

کوله بار غصه‌هایم را از روی زمین بر می‌دارم و آه عمیقی، آهی که زبانه می‌کشد به آسمان‌های دور، از اعماق دلم سر می‌کشم و راه دورم را ادامه می‌دهم. می‌روم تا دیگر اثری از من بر جای نماند. می‌روم تا دیگر از این راه دور، باز نگردم.

می‌روم و دستان پینه بسته‌ی زندگی تلخم را، به تمام پنجره‌های بتنی سرنوشت گره می‌زنم و دور می‌شوم از تمام ناکامی‌ها، می‌خواهم خودم را در اوج زندگی، در عمیق‌ترین ناکامی‌ها فروکش کنم تا راه بازگشت این جاده‌ای که در آن پا نهاده‌ام، بیش‌تر بر رویم بسته شود و دیگر راه بازگشتی نباشد.

فصل دوازدهم

پله‌ی چهارم: دل شکستگی

طراوت و احساس را می‌شود از گوشه گوشه‌ی این دنیای پر زرق و برق، این دنیای معطر و نورانی احساس کرد. می‌شود صدای نور را دید، طراوت گل‌ها را لمس کرد. می‌شود صدای خنده‌ی عشق و محبت را از اعماق وجود، حتی آن‌جا که بدی‌ها دفن شده‌اند، احساس کرد. می‌توان بوی متعفن بدی را با گل‌های عشق پر کرد. چه قدر زیباست نفس کشیدن در سرزمینی که عشق تنها راه نفس کشیدن است.

شلوارم را تا روی زانوهایم بالا می‌کشم و تا می‌کنم. بند پاهایم را از قفس کفش‌هایم بیرون می‌کنم، می‌خواهم شن‌های این همه صفا و عشق را احساس کنم. می‌خواهم کف پاهایم هر چه بیش‌تر با زیبایی‌ها و طراوت این سرزمین زیبا گره بخورد.

می‌دوم، تا آن‌جا می‌دوم که نفس‌هایم از شدت شوق سخت بزنند و به شماره بیفتند و قفسه‌ی سینه‌ام درد بگیرد، آن وقت است که دستانم را می‌گشایم تا همه‌ی آسمان را به آغوش بکشم.

۳۴۴

احساس گرما می‌کنم. انگار کسی این حوالی نیست. دکمه‌های پیراهنم را باز می‌کنم و اجازه می‌دهم باد میان تار و پود بدنم بپیچد و مست شود از این همه زیبایی و لطافت. عشق بازی نفس‌های خنک و آرامش دهنده‌ی باد، میان تن و جانم غوغایی به پا کرده، مست از این همه شور وزش‌های باد، آرام آرام روسری‌ام را از سر می‌کشم و به دور کمرم می‌بندم.

قدم‌هایم را با ناز میان سبزه‌ها می‌گذارم، احساس می‌کنم هر سبزه‌ای به سان جوانی پر عطش بر پاهایم بوسه می‌زند. به طرف دشت قدم زنان می‌روم و به سان چشمه‌ای خود جوش و پر حرارت، جاری می‌شوم میان سبزه‌های جوان دشت.

خسته شدم، لختی میان آن همه رنگ و زیبایی دراز می‌کشم. سبزه ها بر روی تن نیمه عریانم دراز می‌کشند، با نوک انگشتانم نوازششان می‌دهم، تازگی‌ها را لمس می‌کنم.

چمن‌ها، این فرش‌های پر عطر و بو که مرزی شیرین بنا نهاده‌اند میان من و خاک، این پوستین زمخت و پتیاره‌ی زمین با بوی سکرآور و مست کننده‌اش برای عشق بازی کردن مرا به نام فرا می‌خواند، روی تمام سلول‌های بدنم داروی لالایی می‌ریزد و مرا به خوابی دل نواز می‌برد.

میان این همه تشویش، این همه آشوب، احساس آرامش می‌کنم. خود را به دست چمن‌های هوسناک و سبزه‌ها می‌سپارم، چشمانم را می‌بندم و اجازه می‌دهم بر روی تنم خیمه‌ها بزنند.

تنم لطافت خاک و سبزه‌ها را احساس می‌کند، حتی زشت‌ترین‌ها در این جا زیبا می‌شوند و برایم به سان طاوسی زیبا می‌شوند که می‌توان از پاهای زشتش به حرمت پرهای چشم نوازش، چشم پوشی کرد.

چه قدر زیباست وقتی روی چمن دراز می‌کشی و مورچه‌ای کوچک راهش را میان صحرای تنت، این سرزمین نرم و لطیف با تمام پستی‌ها و بلندی‌هایش، گم می‌کند، اجازه می‌دهی میان این همه روشنی که زیر کومه‌ی انوار خیره کننده‌ی آفتاب است، بچرخد و آفتاب برای کومه‌ی تنهایی‌ات میان این دشت چراغی شود برای روشنی و آن وقت با انگشت محبت راهنمایش می‌شوی و هنگام دور شدنش از تنت، چشمانت را کم‌کم ببندی.

لحظاتی بعد پوست تنت احساس سوزش می‌کند. آری بوسه‌های این مورچه‌ی گم گشته بر روی بدنت سوزش و خارشی پدید می‌آورد، انگار که می‌خواهد برای آخرین بار با گزش‌هایش بوسه‌ای آتشین کند و ردش را بر جای بگذارد. آه چه قدر زیباست...

به خواب فرو رفته بودم و حال که چشمانم را می‌گشایم، لبخندی از سر رضایت بر روی لبانم جاریست.

❃❃❃❃❃❃❃❃❃❃❃❃❃❃❃❃❃❃❃❃❃❃❃❃❃❃❃❃❃

" سپهر تو چه طور دلت اومد منو ول کنی به حال خودم؟ تو چطور نفهمیدی من چقدر تنها می‌شم وقتی تو کنارم نیستی!

سپهر خودت بگو، به نظرت این حق من بود؟ من که تمام عشق و محبتم رو بهت هدیه کرده بودم، حالا حقمه دستامو ول کنی؟ سپهر فقط بهم بگو بابات چی از جون ما می‌خواد؟ چرا هیچ وقت از من دفاع نکردی؟ چرا اجازه میدی مامانت به جای تو و من تصمیم بگیره؟ چرا این قدر بی عرضه‌ای؟ سیلی که دیروز بابات زد تو گوشم رو فقط به خاطر تو تحمل کردم، اما حالا طلبکار شدی که حق حرف زدن نداری و بابام دق و دلی اطرافیان رو سر تو خالی کرده و باید ساکت بمونی. چرا؟ چون باباته؟ باشه عیب نداره، اما حالا می‌خوام جرمم رو داد بزنم. جرم من احترام گذاشتن بیش از حد بود. محبت کردن بی جا بود و سکوت احمقانه‌ی خودم.

۳۴۷

نه من باید مثل خودتون رفتار می‌کردم. نامتمدن و بی فرهنگ. سپهر از جلو چشام برو نمی‌خوام ببینمت. برو ازت متنفرم. "

❊❊❊❊❊❊❊❊❊❊❊❊❊❊❊❊❊❊❊❊❊❊❊❊❊❊❊❊❊❊❊❊❊❊❊

آری جاری بودن لبخند بر روی لبانم نشانگر درد بزرگی است که درون سینه‌ام می‌جوشد و از شدت درد، تنها به خودم می‌خندم.

چه قدر بد است لحظاتی را احساس شادی کنی، سرزنده باشی، نفس بکشی میان دنیایی که در آن هیچ چیز ناراحت کننده‌ای نیست، همه چیز زیباست و تنها عشق برای زندگی کردن کافی است. عشق است که گسسته‌ها را می‌پیونداند. عشق است که جدایی ناپذیرها را می‌گسلاند. عشق است که طراوت و احساس می‌دهد. نور می‌دهد. شب را معجزه آفرین و زیبا می‌کند و تن‌های برهنه را به سان پری‌های سر از آب کشیده جذاب و زیبا می‌کند و هر ستاره‌ای از آسمان را به نام عشق به چشمک زدن وادار می‌کند.

اما چه قدر بد است وقتی چشمانت را می‌گشایی و می‌بینی این همه آرامش، فقط رویایی بوده که میان برهوت چشمانت برای لحظاتی عمیق خیمه زده است، یک خواب بوده است و لذتی گذرا، مثل لذت

نوشیدن یک لیوان شربت میان بیابان و تابستانی سوزناک و مثل آب سرد و استسقا. لذت خنک شدن وجودت فقط برای لحظاتی هست و دیگر نیست و از آن پس آتش و عطش به زوجیت در می‌آیند و تا چشمانت زبانه می‌کشند.

در همین لحظه‌هاست که مات و مبهوت به تیرگی‌های اطرافت خیره می‌شوی و با مشت بر سر می‌کوبی تا شاید سردردت آرام گیرد. همین لحظات بود که سر درد امانم نمی‌داد و هیچ چاره‌ای نداشتم جز آنکه با شدت و حرص موهای سرم را بکشم و گاه با مشت بر پیشانی‌ام بکوبم تا شاید دردم آرام گیرد. میان این همه درد و درگیری، نمی‌دانم چرا چشمانم ابری شده‌اند؟ نمی‌دانم چرا شروع به باریدن کرده‌اند؟ هر دانه‌ی اشکی که از چشمانم جاری می‌شود، از گلوگاهم عبور می‌کند و از شیار سینه‌ام می‌گذرد، به قلبم می‌رسد و آن‌جا دفن می‌شود. این دانه‌های الماس نشان نفرین شده، با آن لبه‌های تیز و برنده، قلبم را سیاه و کدر کرده‌اند. انگار این همه دانه دست به دست هم می‌دهند و تیری می‌شوند میان قلبم و آن وقت به کتفم و به پشتم حمله می‌کنند و این درد تا پشت کمرم کشیده می‌شود، ناگهان تمام اعضای بدنم در گیر می‌شوند، درگیری با جنگی ناجوانمردانه که چشمان کوچکم یک تنه می‌بارند و این همه عضو در مقابلش به درد برمی‌خیزند، تا شاید

۳۴۹

آرام گیرند. چه قدر دلم گرفته است. طفلک بی پناهم، هراسان و سردرگم به دنبال دستانی می‌گردد، که میان آن‌ها آرام گیرد و تپش‌هایش را آرام‌تر کند و ضعیف‌تر بزند.

کسی اطرافم نیست. دل کوچک و بی پناهم را میان دستانم می‌گیرم. می‌خواهم نوازشش کنم، آرامشش دهم، اما از دستانم خون می‌چکد. خون گرمی از دستانم بر روی پاهایم و زمین زیر پایم می‌چکد. وحشت زده شدم. نکند آسمان هم برای من غصه‌دار شده است و خون می‌بارد. به آسمان خیره می‌شوم و سعی می‌کنم با فریادهای نگاهم، دستانی را از آن جاها که هرگز ندیدمشان و فقط وصف‌شان را شنیده‌ام برای یاری رساندن به خودم طلب کنم، اما هیچ یار و یاوری به سویم نشتافت. دیگر داشت دیر می‌شد. به دستانم نگاه کردم و بیش‌تر به آن‌ها زل زدم، دل کوچکم شکسته بود و خون می‌بارید.

نمی‌دانستم وقتی دل می‌شکند، چشم می‌بارد، قلب می‌گیرد، سر درد می‌گیرد و دست هایی که دل را به آغوش می‌کشند، خون می‌بارند. دل شکسته‌ام با دو بال کوچک و خونین مثل فرشته‌ها شده بود. لبانم را به دل کوچکم نزدیک می‌کنم تا شاید با بوسه‌ای از او، از هرچه درد که هست و آزارش می‌دهد برهانمش. بوسه‌ای از سر عشق و محبت،

بوسه‌ای که از روی لب‌های عاشقی دیرینه بر پا شود و مثل معجزه‌ای آسمانی لذتی عمیق بر جای گذارد.

اما افسوس که لبانم مثل شعله‌های آتش شروع به زبانه کشیدن کرد. آری! آه بر لبانم جاری بود نه بوسه‌ای شیرین. این آه، دل کوچک و شکسته‌ام را سوزاند. بال و پرش سوخت میان آن همه خون...

پله‌ی پنجم: دوری

هشت سلول می‌بینم. هشت راه کوچک برای دیدن دنیایی بزرگ.
دستانم، چشمانم را به آغوش کشیده‌اند، مبادا بیش‌تر از این دنیای بی
رحم را ببینند. برای منی که با چشم‌هایم نفس می‌کشم، با چشم‌هایم
هر روز بر می‌خیزم و می‌نشینم، چه طور ممکن است کم‌تر ببینم؟

آشفته‌ام، احساس پریشانی و دیوانگی می‌کنم. از اعماق وجودم درد را
احساس می‌کنم. بین قلبم و عقلم دیوار کشیده‌ام. عقل همیشه از دست
دلم می‌نالد، اما چه کنم که همیشه جانب داری دل را می‌کنم.

عقل همیشه درست می‌گوید. همیشه از واقعیات سخن به میان می‌آورد
و چیزهایی را می‌فهمد که دل نمی‌بیند و نمی‌فهمد، اما چگونه می‌توانم
بر دستان نازک و شکننده‌ی دل، با تیغ عقل خراش بیندازم؟

میان ذهنم درگیرم، شاید سراغ جاده‌ای می‌گردم که مرا با خود ببرد
تا آن جا که دیگر بازنگردم. رها شوم از هر چه ناکامی و درد که هست
و نیست. آن چه که باید باشد و نباشد.

تمام عمر نه... تمام لحظات عمرم جاده‌ی زندگی‌ام را سرسبز و زیبا
می‌دیدم، پر از درختان کاج کنار جاده، پر از درختان سیب و چمن‌ها

و گل‌هایی که رقص‌کنان مرا به دیوانگی کردن میان آن همه شکوه و زیبایی تا کورترین نقاط روحم می‌کشاند، آری این شراب هستی بخش عارفانه‌ی برخاسته از خوابگاه زندگی‌ام. اما چه شد؟ زندگی‌ام بیابانی شد پر از باتلاق و لجنزار، نفرت و کینه از دردهای زندگی‌ام. آه... این دردهای بی امان زندگی، جهنم نادیده را برایم مسلم کرده‌اند. گلویم از تنفس این همه ناراحتی و ناکامی و درد می‌سوزد. گیج شده‌ام آیا راه چاره‌ای هست؟

نه... هیچ راه چاره‌ای نیست، فقط باید سکوت کرد، حرکت کرد و رفت و دور شد از تمام این سؤال‌های بی جواب. باید آن قدر دور شد که دیگر هیچ چیز از این همه خاطره‌های بد و وحشت انگیز در ذهن باقی نماند.

حال که این جا ایستاده‌ام، دوری برایم بهترین راه است. بر می‌گردم و به پشت سرم خیره می‌شوم. جنگل است و گل‌ها و پرنده‌ها، اما به محض این که می‌خواهم پلک بزنم و نفس عمیقی بکشم، سراب چشمانم به پایان می‌رسد و بیابان زندگی‌ام به چشمانم هجوم می‌آورد و بر روحم چنگ و لبخند می‌زند تا هر چه بیش‌تر بر چشمانم تثبیت شوند. مقابلم تیره و تار است، فقط جاده‌ای هست که باید بروم و پشت سرم هم بیابان خاطرات نفرت انگیزم.

ای کاش زندگی همین جا، میان این گذشته و آینده تمام می‌شد. ای کاش سراب‌های خوش زندگی‌ام، ابدی می‌شد و چشمان مشتاق زندگی‌ام حتی برای لحظه‌ای از دیدن این صحنه‌ها خسته و دل زده نمی‌شد.

دور شده‌ام، آن قدر دور که حتی پیدا شدنم خیالی شده است، خیالی‌تر از همه‌ی سراب‌های جاری بر لحظات مسموم زندگی‌ام.

گم شده‌ام، ناپیدا و ناتمامی من هنوز ادامه دارد. رفتنم به سمت دوری‌های باور نکردنی مسلم‌تر شده است. می‌روم و حرکت می‌کنم تا دیگر اثری از غصه‌هایم بر جای نماند.

چه قدر دلتنگ شده‌ام، دلتنگ همان خنده‌های کودکانه. همان شیطنت‌های بچگانه. دلتنگ لبخندی از سر بچگی برای تنبیه نشدن. دلتنگ صدای مادرم، ابهت پدرم و عشق برادرم و چه قدر دور شده‌ام از تمام خواستنی‌هایم. چه قدر حس دستان‌شان، حضورشان و حتی به یاد آوردن خاطره‌های خوبی‌هایشان برایم دور شده است. این جا تک و تنها میان اتاقی پر از بیابان و سراب ایستاده‌ام.

کوله بار غصه‌هایم را از روی زمین بر می‌دارم و آه عمیقی، آهی که زبانه می‌کشد به آسمان‌های دور، از اعماق دلم سر می‌کشم و راه دورم

را ادامه می‌دهم. می‌روم تا دیگر اثری از من بر جای نماند. می‌روم تا دیگر از این راه دور، باز نگردم.

می‌روم و دستان پینه بسته‌ی زندگی تلخم را به تمام پنجره‌های بتنی سرنوشت گره می‌زنم و دور می‌شوم از تمام ناکامی‌ها، می‌خواهم خودم را در اوج زندگی در عمیق‌ترین ناکامی‌ها فروکش کنم، تا راه بازگشت این جاده‌ای که در آن پا نهاده‌ام، بیش‌تر بر رویم بسته شود و دیگر راه بازگشتی نباشد.

می‌روم، می‌خواهم بمیرم میان این همه دوری، شاید خودم را به ازدواج با این جاده‌ی دور در بیاورم تا هیچ گاه از او دل نکنم و همیشه در حال دور شدن باشم، رفتن و دور شدن.

نه میان بیابانم نه میان دشت، نه میان جهنمم نه بهشت، حتی نمی‌توانم نامش را برزخ بنامم، چون آن قدر دور است که درک این دوری سخت و ناممکن شده است، نه می‌توانم بگویم آن قدر دور که جهنمی‌ام و نه آنقدر در نزدیکی دوری هستم که نامش را بهشت بنامم و نه میان این دو که بگویم برزخی‌ام.

فقط می‌دانم این مرز نامفهموم را نمی‌توانم به هیچ چیز تشبیه کنم. نور می‌بینم و گاه در تاریکی خفه می‌شوم، آن قدر این تاریکی را نفس می‌کشم که ریه هایم تهوع می‌گیرند از این همه تاریکی.

کوله بارم، این پر از هیچ را بر روی شانه‌ام می‌اندازم و خوب به اطرافم خیره می‌شوم، این جا هیچ چیز نیست، راه بازگشتم محو و نابود شده است و راه روبه‌رویم نه پیدا و نه پنهان. قدم بر می‌دارم و می‌روم تا دورترین‌های قلبم.

فصل سیزدهم

پله‌ی ششم: جدایی

همه جا تیره و تار! نه... زرد و خشک، بی رنگ و بی روح است. انگار تمام ثانیه‌ها میان بهت و گیجی پاییز به پایان رسیده‌اند. تمام روزهای خوش و آفتابی، آن شور و نشاط زندگی، آن خنده‌ها و گریه‌ها، بغض‌ها و اشک ریختن‌ها، همگی دفن شده‌اند. نمی‌دانم چه وقت بود که دستان گرمم را از دستان آتشین زندگی جدا کردم!

نمی‌دانم چرا آن لحظه‌ها هرگز با خود فکر نکردم که تمام زندگی‌ام را زیر پاهایم گذاشته‌ام و می‌خواهم عبور کنم، بروم و از خودم جدا شوم، از همه‌ی هستی‌ام، از همه‌ی دار و ندارم.

میان آن همه بهار، میان آن همه سبزینگی، چشمان پر غرورم، آسمان‌ها را می‌جست. همه چیز را زیر پاهایم گذاشتم، حتی خودم را...

نگاهم را به آسمان دوختم، دستانم را گشودم، بال‌هایم را از بند منطق تنم رها کردم. همه چیز را سوزاندم و خاکستر کردم و از همه چیز گذشتم. آن قدر رفتم، آن قدر بی تاب رسیدن بودم که لحظه‌ای نگاهم

را به پشت سرم گره نزدم. هرچه گره بود، گسستم. هرچه دیوار بود، شکستم. هر آن‌چه که بویی از زندگی می‌داد به امید زندگی در آسمانی که بیش‌تر می‌خواستمش، نابود کردم.

اینک همان جا هستم، همان جایی که آرزویش را داشتم. میان بغض و کینه شناور شده‌ام، بسان کشتی بزرگ و مجلل، اما متروک و تهی که مخصوص پادشاهان است، بی رنگ و نور میان امواج وحشی دریا، بی پناه و نا امید، جدا از همه‌ی دنیا، طعم جدایی را با بدترین بوهای سرنوشت می‌چشم و به روح خسته و پشیمانم می‌خورانم.

آن لحظه که دستانم را از دستان زندگی‌ام رها کردم، هرگز به این لحظه‌های غریب و بی کس فکر نکردم. هیچ وقت لحظه‌ای با خودم خلوت نکردم که آن جا زندگی همیشه بهار نیست، شاید آن جا پاییزی‌تر و زمستانی‌تر از این جا باشد و مثل کابوسی پر از شیرینی و شکلات مسموم باشد.

بال گشودم و به سوی دنیای خیالی‌ام پرواز کردم. رفتم و خود را میان آن همه طوفان و موج، آن همه بی رنگی و بی رمقی رها کردم.

چشمانم را بسته بودم. انگار این همه سرگردانی مرا شاد و خرسند می‌کرد، با چشمان بسته به دریچه‌های زندگی زل زده بودم و از این همه پریشانی لذت می‌بردم.

نمی‌دانم چرا آن دنیا، دنیایی که پر از نبودن‌ها بود، برایم لذت بخش بود. از چه فرار می‌کردم؟ برای چه می‌خواستم دستانم را از همه‌ی زیبایی‌هایی که داشتم، جدا کنم و به سمت نبودن‌ها، پرواز کنم! چرا نتوانستم! چرا نماندم و با کوچک‌ترین جزئیات زندگی‌ام به گفت و گو ننشستم؟ چرا با تمام آن کوچک‌های به ظاهر غیر قابل تحمل به بحث نایستادم، آن‌ها را متقاعد نکردم که بروند و تنهایم بگذارند. ترسیدم و آن‌ها را میان آغوش کوچکم بزرگ‌تر کردم. پر و بال شان را گشودم تا میان آسمان زندگی‌ام پروازهایی جانانه و بی کران کنند. چرا به خاطر چند کوچک ناچیز، دستان مهرم را از زیبایی‌های واقعی دنیا کشیدم!

حال این جا هستم، آن جایی که به امیدش از همه چیز جدا شدم. این جا، همان جایی است که خودم را در آن آرام و گرم می‌دیدم.

اما این جا آن طور که می‌خواستم نیست. این جا آسمان هیچ رنگی ندارد و جنگلی نیست که بخواهم با تنی نیمه برهنه خود را بر سنگ‌ها و بنفشه‌ها بسایم و صورتم را بر رویشان بکشم و با لبانم از

برهنگی‌هایشان بوسه‌های شیرین بگیرم و تمام خواستنی‌های جنگل زندگی را حس کنم و بوی شیرینش را تا اعماق وجودم بکشانم.

این جا هیچ دلخوشی‌ای وجود ندارد، هیچ دستاویزی نیست. این جا همه چیز به معنای واقعی بی رنگ است، بی نور و بی روح است...

این جا بغض‌هایم هزار برابر شده اند. جدایی را با تمام وجودم حس می‌کنم. هیچ راهی برای پیمودن نیست. همه چیز ساکن است. می‌نشینم در انتظار زمستان زندگی.

این جا پاییز است و زمستان قیامتی به پا خواهد کرد. این جا پاییز است و منقار وحشی‌اش را میان قلب و روحم فرو می‌کند. وای بر من! با خود چه کردم؟ منتظر زمستان هستم که خوشآمد گویش این پاییز خون خوار است که هرچه بیش‌تر خون می‌مکد، رنگ پریده‌گی‌اش نمایان‌تر و هویداتر می‌شود.

شاید نتوانم به دنیای پر از رنگ و نورم بازگردم، اما احساسم را هنوز دارم. شاید خوب نباشم و خوبی کردن را هم فراموش کرده باشم، اما راه خوب را خوب می‌شناسم و حتی اگر به یاد هم نداشته باشم که خوبی چه رنگی دارد، وجدانم این خاموش پر فریادم، مرا به سویش فرا می‌خواند.

شاید دیگر راه بازگشتی نباشد، اما دستان شکوهمند تو را ای روزهای زیبای زندگی‌ام هنگامی که مرا به سوی خود می‌خوانی فراموش نکرده‌ام و هنوز به یاد دارم. شاید زندگی‌ام را به پستی‌های زندگی نه، به زمانه و سرنوشت فروخته باشم، اما تو را ای روزهای زیبای زندگی‌ام، در پیچ و خم ذهن بیمارم هنوز به خاطر دارم و گاه به یاد آن لحظه‌ها دیدگانم اشک بار می‌شود.

شاید بر باد رفتن روزهای خوبم و این جدایی‌های مهلک و جان فرسا بر دلم داغ نهاده باشند، اما ای زندگی، یادمان بودنت، آن همه آمدن‌های خوب و قشنگت در ذهنم، هنوز هم جاریست. شاید از قافله‌ی زندگی‌ام جدا شده‌ام، گم شده‌ام، اما ببین باز هم طالب با تو بودنم؛ هر چند که دستان گرمت را ای روزهای خوش و خرم رها کرده‌ام و حال میان تب تند و داغ جدایی می‌سوزم و هیچ راه بازگشتی جز حسرت و افسوس مقابلم نمی‌بینم. این جا تنها مانده‌ام میان این همه بی رنگی...

کسی باور ندارد و نخواهد فهمید قلبی چون قلب من که سالیانی متوالی معبد تمام عشق‌ها و محبت‌ها و عاطفه‌ها بوده، حالا به گورستانی تبدیل شده است که حتی مرده‌ای در آن دفن نخواهد شد. قلبی که از دیواره‌های سنگی برای خود زندانی عظیم از تنهایی ساخته است. در عجبم با این همه سکوت یخی چگونه می‌کوبد؟!

هیچ کسی باور نخواهد کرد که بهار برای من تکرار نخواهد شد. هیچ کسی زمزمه‌هایی را که داشتم، نشنید. همه باور دارند هنوز عاشقم، زنده ام و نفس می‌کشم. آری هزاران آفرین بر این پندار نیک، من عاشقم، عاشقی زنده که سالروز مردنش را هر روز جشن می‌گیرد من زنده‌ای مرده‌ام.

دیریست با دستان خودم، قلبم را در گورستان تنم دفن کرده‌ام و حال بالای این لاشه‌ی بی جان نفس می‌کشم و می‌کوبم بر دیواره‌های قلبم، برای زندگی کردن یا فقط زنده بودن؟

زندگی یعنی لحظه‌هایی که در انزوای خویش به مبارزه با واقعیات می‌پردازیم و مدتی که گذشت، حسرت لحظات از دست رفته را می‌خوریم.

زندگی راهیست پر خطر که در هر فرسخ از آن تابلوهاییست که چند راه را نشان می‌دهد و با رفتن به هر راه، به اندازه‌ی یک عمر حسرت و پشیمانی از مقصد خود دور می‌شویم.

زندگی عبور وحشتناک قطاری روی دره‌ای عمیق است، راه سست و مقصد دور...

زندگی خواندن کتابی است از دوران‌های متفاوت، از به تخت رسیدن‌ها یا از تخت برافتادن‌ها، به دولت رسیدن، فراق یا وصال.

لحظات با غم و شادی، اشک و مهربانی و... ادامه دارد. همه‌ی این‌ها بستگی به پرنده‌ی اقبال تو دارد که روی درخت خنده‌ها بنشیند یا روی لجنزار، یا روی تپه‌ای از بد اقبالی‌های متعفن و پیش آمدهای بد بو و نفرت انگیز.

زندگی گذشتن از خیابانی است که انسان‌های درون آن، از رمز و راز سرشارند و هر کدام دنیایی از اسرارند که با غرور و کبر به یکدیگر می‌نگرند و دائما در حال کوچک کردن یکدیگرند.

زندگی نگریستن به دریای بی کرانی است که هر چه بیش‌تر در آن می‌روی، بیش تر فرو می‌روی. به اقبال نحس یا زمردین بستگی دارد، این که شانس دیدن دریای زندگی را داری یا باید در باتلاق دست و پا بزنی و به خیالت خندان باشی که در دریای زندگی غوطه‌وری؟

یا شاید باید اندکی شیرین دید و گفت که زندگی یعنی هیاهوی بچه‌هایی که در قعر پاکی می‌خندند و بازی می‌کنند و زندگی را همانند گاز زدن یک سیب می‌بینند.

زندگی شاید نگاه ساده‌ای با دیدگان من‌ها و توها باشد که به آسانی یک لبخند گاهی جاری و گاه کور...

زندگی یعنی همین لحظات با هم زیستن و بعد تنها ماندن و برای یک عمر با خاطرات یخ زده‌ای که هیچ گاه باز نمی‌گردند زندگی کردن.

زندگی هر چه که هست با غم‌ها و شادی‌هایش، با زیبایی‌ها و زشتی‌هایش با دروغ‌های کثیف و تمام یک رنگی‌ها و مردگی‌هایش، هر چه که هست جاریست و شاید ما محکوم به آن یا مدیون به آن هستیم!

می‌دانم این زندگی، این نامفهوم در ذهنم، هر چه که هست زنده است و تا زمانی که نبض پاینده‌ی هستی از حرکت بایستد و تب و تابش برای همیشه خاموش شود، این کلمه‌ی نامفهوم که روزگارانی پر بود از هیاهوهای خوب و بد، روزی زیر کوهی از خاک انبار می‌شود، آرام می‌گیرد و غنیمت خاک می‌شود و این زمین را پر بارتر می‌کند، آن هم با شیره‌ی جان ما که شاید عشق را دیده‌ایم و چشیده‌ایم یا در تلخی آن بالا آورده‌ایم. هرچه که باشد مدفون خواهد شد.

زندگی یعنی همین احساس شیرین با عشق بودن. زندگی یعنی زجر کشیدن برای یافتن گنج دردانه‌ی زندگی، گنج عاشقی و تفکری عمیق کردن و گفتن این جمله که زندگی یعنی لذت نفس کشیدن؛ اما

افسوس که نمی‌توانم خودم را گره بزنم به این افکار شیرین و آرامش دهنده.

چه طور از رایحه‌های شیرین زندگی بگویم، وقتی که چشمان زندگی‌ام کور شده‌اند؟ چه طور از لمس مزه‌های دوست داشتنی زندگی بنویسم، وقتی که لب‌های زندگی‌ام از بوسه‌های خونین بدبختی‌ها، متعفن شده‌اند. چگونه خودم را گول بزنم، وقتی که جز خدایی که همه جا هست و آرامشم می‌دهد و به من می‌گوید آرام باش، چیز دیگری را قبول ندارم. وای بر من که حتی در مقابل او هم شرمسارم و دستانم مثل ذهن متعفنم پر است از هیچ...

بخش دوازدهم: جدایی

از آن روزی که قدم در تیمارستان گذاشتم، همه‌ی گذشته‌ام را فراموش کردم. سپهر تنها کسی بود که با چهره‌ای جدید که شباهت زیادی با حامد داشت، هرگز تنهایم نگذاشت و کوله بار غصه‌هایم را به دوش می‌کشید.

یکسال اولی که به این جا آمدم، سپهر یار لحظات من بود. مدت‌ها گذشت و سپهر جای خودش را به حامد داد. هر روز به دیدنم می‌آمد. آن قدر عاشقش بودم که هر روز پشت پنجره، شعر فروغ را زمزمه می‌کردم. لحظه‌ی دیدار نزدیک است...

اگر روزی نمی‌آمد، دیوانه می‌شدم. طفلک هر روز به دیدنم می‌آمد و قید زندگی تازه نفسش را به خاطرم زده بود و لحظه‌ای از عشقش کم نمی‌شد.

بعد از آمدنم به تیمارستان، دختر نازنینم را به خانه‌ی پدرم بردند. حامد نمی‌دانست چگونه با این غم بزرگ کنار بیاید. یک طرف عشق بر باد رفته‌اش بود و طرف دیگر ثمره‌ی عشقش. برایش سخت بود هر

روز به دیدن من بیاید، درس بخواند، کار کند و به دیدن دیانا برود. اسم دخترمان را دیانا گذاشته بود، همان اسمی که من عاشقش بودم.

بعد از این که دیانا یک ماهه شده بود، حامد او را به خانه‌ی پدرش برده بود تا مادرش از او مراقبت کند. طفلک حق داشت برایش سخت بود همه‌ی کارها را با هم انجام دهد و دوری من و دخترمان را تحمل کند.

مادرش دو ماه از دیانا مراقبت کرد. بی چاره سنی از او گذشته بود و نمی‌توانست از پس کودک بی گناه من بربیاید.

حال که حالم بهتر شده و تحمل شرایط برایم آسان‌تر شده است، مهدی همه‌ی اتفاقات را آرام آرام برایم تعریف کرد.

نمی‌دانم چه طور ادامه دهم و با چه اراده‌ای کلمات را کنار هم جفت کنم. بعد از این که دخترمان سه ماهه شد، خانواده‌ی حامد پافشاری کردند که دوباره ازدواج کند و همسر دومش از دیانا مراقبت کند. ماه‌های اول حامد مخالفت می‌کرد، اما وقتی دید روند بهبود من به کندی پیش می‌رود و نگهداری از دیانا سخت تر می‌شود، مجبور شد با خواسته‌ی خانواده‌اش موافقت کند.

همه‌ی کارهای لازم انجام شد، خواستگاری و عقد حامد با دختر عمه‌اش فاطمه صورت گرفت. شب عروسی حامد، پدرم از شدت ناراحتی سکته‌ی قلبی کرده بود و او را به بیمارستان بردند.

مهدی می‌گفت حامد شب عروسی‌اش تا صبح به خانه نرفته و در آغوش او گریه کرده است و حاضر نشده بود مرا غیابی طلاق دهد و فاطمه با شرط حضور مهدیه در زندگی حامد با او ازدواج کرده بود.

نمی‌دانم فاطمه چه طور حاضر شده بود که با وجود اسمی دیگر در شناسنامه شوهرش با او ازدواج کند، اما همین قدر می‌دانم که حامد داروخانه اش را تأسیس کرده بود و درآمد بسیار خوبی داشت. پول فراوان و امکانات عالی برایش کافی بود.

متأسفانه فاطمه با نقشه جلو آمده بود و بعد از عروسی از دیانا مراقبت نمی‌کرد و ساز ناسازگاری با حامد را کوک کرده بود. از حامد خواسته بود که دیانا را به خانواده‌ام بدهد، اما حامد عصبانی شده و به او گفته بود اگر مشکلی دارد طلاق بگیرد، چون از روز اول با همه‌ی شرایط موافقت کرده بود.

فاطمه چندباری دختر یکساله‌ام را کتک زده بود. مادرم به محض فهمیدن این موضوع او را به خانه‌ی خودش برده بود و اجازه نمی‌داد حامد دیانا را با خودش به خانه ببرد.

پدرم با سکته‌ای که کرده بود نمی‌توانست درست حرف بزند. دیگر سر کار نمی‌رفت و خانه نشین شده بود و با دیدن دختر معصوم من ذره ذره آب می‌شد؛ چرا که او مسبب همه‌ی این اتفاقات بود.

مادرم همیشه پدر را سرزنش می‌کرد و به او یادآوری می‌کرد که مسبب همه‌ی اتفاقات تلخ و شوم است. پدر دیگر مثل سابق قدرت نمایی نمی‌کرد و آرام و بی صدا گوشه‌ی خانه، زندگی بر باد رفته‌ی تنها دخترش را مشاهده می‌کرد.

مهدی و مارال به خاطر بچه‌هایشان زندگی را تحمل می‌کردند. از وقتی که حالم بهتر شده و گذشته را به یاد می‌آورم، از مهدی خواهش کردم رفتاری را که پدر با خانواده‌اش می‌کرد با بچه‌هایش نداشته باشد. مهدی تحت تأثیر حرف‌های من قرار گرفته و از تمام وقایع درس عبرت گرفته بود. با مارال هفته‌ای یک بار در جلسات مشاوره شرکت می‌کنند و خدا را شکر رابطه‌شان بهتر است.

حالم کاملا خوب نشده، اما مادرم دختر نازنینم را هفته‌ای دوبار به دیدنم می‌آورد. وقتی دیانا را می‌بینم غرق در شادی می‌شوم و امید به زندگی در من شعله می‌گیرد. حامد هم چنان روی عشقش پافشاری می‌کند و هر روز قبل از رفتنش به خانه، به دیدنم می‌آید. حامد همان آرزوی مبهمی است که داشتم و رهایش کردم. عشقی عظیم که تحت هر شرایطی لحظه‌ای از عاشقی کردن دست نکشید. با این که فاطمه در زندگی‌اش حضور دارد، ولی هم چنان من سلطان قلبش هستم. نمی‌خواهم بداند که من همه چیز را می‌دانم و مهدی تمام اتفاقات را برایم گفته است. نمی‌خواهم بداند لحظه‌ای که فهمیدم حامد در آغوش زنی دیگر است، از مردن برایم سخت‌تر بود. نمی‌خواهم بداند با شنیدنش چه طور شکستم. می‌دانم او هم مثل من قربانی شرایط شده و چاره‌ای نداشته. همین که او مرا تنها زن زندگی‌اش می‌داند و تا حالا سخنی از وجود فاطمه نزده، برایم کافی‌ست. همین قدر که هنوز در زندگی‌اش هستم، برایم کافی ست. ثانیه شماری می‌کنم از این جا بیرون بروم و زندگی از دست رفته‌ام را از سر بگیرم.

پله‌ی هفتم : تنهایی

غروب سنگینی است با هوای ابری و آلوده‌ی باران. چند روزیست تمنای نگاهت را به پنجره‌ی دیدار دخیل می‌بندم تا شاید مرا به کوچه‌ی اندیشه‌ات فرا خوانی.

هر صبح یادت را با خیابان‌های ذهنم زمزمه می‌کنم. هر صبح به یادت در میانه‌ی خیابان و زیر باران می‌ایستم، تا شاید به سویم بیایی، خوب می‌دانم که این باران رد پاهایت را میان خیابان‌های ذهنم نخواهد شست، نخواهد برد. تو میان ذهنم، این پر پیچ و خم خستگی ناپذیر، به سان آفتاب همیشگی هستی، مثل اهرام مصر محکم و استواری، مثل برمودا از عجایب ذهنمی و اعجاز آورتر از آینه‌ی اسکندر به من می‌نمایانی آن جاهایی که چشمانم از لمس و درک‌شان عاجز است.

تنها مانده‌ام، حیرانم و سرگردان و گریزان از سؤال‌های بی‌جواب. آیا تو از این خیابان می‌گذری و به دخترک تنهای خیابانگرد و پریشانت، با مروری به پنجره‌های بسته‌ات که به سویم روانه کردی، نگاهی می‌اندازی؟ صدای گام‌هایت را می‌شنوم و عطر روزهایی را که به انتظار

یک نگاه تو، در این خیابان، زیر این آسمان پی در پی از طوفان و رعد و برق بودم، به یاد می‌آورم.

گاهی با خود می‌اندیشم که تنهایی میراث بدی نیست، بلکه نیاز آدمی است، زمانی می‌توانی آن را داشته باشی که میان ازدحام و هجوم دیگران، فراموش شده باشی و آن وقت است که تنها شده‌ای. آن وقت است که آغوش گرم تنهایی را میان دلتنگی‌ها و غصه‌هایت تازه و خوشبو می‌بینی، سکرآور و مات کننده، وقتی به خودت می‌آیی می‌بینی هزاران سال است که قلبت با بی خبری تنها شده. زمانی که این حس را تجربه کردی، خودت را به یاد می‌آوری و به خود می‌گویی که چه قدر دلم برای این همه تنهایی می سوزد.

میان این همه تنهایی، تمام متعلقات زندگی که روزگارانی برایت بی اهمیت یا حساس بوده‌اند از پس چشمانت می‌گذرند. تمام متعلقاتی که از آغاز تا پایان به خاطر آن‌ها به زندگی ادامه دادی از پس چشمانت می‌گذرند. چشم‌ها، این دروازه‌هایی که ببینده‌های خوبی شده اند برای دیدن زخم‌ها.

وقتی تنها می‌شوی، کسی نیست که غمگسارت شود. جز غم، کسی به یادت نیست، اما در همین حوالی، این هزار سوهای تنهایی، کسی هست که همیشه با ما بوده و ما آن طور که باید با او نبودیم. آری کسی

هست که از ذهن و درک ما فراتر است. اوست که ماندنی است، لایزال است و سرچشمه‌ی تمام نورها و عشق هاست.

پس زمانی که خدا را در دنیایت حس می‌کنی، به دنبال این حس آرامش می‌گردی تا شاید بتوانی با وجود آن، زخم‌های روحت را التیام بخشی و چه قدر دردناک است برای انسان، انسانی که همیشه از پروردگارش میان لحظه‌های شادی و سرور غافل است، اما با کوله باری پر از غصه و بدبختی، شکست و درماندگی به سوی پروردگارش می‌رود و با شرمساری سکوت می‌کند و چه قدر دوست داشتنی است گذشت معبود از بنده‌ی گنه کار، و چه قدر زیباست مهر پروردگار و چه قدر بد است این لحظه، لحظه‌ای که باید شرمسار باشی در مقابل کسی که همیشه با تو بوده و تو او را ندیده‌ای و خود را میان نبودن‌ها و سستی‌ها اسیر کرده‌ای. دردناک است بعد از این همه فلاکت و بدبختی باز هم عشق معبود را حس کنی. در این لحظه است که با خودت می‌گویی من با خود چه کرده‌ام! "در میان خانه گم کردم صاحب خانه را "

آن لحظه است که با خودت می‌گویی ای کاش به جای پناهنده شدن به تمام چیزهایی که ماندگار نبودند به آستان پر از مهر و لطف پروردگارم سر می‌نهادم.

۳۷۳

حسرت در دلم موج می‌زند. فکر می‌کردم اگر از آن روزها جدا شوم و دستان مشکلاتم را رها کنم، روزی خواهد آمد که با خود بگویم چه قدر زیبا بود روز جدایی از آن لحظات شوم، اما حیف که در کار روزگار بی‌وفایی موج می‌زند و پرسه‌گاهش شانه‌های بی‌پناه و دل‌های خسته و نا امید است.

حال که این جا هستم، در این بن بست شوم، معلق میان آسمان و زمین. نه ادعای زمینی بودن را دارم، نه می‌توانم بگویم آسمانی هستم. هیچ نیستم تنها و بی کس، خودم را شبیه بی کسی داستانی می‌بینم که بی کسی‌اش به اندازه‌ی من است، نمی‌دانم چه وقت تنهایی با من گره خورد، اما می‌دانم من هم حماقت جبران ناپذیری کردم. می‌خواهم داستانم را هزاران بار برای خودم زمزمه کنم تا چنگ بر قلبم بزند و درد بکشم.

روزگارانی دور در گوشه‌ای از باغچه‌ای کوچک، دو کبوتر لانه داشتند. درخت بزرگی بود، هر روز بوسه‌هایشان را نثار آن قامت یشمین گران بها می‌کردند. همگی مشغول زندگی بودند و کسی حواسش به گل تنهای باغ نبود.

کبوترها هر وقت شاد بودند، عشق بازی می‌کردند، بوی نفس‌های عاشقانه‌شان مشام گل را نوازش می‌داد و حسرت بوسه‌ای شیرین در دلش بر جای مانده بود.

و اما درخت که نسبت به همه جا بی توجه بود، هر روز بزرگ‌تر می‌شد، بیش‌تر رشد می‌کرد و شاخه‌های قدرتش را بر روی آسمان پهن می‌کرد، بی آنکه توجهی به پایین داشته باشد و ببیند که گل می‌خواهد لبخند طلایی خورشید را میان آسمان ببیند و روزنه‌ای به اندازه‌ی دنیای کوچک گل کنار بگذارد. کبوترها با همه‌ی مشکلاتی که داشتند، هر روز با عشق و امید لحظه‌هایشان را پر از عشق می‌کردند و به چشمان هم خیره می‌شدند و آوازی از سر شوق سر می‌دادند.

درخت در آسمان‌ها بود و تمام حواسش چنگ زدن به خوشه‌ی ستاره‌ها بود، می‌خواست عظمتش را به رخ همگان بکشد. با میوه‌هایی که می‌داد خودش را در دل همگان جا کرده بود. هلوهایش را به تمام ساکنان باغ ارزانی می‌کرد، به کبوترها، به گنجشک‌ها و حتی مورچه‌ها.

اما از این میوه‌های دل چسب، هیچ نصیبی به دل غصه دار گل نمی‌رسید. تنهایی گل با آن قامت کوچکش به اندازه‌ی تمام برگ‌های درخت بود. گل همیشه تنها بود و به تنهایی خودش عادت کرده بود،

اما نمی‌توانست این لباس را هر روز بر تن کند و به خود بگوید من به تنهایی‌ام عادت کرده‌ام.

به دنیای پر از هیاهوی کبوترها خیره می‌شد، به آن همه قهرها و آشتی‌ها، دلش می‌سوخت، تا آن جا که بوی نمناکی از خاک بر می‌خواست و عطر سوخته‌های خاک در هوا موج می‌زد و ریشه‌هایش می‌سوخت و بخار می‌شد. گل به دنبال معشوقه نبود، فقط همدم می‌خواست، همین!

روزها با تکرار و حسرت می‌گذشت تا روزی از روزها، دانه‌ای از لانه‌ی کبوترها افتاد و در دل خاک خانه کرد.

روزها گذشت و گل نمی‌دانست در همسایگی‌اش گلی زیبا لانه خواهد کرد و او هم می‌تواند آن عشقی را که آرزویش را داشته در آغوش بگیرد. کم کم جوانه زد، با ترس سر و گوشش را از دل خاک بیرون کشید، اما می‌ترسید بیرون بیاید. روزها گذشت... جوانه زد و بیرون آمد.

گل صورتی و کوچک از دیدن گلی زیبا و سرخ رنگ در کنارش به وجد آمده بود. از دیدن این همه زیبایی، چهره‌ی صورتی‌اش شرابگون شد و

بوی عطر گل سرخ در فضا پیچیده شد. همان یک نگاه اول فریاد زد که من عاشق تو شدم.

گل صورتی که غنچه‌ای کوچک بود و از زندگی هیچ نمی‌دانست هر روز به عشق گل سرخ زیباتر می‌شد تا آن جا که گل برگ‌هایش بیش تر از گل سرخ دلربایی می‌کردند.

هر روز با هم نفس می‌کشیدند و تمام لحظات همدیگر را پر کرده بودند. گل سرخ دیگر حسرت نمی‌خورد، حتی لحظه‌ای به اتفاقات بد و خاطرات تنهایی‌هایش فکر نمی‌کرد و تمام فکرش صورتی شده بود. دستان‌شان از احساس یکدیگر تهی بود و زبانه‌های عشق میان‌شان به آسمان‌ها می‌رفت.

گل سرخ هر صبح به او می‌گفت عاشقت هستم و عاشقت می‌مانم و جز تو هیچ چیز دیگری مرا اسیر نخواهد کرد. گل صورتی از شنیدن این حرف‌ها مرمری می‌شد.

بین‌شان فاصله بود و آروزی لمس یکدیگر را داشتند، می‌دانستند اگر یکدیگر را لمس کنند هر دو تمام می‌شوند و همین قدر کافی است که از دور در آغوش عشق هم موج بزنند.

روزها می‌گذشت. روزی از همین تلخ و شیرین روزها، پروانه‌ای دل در سرخی گل بست و هر روز به سویش پر می‌کشید و با بوسه‌ای از گل او را آتشین می‌کرد.

گل نگاهش را از روی گل صورتی برداشت و لحظاتش را به سمت پروانه با آن بال‌های زیبا و بوسه‌های عسلی‌اش اختصاص داد، اصلا حواسش به حرف‌ها و عاشقی‌هایی که برای صورتی می‌کرد، نبود.

صورتی حسادت می‌کرد که تنها عشقش را در آغوش دیگری ببیند، سکوت می‌کرد و با هر لحظه‌ی سکوتش برگی از آن مرمرین‌هایش بر زمین می‌ریخت.

گل سرخ تلخ و شیرین را چشیده بود و دل بستن و پس گرفتن برایش کاری آسان بود، اما صورتی از همان لحظه که چشمانش را باز کرده بود گل سرخ را دید و دلش را در ریشه‌ها و تار و پود گل سرخ بسته بود.

غصه‌های صورتی تمامی نداشت، چون لمس کردن گل سرخ، چیزی که آرزویش را داشت، متعلق به پروانه شده بود. غصه‌دار بود و تحمل کردن برایش سخت. برگ‌هایش می‌ریخت و هر روز زردتر و خشک‌تر می‌شد تا روزی که از فرط دلتنگی چشمانش را بست و به پای گل

سرخ خاکستر شد. گل سرخ هیچ وقت نفهمید که صورتی چرا رفت و اصلا چه بر سرش آمد، چون حواسش جایی بود که به او متعلق نبود. هرگز نفهمید چرا صورتی دق کرد و مرد.

زمستان کم کم نزدیک می‌شد و گل سرخ متوجه اطرافش نبود و به یاد نمی‌آورد روزی گلی صورتی بود که به او گفته بود جز تو عشقی را نخواهم پذیرفت.

باد سردی وزید و پروانه آرام کنار گل سرخ پهلو گرفت، چشم‌هایش را بست و به خواب رفت، آری عمر پروانه به انتها رسیده بود. گل سرخ خیلی صدایش زد، اما فایده نداشت او مرده بود. باد عمیقی وزید و پروانه را با خود برد، انگار که اصلا نبوده...

پروانه رفت و گل سرخ دوباره تنها شد. دل خسته و دلتنگ، نگاهش را به کنارش انداخت و فهمید که صورتی هم نیست. حالا فهمیده بود که گل صورتی، آن لعل پرافسون و پاکش کجاست، اما دیر بود چون دیگر نه گل را داشت نه پروانه را...

آری من هم نه گلم را دارم، نه پروانه‌ی رویایی‌ام را. خودم گلم را با دستانم پرپر کردم، گلی که بوی عطر بوسه‌هایش هنوز در ابتدا و انتهای تنم هست، گلی که برایم تن به زمستان می‌داد و من، این من احمق

دل به رؤیا بستم، به سراب، به یک آتش سوزناک که تمام هستی‌ام را سوزاند و رفت.

این تنهایی حق من است. این جمله‌ی نفرت انگیز را بارها و بارها بر تن خود شکنجه کردم. تنهایی حق من است، چون آن زمان که باید معنی عشق را می‌فهمیدم، نفهمیدم و درک نکردم.

عشق یک لذت یا یک احساس نیست. عشق گنجی است که با زحمت به دست می‌آید. فرجام کار در عشق مشخص نیست، پس باید طالب آن باشی. در دنیای آدم‌های کوکی، عشق آخرین بازگشت انسان است. عشق زخم‌ها را درمان می‌کند و زمان را به فراموشی می‌سپارد.

عشق می‌برد و تمامی باقی مانده‌ها را می‌سوزاند. عشق اگر زیاده از حد باشد، ویران‌گر و نابودگرست. درست است که می‌گویند: عشق حد و مرز نمی‌شناسد و زیادی آن باعث دردسر و فراموشی متعلقات انسان است. به قول فروغ:

به خدا غنچه‌ی شادی بودم

دست عشق آمد و از شاخم چید

با وجود عشق انسان باید از هر چیزی که دارد بگذرد و آن‌ها را فدای معشوق خود کند. هر انسانی که طالب عشق است، باید در جست و

جوی آن باشد. بزرگ ترین ظلمی که می‌شود در حق یک انسان کرد، این است که بی عشق بماند.

تمامی چیزهایی که زمان‌های بی شمار، بی معنا بوده با عشق ارزشمند می‌شود. اشک بالاترین معراج عاشقی است و در آخرین کلام، کار عشق در این جهان سه چیز است:

اشک و خون و آتش.

بخش سیزدهم: تنهایی

اینجایی که من هستم آخر دنیاست. نمی‌دانم از چه بنویسم؟ از قصه‌ای که شروعش به پایان رسید و شین و نون با هم یکی شدند؟ یا از غصه‌های دلم که پایانی ندارند.

کاش در همان دنیای کودکی می‌ماندم. در دنیایی که حصارهایی با دستانم به دورم کشیدم. این پیله‌ی تنهایی‌ام، لرزش را در دستانم جاری ساخته است، هم خون را در دلم پا بر جا کرده‌اند، هم باعث شدند اشک‌های چشمم بی‌اراده سرشار شوند حتی سرشارتر و رعد آفرین‌تر از باران‌های بهاری...

گمان می‌کردم می‌خواهم برای خودم دنیایی بسازم، از جنس الماس‌های ناب و فرار کنم از همه‌ی تشویش‌ها و با لبه‌های تیز الماس‌هایم هر چه نازیبا هست را ببرم و بگسلم از این همه تلخی؛ اما با دستانی یخ زده، برای خودم میان جهنم خانه‌ای ساختم. نمی‌دانم چرا آرامشی را که می‌توانستم بسان تمام کسانی که بهره‌ای از آن دارند، داشته باشم به تلاطم کشاندم و به امید چه چیزی، پاهای لرزانم را در این راه نهادم.

با دستانی پر از منطق و جواب‌هایی برای سؤال‌های بی‌جواب، به سوی خود بازگشتم. می‌خواستم خود را از تمام ناآرامی‌های اطرافم رهایی بخشم. با دستانی خالی آمدم، برای بر باد دادن تمام منطق‌هایم.

اینک این منم که این جا ایستاده‌ام. تنها و خسته، نه می‌توانم سر بر روی شانه‌ی کسی بگذارم، نه می‌توانم از داغ دلم با کسی سخن بگویم و از غصه‌ی دلم حرفی تازه به میان بیاورم.

چگونه غصه‌های دلم را بر دیگری عرضه دارم وقتی که خودم انتخاب کردم و با لباس حماقت جشنی فاخر به پا کردم و خود را عروس چله نشین سیاهی‌ها کردم. حال برای از تن به در کردن آن لباس به شهامت نیاز دارم، به جسارتی از جنس تمام ترس‌هایی که داشتم و حالا باید همگی رنگ ببازند به ایستادگی.

من با این لباس نفس کشیدم. در من فرو رفت و سیراب گشت از نقطه نقطه‌ی تنم. به دنیایی پا نهادم که جز نفرت هیچ در آن نبود. دنیای کودکانه‌ام را به دهکده‌ای متعفن مبدل کردم. بوی متعفن نفرت و بیزاری تمام آن فضا را پر کرده بود. اصلا به یاد ندارم کی بزرگ شدم و خود را جوانی برومند دیدم. چیزی به خاطر ندارم و یادم نمی‌آید چه زمانی بلوغ را و تمام اتفاقات و نیازهایش را حس کردم، چیزی از خودم به یاد ندارم، از بزرگ شدنم، از زنانگی‌ام، از حس زن بودنم.

میان کودکی و جوانی‌ام گم شدم و نمی‌دانم دستانم را به کجا گره زدم که هیچ به یاد ندارم، تمام این لحظات در خواب بودم، درست مثل خواب مرگ.

همیشه از بچگی احساس تنهایی می‌کردم. وقتی که پدرم بر سر هر مسئله‌ی کوچکی دعوای بزرگی به راه می‌انداخت، ما باید مطیع و خاموش و بهتر است بگویم، لال در مقابلش می‌ایستادیم.

آن روزها کسی متوجه نشد که دختر کوچک خانواده، زیر این همه فشار، این همه درد و ناراحتی، می‌شکند و می‌میرد.

پدرم فقط خودش و تمام قوانین زمخت و آزار دهنده‌ی حاکم بر خانه و خانواده را می‌دید. انصافا خوب هم بلد بود حنجره‌اش را مثل صدای رعد و برق، میان فضای خانه بپیچاند و با یک نعره‌ی آسمانی، تف را در دهان همه خشک کند و با کاه گل، زبان و سقف دهان‌مان را به هم بچسباند تا هیچ نگوییم.

و اما مادرم، مادر بی نظیرم، تمام عمر مثل آتش نشان بود. سعی در خاموش کردن بدبختی‌ها داشت. او مثل یک فرشته‌ی آسمانی، یک موهبت الهی بود که از آسمان هفتم بر خانه‌ی ما نازل شده بود تا بال‌های پر مهرش را بر سر همه بگشاید.

و برادرم نقش اصلی در ایجاد این همه درگیری و مشکلات را داشت. شاید اگر برادرم آن چه که پدر می‌خواست می‌شد، هیچ اتفاقی نمی‌افتاد و دفتر زندگی ما هم با خوشی به پایان می‌رسید، اما برادر بی عقل و بی شعورم، در مقابل خواسته‌های پدر، مثل غول بد شکلی ایستاد و هر روز شاخ‌هایش را تیزتر می‌کرد و سرکش‌تر می‌شد. آری این موجود بی عقل- که نمی‌دانم چرا می‌گویند مردها عاقل‌تر هستند و هنوز جوابی برای تمام بی عقلی‌هایشان پیدا نکرده‌ام- به جای اصلاح شدن، مبارزه کردن را انتخاب کرده بود.

وقتی در خانه‌مان دعوا می‌شد، هیچ راه فراری نداشتم. بچه بودم و جایی برای پناهنده شدن هم نداشتم. از شدت ترسی که داشتم دلم پیچ می‌آورد و بلافاصله اسهال می گرفتم. دستانم یخ می‌زد، می‌لرزیدم و انگار زیر یخ‌های قطبی مدفونم می‌کردند. تنها جایی که داشتم اتاقم بود و پتویم.

زیر پتو گریه می‌کردم و با هر فریاد پدر، قلب من تکان کوچکی می‌خورد و از مدارش دورتر می‌شد و طوری دیگر می‌تپید. از خدا درخواست مرگ می‌کردم. هیچ راه چاره‌ای نداشتم، جز آن که فرار کنم از همه‌ی مشکلات، اما نه آن فرار کردنی که همه می‌پندارند، بلکه فرار

از مشکلاتی که در خانه داشتم. هیچ راه فراری نداشتم جز آن که برای خودم دنیایی بسازم که دور باشد از هر آن چه که نمی‌خواهمش.

آن دنیا را ساختم برای فرار کردن از مشکلاتم. وقتی که شدت جنگ و دعوا بالا می‌رفت و صدای فریادهای پدرم، ناله‌های مادرم با آن اشک‌هایش و سرکشی‌های برادرم رنجم می‌داد، خود را به آغوش تنهایی اتاقم می‌انداختم و با خودم شروع به صحبت می‌کردم، درست مثل دیوانه‌ها...

آری دیوانه بودن را از همان ابتدا، از همان کودکی‌هایم آموختم و این انتخاب خودم بود، چون هیچ راه فراری برای رها شدن از تمام مشکلاتی که در خانه بود نداشتم. میان آن همه فریاد، ذهن کوچکم را با عروسک‌هایم مشغول می‌کردم و با آن‌ها حرف می‌زدم، از همه خواستنی‌هایی که وجود نداشتند، از آغوش پر مهر خانواده، چیزی که نداشتمش...

وقتی آن‌ها فریاد می‌زدند، من با تمام عروسک‌هایم می‌خندیدم و به آن‌ها می‌گفتم: خوب گوش کنید این صدای فریاد پدرم است که دلش برای من تنگ شده است، اما نمی‌خواهم بروم، می‌خواهم با شما باشم، شما تنها هستید و دلم برای تنهایی‌تان می‌سوزد.

آن روزها فکر می‌کردم این مخفی شدن‌ها و فرار کردن‌ها از دست دعوا و مشکلات، فقط مقتضای سن کمی است که دارم، اما این طور نبود، بزرگ‌تر که شدم به این فرار کردن‌ها محتاج‌تر می‌شدم، چون پدرم عصبانی‌تر و برادرم نفهم‌تر و مادرم بی چاره‌تر می‌شد. وقتی که دعوا شروع می‌شد می‌خواستم فرار کنم تا هیچ کدام از صداها و فریادها را نشنوم.

برای فرار کردن از دست تمام مشکلاتم، افرادی را در ذهنم به مهمانی فرا می‌خواندم و با آن‌ها از دردها و خنده‌هایم می‌گفتم. شروع می‌کردم به صحبت کردن. صحبت کردن میان اتاقی که هیچ کس در آن نبود و هیچ کسی را هم مثل افرادی که توهم دارند نمی‌دیدم، فقط به ذهنم فشار می‌آوردم که آن جا کسی هست، صدایت را می‌شنود، با او آرامش را تجربه کن.

با تمام آن‌ها آرامش می‌یافتم. با آن‌ها می‌خندیدم، می‌باریدم و حتی عاشق هم می‌شدم و نفرت را تجربه می‌کردم. همه‌ی آن‌ها با خانواده‌ام فرق داشتند، با پدرم، با برادرم و حتی با مادرم. با آن‌ها چای می‌نوشیدم، میوه و شیرینی تعارف می‌کردم و از همه‌ی آن‌ها پذیرایی می‌کردم.

از اولین لحظه‌ای که با خودم حرف زدم، سیزده سال می‌گذرد. آری سیزده سال است که گذشته است. نمی‌دانم باید بگویم یادش به خیر باشد یا نباشد! اما مسلم می‌دانم، که دیوانگی خیر نیست.

وقتی از کودکی‌هایم بیرون آمدم به سنی رسیدم که می‌خواستم دوست داشتن را حس کنم، ترس از پدر و درگیری‌ها این بار بر سر من، بر سرم خراب می‌شد و مرا از هر چه جنس مخالف بود، فراری می‌داد. دوست داشتم دستان کسی را لمس کنم که دوستم داشته باشد و مرا برهاند از این جنگل سیاه، اما حیف که ترس اجازه نداد هرگز کسی وارد زندگی‌ام شود.

دوباره با ذهنم، این ذهن بیمار و مریضم درگیر شدم و کسی را در ذهنم خلق کردم که دوستش داشتم و دوستم داشت. پسرکی سفید پوست با چشمانی مشکی و درشت و موهایی صاف با قدی بلند و لاغر اندام. چه ساعت‌ها و روزها که با فکر او به خواب می‌رفتم و احساس می‌کردم هر شب کنار تختم نشسته است و منتظر به خواب رفتن من است. صدای سم اسبش را بر روی سنگفرش‌های قلبم، میان تمام خیابان‌های بی نور و پر نور، زیر باران و طوفان می‌شنیدم. نوازشم می‌کرد و اشک‌هایم را از روی گونه‌هایم پاک می‌کرد و لب‌های عسلی‌اش تلخی‌های لحظاتم را محو می‌کرد. سپهر بر آسمان قلبم

جاری شده بود. هر وقت که دعوا در خانه‌مان اوج می‌گرفت با سپهر دعوا می‌کردم، وقتی که خوشحال بودم و راضی با او عشق بازی می‌کردم و هر لحظه به گوشش می‌خواندم که دوستش دارم، اما وقتی که غصه‌دار بودم با او به نبرد بر می‌خواستم و او را میان عشقی دیگر با دختری دیگر می‌دیدم و ناراحتی‌هایی که از خانواده‌ام داشتم را بر سر سپهر می‌ریختم و به خاطر خیانتش ساعت‌ها می‌گریستم.

سال‌ها گذشت...

هفت خان بدبختی بر سرم بارید:

از دنیای آدم ها " ترس "داشتم.

" نا امید " بودم از همه‌ی آدم‌ها و دنیایشان. ترس و نا امیدی مرا از بین برد و نتوانستم به هیچ کاری دست بزنم. شاید روزی پنج یا شش ساعت، یا شاید هم بیش‌تر از این‌ها با خودم حرف می‌زدم و اصلا خودم را از جرگه‌ی آدم‌ها نمی‌دیدم. برای خودم دنیایی داشتم و در عوض از همه‌ی دعواها و درگیری‌ها دور بودم و میان ذهن بیمار و روح خسته‌ام، دست و پا می‌زدم.

" نفرت " داشتم از خودم، از زندگی‌ام و از زنده بودنم.

"دل شکسته " شدم و از عشق هیچ حاصلی ندیدم.

" دور " شدم، دورتر و دورتر از دنیای آدم‌ها و همه‌ی مشکلاتش تا آن جایی که دستان تنها عشق حقیقی زندگی‌ام، نه آن سپهر رویایی را رها کردم.

" جدایی " مرا از پا درآورد و اینک تنها میان حصاری از جنس خشت و آهن " تنهایی " را با ذره ذره‌ی وجودم حس می‌کنم، لمس می‌کنم...

آری تنها شدم و در تیمارستان روانی‌ها، هر لحظه تنهایی را با جسم و جانم بیش‌تر گره می‌زنم و تنها دل خوشی‌ام قلم در دستم و کاغذی است که رویش می‌نویسم.

این جا هستم درست همان جایی که آخر دنیاست، خیلی وقت پیش احساس کردم می‌خواهم بنویسم و خودم را راحت کنم. این روزها آخرین روزهایی است که بستری بودن را در این مرکز با چشمانم می‌بینم و می‌گذرانم. کوله باری از تجربه‌های تلخ و شیرین را با خود به همراه دارم.

هیچ دل خوشی به آینده ندارم. تنها عشق زندگی‌ام در آغوش زنی دیگر آرامش را تجربه می‌کند. آیا می‌توانم دوباره زندگی کنم؟ آیا می‌توانم دوباره مثل پرنده‌ای آزاد نفس بکشم؟

نمی‌دانم کسی فهمید که چرا زندگی من نابود شد؟ کسی فهمید که زیر آوار آن همه دعوا و مشکلات از بین رفتم؟ نمی‌دانم کسی که حرف‌های مرا می‌خواند، می‌فهمد که نباید زندگی را برای اعضای خانواده‌اش جهنم کند؟

نمی‌دانم می‌فهمد که آدم‌ها چه قدر شکننده و بی چاره‌اند؟ نمی‌دانم روانی شدن من، اصلا کسی را آزرده کرد و کسی این بدبختی‌ها را به خودش گرفت یا اصلا به کسی ربطی داشت؟

نمی‌دانم کسی یادش هست آن همه دعوا و درگیری، روح کودکانه‌ی مرا شکنجه می‌داد و هر وسیله‌ای که در خانه شکسته می‌شد، خراشی بزرگ در روح من ایجاد می‌کرد؟

سیزده سال تنهایی، سیزده سال انزوا در گوشه‌ای که هیچ مختصاتی نداشت، بی وزن بود و در هیچ گوشه‌ای از جهان جا نمی‌شد و اگر جا می‌شد پیدا نمی‌شد.

سیزده سال تنهایی و انزوای دنیا را به عقد خود در آوردم. میان بودن‌ها و نبودن‌های محض، دست و پا زدم. از هرچه سختی و خوشی که می‌دیدم و از طرفی هم نمی‌دیدم، دست کشیدم و دستانم را از تن

دنیایم شستم و با دستانی پر از بی نصیبی و بی حاصلی، نمی‌دانم جلو رفتم، یا در جا زدم!

ثانیه‌های عمرم، ناشکیب و بی پروا و بی ترحم، آمدند و رفتند، حتی از حاصل‌شان هیچ نفهمیدم، بی حاصل بودند یا پر بار...

آه دنیای پر از هیچ و پوچ من. سیزده سال چه زود و چه قدر دیر گذشت. به گذشته‌های دور و بی نصیبم نگاه می‌کنم. انگار سیزده سالی نبوده که من طی کرده باشم. هیچ چیزی را به خاطر ندارم، نه غصه‌هایش در ذهنم جا کرده، نه شادی‌هایش.

به شناسنامه‌ام، این مدرک معتبر اثبات هویت ناشناخته‌ام خیره می‌شوم و جای سیزده سال را میان آن سال‌ها خالی می‌بینم. سیزده سالم را گم کرده‌ام. هیچ به خاطر ندارم که چه زمان سیزده سال را گم کرده‌ام و از دست دادمش.

نه می‌توانم بنویسم سیزده سال درد داشتم، نه می‌توانم بگویم سیزده سال شادی داشتم، ولی با شهامت می‌گویم سیزده سال است که رفته‌ام و حالا پشیمان شده‌ام که چرا خودم را با مشکلات زندگی درگیر نکردم و به جای حل کردنش به گوشه‌ای پناهنده شدم، گوشه‌ای تاریک و دنج و دور از دنیای واقعی...

تمام عمرم میان پنجه‌های سرنوشتی زندگی کردم که هر بار مرا در هم می‌فشرد، نا امنی را با سلول‌های تنهای تنم حس می‌کردم. بعد از این تنش‌ها و فشارهای بی امان، می‌دانم و باور دارم تمام سیزده‌های بی رحم و شوم هر کجا رد پاهایشان باشد، ویرانی و شومی به بار خواهند آورد و حتی میان بهار، آن سبزینه‌های زیبا، سیزده هم باید به در شود. سیزده‌های عمرم، این سیزده‌های تکراری که مثل سیلی بر صورتم خراب شدند و هر بار مرا زیر مشت و لگد خود گرفتند....

گره‌های دستانم را می‌گشایم و در پس زخم‌های دستان پینه بسته‌ام زندگی‌ام را می‌بینم که چگونه درد تا استخوان‌هایم نفوذ کرده است و چنگ می‌زند به تار و پود تنم...

فردا روزیست که از این جا مرخص می‌شوم. نمی‌دانم فهمیدند که مرا به خاک سیاه نشاندند؟ نمی‌دانم حالا که بعد از سیزده سال تنهایی در دنیایی دیگر از خواب بیدار شدم کاری هست که از دستم بر بیاید و بتوانم انجامش دهم؟ نمی‌دانم کاری از دستم بر می‌آید یا نه؟

بهتر است امروز هیچ تصمیمی نگیرم. بخوابم و استراحت کنم.

پایان...

۱۳۹۴/۱۱/۷